Linda Mignani

Zähmung und Hingabe

Erotischer Roman

Plaisir d'Amour Verlag

Linda Mignani
ZÄHMUNG UND HINGABE
Erotischer Roman

© 2011 Plaisir d'Amour Verlag, Lautertal
Plaisir d'Amour Verlag
Postfach 11 68
D-64684 Lautertal
www.plaisirdamourbooks.com
info@plaisirdamourbooks.com
© Coverfoto: Sabine Schönberger (www.sabine-schoenberger.de)
ISBN: 978-3-86495-001-8

Sämtliche Personen in diesem Roman sind frei erfunden.

Kapitel 1

*D*ean lauschte der lasziven Stimme und verzog das Gesicht, denn das Gesagte kam direkt aus der Hölle, drang unter die Oberfläche, wo es ein nachhaltiges Kribbeln verursachte. Dean trommelte verärgert auf seinen Oberschenkel, wünschte, die Sprecherin läge vor ihnen auf dem Strafbock – nackt, unwillig und bebend. Jedes einzelne Wort bekäme sie zu spüren, und Schmerz wäre nicht das Einzige, was sich den Weg durch den Körper bahnte. Ihre Unwilligkeit würde sich mit den Sinneseindrücken in heißes Entgegenkommen verwandeln.

Der Wangenmuskel seines Bruders John zuckte. Jeder, der ihn kannte, wusste, es war ein Alarmzeichen. Eine Schiava hätte jetzt Grund, erregende Furcht zu verspüren.

„Indigo Blue", knurrte Dean. „Zu feige, um den eigenen Namen zu benutzen."

John bedeutete ihm, still zu sein.

Lust und Begierde durchziehen eine samtige Nacht. Liebespaare, die in die Arme der Erfüllung sinken, sich unter den Strahlen des Mondes voller Zärtlichkeit und Verlangen der Leidenschaft hingeben. Paare, die sich respektieren und es genießen, ihren Partner nach allen Regeln der Kunst zu verführen. Sanfte Lippen, die erwartungsvoll über Muskeln streicheln, liebevolle Fingerspitzen, die vorsichtig stimulieren, bis eine stärkere Reizung erwünscht ist.

Sie senkte die Stimme zu einer heiseren Liebkosung. Das musste man ihr lassen, gab Dean zähneknirschend zu, sie wusste sie einzusetzen. Dennoch verspürte er den Drang, die blöde Kuh in den Federzirkel zu verschleppen und ihr gehörig den Arsch zu versohlen, nicht nur sprichwörtlich, sondern die Haut unter seiner Hand zu spüren, bis sie heiß und glühend rot leuchtete. Ihre Schmerzensschreie würden verstummen, wenn sie ihren Orgasmus hinausschrie. Und das wäre erst der Anfang einer verdammt langen Nacht.

Es existiert die andere Seite der Triebhaftigkeit, die dunkle Seite. Ich hörte von einem exklusiven SM-Club, der sich Federzirkel *nennt. Ein unschuldiger Name für eine tiefschwarze Ansammlung Perverser, eine Bezeichnung, die ihnen nicht gerecht wird.*

Indigo Blue lachte kehlig.

Sie tauschten einen vielsagenden Blick. John sah aus, als ob er das Notebook durch seine Augen zum Zerbersten bringen wollte. Dean spielte mit dem Gedanken, es auf den Boden zu werfen und auf ihm herumzutrampeln.

Ich sehe sie vor mir, eine Gruppe fetter, alter Kerle, die ihre Triebe ausleben. Altmännerfantasien, zu hasenherzig, um es mit einer richtigen Frau aufzunehmen; die ihre

~ 3 ~

Partnerinnen fesseln müssen, da sie sonst leer ausgehen. Sie wollen Macht ausüben, ihre Opfer aussaugen wie Vampire, und dann lassen sie die Überreste verletzt und hilflos zurück. Tränen nehmen sie gern in Kauf, zeigt es doch, wie männlich sie erscheinen.

Johns Wangenmuskel zuckte, stärker als zuvor. Dean verstand es, den Arsch zu versohlen reichte nicht. Es wäre besser, die Schnepfe zu fesseln und ihrem Leib eine Erfahrung zuteilwerden zu lassen, die eine Altmännerfantasie erblassen ließ. Denn eine Session im Federzirkel beschränkte sich nicht auf Schmerz, die Maestros forderten alle Sinne der Sklavinnen, beherrschten es meisterhaft, Angst in Lust zu verwandeln.

Sie zwingen die jungen Frauen, auf dem Boden herumzukriechen, nachdem sie ihre Wohnungen putzen mussten. Angeblich sind Tritte nicht verpönt.

Sie lachte abfällig, kicherte wie eine Hexe. Dean sah sie vor sich – eine graue Maus, die noch nie einen richtigen Mann abbekommen hatte, enttäuscht vom Leben, von ihrer Arbeit und von Kerlen im Besonderen. Wahrscheinlich kam sie schwer zum Orgasmus, traute sich nicht, ihre Wünsche mitzuteilen, und lebte zusammen mit einer Horde Katzen in einem verwahrlosten Haus.

Meine Quellen verrieten mir, dass zwei Brüder den Federzirkel leiten. Ich hörte, sie sind die Impotentesten von allen. Sie verprügeln ihre Opfer, geilen sich an der Pein der verlorenen Wesen auf, die gerade an der Schwelle vom Mädchen zur Frau stehen. Ein Body-Mass-Index von 17 bis maximal 21 ist vorgeschrieben. Verglichen mit den Brüdern soll Quasimodo gutaussehend und gepflegt sein: Sie sind bärtig, ungepflegt, zudem bestückt mit Achselhaaren, die wie Vogelspinnen unter ihren Armen hervorlugen.

Sie atmete heftig wie ein Stier.

Mehr Frau können sie nicht bändigen.

Erneut dieses kehlige Lachen, das ihn wie ein Moskito umschwirrte. Vielleicht war sie füllig. Umso besser, in diesem Fall bot der Arsch genügend Aufprallfläche.

Auf Johns Gesicht lag ein Hauch von Belustigung, und sie sahen sich an, bis sie in Gelächter ausbrachen. John rieb sich das frisch rasierte Kinn, die kurzen schwarzen Haare noch feucht von der Dusche.

Wie krank muss ein Mann sein, um die Perversion auszuleben? Bei dem Gedanken erfasst mich Übelkeit. Ein Lebewesen fertigzumachen, um sich aufzugeilen – mir sträuben sich bei dieser Vorstellung die Nackenhaare.

Liebe Hörer, ihr könnt mich in einer halben Stunde in meinem Chatroom erreichen.

Sie senkte die Stimme zu einem Flüstern.

Eure Indigo Blue.

„Da seid ihr ja!" Viola riss Dean aus den Fantasien, wie er Frigido Blue den Orgasmus ihres Lebens bescherte, nachdem er sie mit einer Peitsche be-

~ 4 ~

straft hatte; seine Hand wäre nicht ausreichend, höchstens zur Einleitung. Er würde dafür sorgen, dass sie jeden einzelnen Hieb genoss und dieses Wissen sie fertigmachte. Die Zähmung dieser Zicke würde eine Menge ausgewogener und fordernder Schläge benötigen.

Enge Laufkleidung zierte die kurvige Frau seines Bruders. Hüfteschwingend kam sie in die Bibliothek und hauchte John einen Kuss auf die Nasenspitze. Dean schlug sie frech auf den Hintern und lächelte sinnlich bei Johns Mimik. Wahrscheinlich malte sie sich aus, dass er sie übers Knie legte. Überhaupt liebte sie es, wenn Johns Wangenmuskel zuckte. In letzter Zeit schien sie es permanent herauszufordern.

„Was seht ihr so angefressen aus?" Ein unschuldiger Augenausdruck traf sie.

„Ihr habt die Sendung von dieser Ziege abgespielt." Sie lachte keck. „Altmännerfantasien …" Sie kicherte noch kecker. Der Rest ging in quietschendem Gelächter unter, als John sie kurzerhand über seinen Schoß drapierte, ihr die Laufhose herunterzog und ihr den wunderbar prallen Po liebevoll versohlte. Die Schläge führte er sachte aus, ein milder Vorgeschmack auf den Abend. Er hörte auf, als sie halbherzig um Gnade bat. Dean merkte ihr deutlich an, dass sie für eine weitere Bestrafung mehr als aufgeschlossen war. Sie warf ihm einen flehenden Blick zu und leckte sich dreist über die Lippen.

Kleines Biest.

John stellte sie auf die Füße, löste aber nicht seinen Griff, weil sie herausfordernd grinste und irgendeinen Unsinn ausheckte. Es stand ihr gut zu Gesicht, dennoch biss sie verunsichert auf ihrer Unterlippe herum. Sie wickelte seinen Bruder um den Finger, ein Zustand, den dieser sichtlich liebte. Auch er selbst blieb nicht verschont, ebenso wenig ihr Adoptivbruder Miles. Sie genossen es, jeder von ihnen. Viola hatte Schwung in das Leben der drei Sullivans gebracht.

„Heute Abend, Cara. Dann hast du ein Szenario, worüber du beim Laufen nachdenken kannst." John flüsterte ihr ein paar Anzüglichkeiten ins Ohr, die sie lüstern keuchen ließen. Herrliche Furcht blitzte in ihren Augen.

„Du bleibst auf der vereinbarten Strecke?" Dean sah sie streng an. Ihnen war nicht wohl dabei, Viola allein in den Wald zu lassen, aber sie hatte es störrisch durchgesetzt.

„Ich verspreche es. Außerdem begleitet Giotto mich." Das ehemals kleine Fellbündel entsprach mittlerweile einem halben Löwen. Mit einem Ausdruck purer Unschuld betrat das Monster auf vier Pfoten die Bibliothek.

John sah den Hund mit purer Verzweiflung an. „Was hast du jetzt wieder aufgefressen?"

Die Frage erwies sich als überflüssig, die Überreste der teuren Ledergerte hingen aus seinem Maul.

Viola baute sich beschützend vor dem getarnten Bären auf.

„Tu ihm nichts!" Amüsement tränkte jede Silbe.

John brummte auf eine Weise, die Dean an einen altmodischen Teekessel erinnerte. Giotto, ein Leonberger-Schäferhund-Mix, lugte um Viola herum, stellte die riesigen Ohren auf und schien zu grinsen. John ging in die Knie und umarmte das Hundebiest. Auf gar keinen Fall würde er dem Tier ein Haar krümmen. Viola wusste es, ebenso wie Giotto.

„Komm, Giotto!" Das Tier trabte ihr nach. Beide warfen einvernehmlich einen angriffslustigen Blick über die Schulter, ehe sie in dem parkähnlichen Garten verschwanden.

„Die stecken unter einer Decke", sagte John, „mit dem gemeinsamen Ziel, mich zur Weißglut zu treiben." Wie sehr ihn dieser Zustand erfreute, stand ihm deutlich ins Gesicht geschrieben. Seine grauen Augen funkelten vergnügt. Ein Indiz, dass er Violas Bestrafung plante.

„Bruder, ich beneide dich."

John lächelte ihn nachdenklich an. „Irgendwo wartet auch jemand auf dich." Ein Prusten entschlüpfte ihm. „Warum verabredest du dich nicht mit Frigido Blue in ihrem Chatroom?"

Dean schlug ihm auf den Rücken und rannte mit den Überresten der Gerte hinter ihm her.

Kapitel 2

*K*im zog die Lippen nach, wog ab, ob der Lippenstift nicht zu knallig wirkte. Kaum kamen ihr die Zweifel, ärgerte sie sich schon. Selbstbewusst wie eine Amazone lautete das Motto ihres neuen Lebens. Sie grinste in den Rückspiegel des roten Micras mit den weißen Rallyestreifen. Zur Eröffnung der Ausstellung ihrer Freundin Viola, *Fantasien der Lust,* konnte sie schlecht als Mauerblümchen auftauchen.

Viola und sie hatten sich vor Jahren aus den Augen verloren. Als Kinder waren sie in jeder freien Minute zusammengehockt und hatten im Teenageralter gemeinsam die Liebe zu Pferden entdeckt. Kim hatte Viola ewig nicht gesehen und erst vor einigen Tagen zufällig bei einem Ausritt im Wald wiedergetroffen. Sie lächelte bei der Erinnerung von Viola, die den steilen Waldpfad hinaufschnaufte, begleitet von einem Hund. Kim war ihr auf Velvet, einer Traberstute, die sie vor dem Schlachthaus gerettet hatte, entgegengekommen. Zuerst war Viola an ihr vorbeigejoggt, doch dann hatten beide abrupt angehalten.

„Kim, bist du das?"

Kim war von der Fuchsstute gesprungen, und die Begrüßung war tränenreich ausgefallen. Währenddessen hatte Velvet neugierig den gigantischen Vierbeiner beschnüffelt, dem anzusehen war, dass er es faustdick hinter den Ohren hatte, ein Schelm auf ganzer Linie. Velvet hatte in sein Fell geschnaubt; die Stute mochte Hunde, und Kim spielte mit dem Gedanken, sich einen Wauzi zuzulegen.

Viola strotzte vor Selbstsicherheit, auf diese Weise kannte Kim sie nicht. Sie waren beide verunsicherte, schüchterne Mädchen gewesen und hatten sich lieber im Hintergrund aufgehalten. Kim vermutete, dass Viola als Teenager ein dunkles Geheimnis mit sich herumgetragen hatte, doch jetzt belastete es sie augenscheinlich nicht mehr. Vor all den Jahren hatte Kim versucht, es aus der Freundin herauszulocken, doch Viola hatte immer abgeblockt. Auch Kims eigene Kindheit hatte nicht gerade vor Glück geglänzt. Ihre Eltern hatten sich scheiden lassen, als sie sieben gewesen war, und zu ihrer Großmutter abgeschoben, die der schlimmsten Version einer frigiden Nonne entsprach.

Sie erschauderte unter der Erinnerung, fasste in ihr Haar, wie um sich zu vergewissern, dass es ihre Schultern erreichte. Mit einem unguten Gefühl dachte sie an die entsetzliche Kurzhaarfrisur, die sie als Kind verunstaltet hatte, sowie die unförmige Kleidung zurück. Schließlich sollte sie nicht die Aufmerksamkeit des Teufels auf sich lenken. Mit Teufel waren alle männlichen Wesen auf der Erde gemeint, mit Ausnahme des Pastors. Es hatte sich erst jüngst herausgestellt, dass er das wahre Böse war.

Kim stieg aus dem Wagen und betrachtete unsicher das Kleid. Übersehen konnte niemand sie. Das enge Viskosekleid mit den kurzen Ärmeln leuchtete genauso kirschrot wie der Lippenstift. Der Saum hörte eine Handbreit über ihren Knien auf.

Komm, gib es zu, du siehst ansprechend aus!

Die Erkenntnis kam ihr nicht leicht von den Lippen, sah sie doch noch immer den dürren Teenager vor sich, der sie einst gewesen war. Es schien Ewigkeiten her zu sein, dennoch vergaß sie die Hänseleien nie. Zusammen mit ihrer Großmutter hatten sie ihre Kindheit in eine Welt der Verzweiflung getaucht. Die Erinnerung an die Jungen aus ihrer Klasse entlockte ihr ein Seufzen, besonders wenn sie an den dunkelhaarigen Mistkerl dachte. Wahrscheinlich zierte ihn dieser Tage eine Glatze, begleitet von einem One-Pack. Ihm würde sie gerne heute gegenübertreten und ihm seine eigene Medizin zu schmecken geben.

Energisch schob sie die düsteren Gedanken zur Seite. Jetzt war Zeit für Spaß und Sekt.

Die Ausstellung fand in Violas Zuhause statt. Das helle edle Landhaus mit den großen Fenstern machte den Eindruck, dass ihr Ehemann reich sein musste. Violas Mann hatte es renoviert. Er war Mitinhaber einer Baufirma namens *In Love with Vintage*, die alte Häuser in Wohnträume verwandelte. Auch aus diesem Grund besuchte sie die Vernissage: Ihr Domizil bedurfte einer gründlichen Renovierung, und Gary hatte ihr nach der Scheidung die nötigen Mittel überlassen, um das lang ersehnte Romantikhotel zu eröffnen. Er war zu gut für sie gewesen, und sie hatten sich als Freunde getrennt. Sie hoffte, ihr Ex war mit seiner neuen Flamme glücklicher als mit ihr. Sie hatte ihm nicht die Wärme geben können, die er brauchte. Ihre Kühle und Unsicherheit, die ihn anfangs angezogen hatten, überforderten ihn zum Schluss, und schließlich hatte Kim nur noch sein Mitleid erweckt.

Violas Heim lag außerhalb in der Grafschaft Staffordshire, und der Parkplatz quoll zu Kims Erstaunen über. Sie fasste es nicht, dass Viola eine Künstlerin war. Als Kind hatte sie die gleichen Strichmännchen wie Kim fabriziert.

Bevor sie das Haus betrat, holte sie tief Luft. Es behagte ihr nicht, allein einzutreten.

Amazone!, erinnerte sie sich, keine Jungfrau, die dem Drachen vorgeworfen wird. Sie straffte die Schultern und trat durch die geschnitzte Eingangstür, aus der ihr Stimmengemurmel entgegenschlug. Lediglich der angespannte Griff um ihre Tasche verriet ihre Unsicherheit, und sie zwang sich, locker zu lassen. Ihre ganze Aufmerksamkeit galt dem großen Gemälde an der Wand, und ihr blieb sprichwörtlich der Mund offen stehen.

Heilige Scheiße, das hatte Viola gemalt! Beinahe hätte Kim gekichert. Jetzt wusste sie, warum die Ausstellung diesen Titel trug. Das Gesicht des Typen lag im Schatten, muskulöse Arme umschlangen eine brünette Schönheit mit einem Federtattoo unter dem Schlüsselbein und einer Augenbinde, die ihr die Sicht raubte. Ein intimer Einblick in eine SM-Szene.

Ausgerechnet.

Sie schob den Gedanken an ihre Cousine Sally beiseite. Es nutzte nichts, ihr war nicht zu helfen; sie hatte ihren eigenen Weg gewählt. Kim hasste Sallys Ehemann Séamus aus tiefstem Herzen, daher resultierte ihre Abneigung gegen SM. Vielen Hunden erging es besser im Vergleich zu Sally. Sie war seine Leibeigene, und er ging dementsprechend mit ihr um. In manchen Momenten verachtete sie Sally, konnte nicht verstehen, dass sie sich auf diese Weise behandeln ließ. Kim hatte ihr angeboten, bei ihr zu wohnen, mit ihr zusammen das Romantikhotel zu eröffnen, doch Sally zog es vor, bei dem Despoten zu bleiben, ließ sich bereitwillig schlagen und demütigen.

Kim wurde übel, als sie an die Peitschen dachte, die im Schlafzimmer der beiden lagen. Es waren Bullenpeitschen, sie hatte im Internet nachgesehen. Ungewollt schob sich ein Bild von Sally in ihr Bewusstsein, wie Séamus ihren ausgemergelten Körper schlug, während sie seiner Lust diente und weinend unterging. Sie verdrängte den Gedanken und verstaute ihn. Jetzt war nicht der Moment, um sich damit auseinanderzusetzen. Kim wollte sich amüsieren, sich betrinken und die Ausstellung genießen. Das Gemälde vor ihren Augen bot die perfekte Ablenkung, und sie richtete die Konzentration wieder auf Violas Kunst.

Verdammt heiß.

Kim spürte, dass ihre Wangen erröteten. Verflixt, wie sollte sie die Vernissage überstehen, wenn schon das erste Bild dermaßen auf sie wirkte? Die Darstellungen waren aber auch wirklich stilvoll.

Sie wanderte in den angrenzenden Raum und kämpfte erneut mit der Schüchternheit, denn außer Viola kannte sie niemanden.

„Kim!" Viola eilte auf sie zu. Sie strahlte über das ganze Gesicht, und die pure Lebendigkeit wirkte ansteckend. Ihre Kurven steckten in einem geblümten Rock und engen grünen Oberteil.

Sie griff nach zwei Gläsern und drückte Kim eines davon in die Hand. „Stoß mit mir an! Hast du was zum Übernachten mitgebracht?"

Sekt war genau das, was Kim jetzt brauchte, zumal er mit Johannisbeersaft lockte. Prickelnd und erfrischend rann er ihre Kehle hinunter.

Vielleicht war einer der Anwesenden bereit für einen Flirt. Das würde ihrem Selbstbewusstsein gut tun, und möglicherweise gab der Flirt sogar mehr her. Sie hätte nichts gegen ein wenig Kuschelsex ohne Fesseln und Augenbinden einzuwenden.

Kim nickte, die kleine Reisetasche lag im Kofferraum ihres Autos. Sie wollte ein vergnügliches Wochenende bei der Freundin verbringen.

„Wie hast du es geschafft, dein Talent vor mir zu verbergen?" Sie starrte atemlos auf das Porträt einer verträumten Frau, mit reduzierten Farben und dunklem Hintergrund, nur die Lippen schimmerten rot.

„Ich habe meine Muse erst spät und überraschend entdeckt." Sie lachte hell. „Und manches andere."

Viola leerte das Glas fast in einem Zug, und Kim tat es ihr nach. „Komm, wir suchen meinen Ehemann, er muss irgendwo sein."

Violas Augen leuchteten, und sie schien es nicht abwarten zu können, in seine Arme zu rennen. Kim seufzte. Sie hatte sich lange nicht in die Arme eines Mannes geflüchtet.

Kim konnte es kaum erwarten, John kennenzulernen. Er musste ein toller Kerl sein, liebevoll, sanft und gütig, der mit Sicherheit seine Frau mit behutsamem Sex überhäufte, sie liebkoste und durch Streicheln und zärtliche Küsse zum Erbeben brachte. Viola hatte keine Ähnlichkeit mit dem verschüchterten Mädchen, das sie einst gewesen war. Was immer er mit ihr angestellt hatte, es tat ihrer Freundin mehr als gut.

Sie grinsten sich an, die Vertrautheit zwischen ihnen war spürbar, als ob sie nie getrennt gewesen wären, und doch war alles anders.

Kim betrachtete nicht ausschließlich die Bilder, sie begutachtete auch die Einrichtungsgegenstände. Eine leise Unruhe breitete sich in ihr aus. Ein Andreaskreuz? Dazu in perfekter Handarbeit aus poliertem Holz und mit Softmanschetten, die mit dunkelrotem Samt unterlegt waren. So ekelig sie die Idee fand, daran zu stehen, das Utensil übte eine eigenartige Faszination auf sie aus – entsprach es doch gar nicht ihrer Vorstellung von einem mit Kunstleder bezogenen Kreuz, welches in einem schmuddeligen Raum thronte. Auch Ketten und Ringe zierten Wände und Decken, und aufgerollte Peitschen, die neben Violas Kunst hingen, ließen sie schlucken. Erneut wanderte ihr Blick zu den Schmerzbringern. Kim kam nicht gegen den Reiz an. Sie sahen ganz anders aus als die Peitschen in Sallys Schlafzimmer, waren sie doch erlesene Handarbeit. War das dort etwa ein Schenkelspreizer?

Wie würde es sein …

Wütend untersagte sie sich, mit dieser Fantasie zu spielen. Das war abartig!

Sie unterdrückte ein Schaudern, als sie eine Reihe Analplugs entdeckte, die auf einer Anrichte wie aufgereihte Familienfotos standen. Polierter Edelstahl, geschmückt mit glitzernden Steinen, und sie wirkten stilvoll. Kim konnte kaum glauben, dass sie diesen Gedankengang hatte. Es musste an den schönen Gemälden liegen und an der geschmackvoll-erotischen Atmosphäre des Anwesens.

Auf einem weiteren Sideboard stand eine Ansammlung Glasdildos, die im sanften Schein des gedämpften Lichts funkelten. Sie ähnelten Schmuckstücken, mit den farbigen Schlieren, die im Glas eingebettet schimmerten.

Waren die Accessoires angeschafft worden, um die Kunst ins rechte Licht zu rücken? Sie beäugte die Freundin misstrauisch. Was war das für ein Haus? Jeder Raum lockte mit edlem Parkettboden, bodentiefen Fenstern und hohen Decken. Perfekt aufeinander abgestimmte helle Farben zauberten ein gemütliches Flair. Die Zimmer wirkten nicht kalt und unbewohnt, sondern verströmten eine lebendige Atmosphäre, so wie Viola, trotz der grauenvollen Utensilien.

Aber Viola konnte nichts für SM übrig haben, dazu war sie viel zu fröhlich und gefestigt. Sie lachte die ganze Zeit, die Gesten souverän und sinnlich. Auch die Gäste der Vernissage sahen nicht auffällig aus. Niemand kroch mit einem Halsband verziert auf dem Boden herum. Keiner der Männer schrie seine Begleitung in der Öffentlichkeit an und schlug ihr ins Gesicht, weil sie es wagte, ihn anzusehen oder gar ohne Erlaubnis zu sprechen. Dennoch, wenn sie die Kerle betrachtete, bewegten sie sich nicht wie die üblichen Anzugträger, die sie kannte, sondern sie wirkten dominant und einschüchternd selbstsicher. Sie sahen Kim auf eine Weise an, die unverblümt wirkte. Kein verschämtes Blinzeln, sondern direkter Augenkontakt. Auch bei einigen Frauen bemerkte sie dieses Verhalten: Sie musterten Kim mit unverhohlenem Interesse, als ob sie ihre Fantasie anregte und sie sich vorstellten, sie nackt in die Bondagevorrichtung zu hängen, die Kim soeben erspähte. Allein die Vorstellung jagte eine Hitzewelle durch ihren Körper. Ihre Nervosität stieg, und um das zu verbergen, straffte sie die Schultern und erwiderte die Blicke. Niemand sollte wissen, dass sie sich unwohl fühlte. Über die Jahre hatte sie die äußere Schale perfektioniert. Sie griff nach einem weiteren Glas und schüttete den eiskalten Inhalt in zwei Schlucken hinunter. Bis jetzt hatte sie noch keinen Solokerl entdeckt, der sich für einen Flirt eignete. Sie wollte jemanden mit einer sanften Ausstrahlung. Irgendwo musste doch so ein Typ zu finden sein!

Kim fühlte sich wie der einzige Mensch, der im dunklen Heim von Dracula gelandet war, und kicherte hysterisch. Zum Glück schob Viola ihr Verhalten auf den Sekt zu und hob ihr Glas.

„Wie gefällt dir das Bild? Es heißt Schmetterlingserwachen."

Der großformatige Keilrahmen zeigte die gleiche Brünette wie auf dem Gemälde im Eingangsbereich. Sie hielt einen roten Voileschal in der Hand, der den vollkommenen Körper zur Schau stellte. Schwarze Schmetterlinge umschwirrten sie. Auf den rasierten Venushügel hatte Viola ein schwarzes Schmetterlingstattoo gemalt.

Kim drehte sich Viola zu und ließ beinahe das Glas fallen, als sie sah, wer auf sie zueilte.

John Sullivan.

Shit, das durfte nicht wahr sein! Was war das für ein seltsamer Zufall, dass er in der gleichen Grafschaft wie sie wohnte.

„Ist alles in Ordnung?" Die Stimme der Freundin riss sie aus der Starre. „Du bist leichenblass."

„Ich hatte kein Mittagessen. Wahrscheinlich vertrage ich den Sekt nicht."

John erreichte Viola in diesem Moment, und natürlich musste er der Ehemann sein. Besitzergreifend fasste er sie an den Schultern, zog ihren Kopf in den Nacken und platzierte einen zärtlichen Kuss auf ihrer Stirn. Wo John war, konnte Dean nicht weit sein. Das hatte ihr gerade noch gefehlt.

John sah unverfroren sexy aus, *Black Irish*. Er lächelte Kim sinnlich und selbstsicher an. In seinen grauen Augen lag kein Erkennen.

„Ist das deine lang verschollene Freundin?" Er ließ seine Frau los, und Kim spürte, dass er sie auf die Wangen küssen wollte. Nur über ihre Leiche. Sie hielt ihm, wie sie hoffte, überlegen lächelnd die Hand hin.

„Kim Reynolds."

Der Name weckte keine Erinnerung, sie sah es ihm an. Wie auch – nach der Scheidung von Gary hatte sie seinen Nachnamen behalten. John trat einen Schritt zurück, akzeptierte die Barriere, die sie ihm deutlich demonstriert hatte. Wusste sie es doch, er war ein Sockenaufroller: auf den ersten Blick forsch, doch dahinter war nur heiße Luft. John verließ sich auf sein gutes Aussehen, das ihm jede Tür öffnete. Ihre schlug sie ihm vor der Nase zu, und schon wusste er nicht, wie er sie umgarnen sollte. Der Kühlschrankpanzer zeigte Wirkung, auch wenn sie sich darin einsam wie ein ausgesetzter Welpe fühlte. Er durfte ihr nicht anmerken, dass sein Anblick sie bis ins Mark erschütterte. Sie lächelte ihn gefasst an, obwohl sie ihm am liebsten den Inhalt des Glases ins Gesicht geschüttet hätte.

„Sorry, ich wollte nicht abweisend sein. Mir war übel."

Ihr war nicht nur übel, sie konnte schwerlich an sich halten. Zu tief saß die Demütigung. Sie erinnerte sich daran, als ob es gestern passiert wäre, spürte die kalte Luft auf der Haut, die Angst und die Scham davor, entdeckt zu werden. In dieser Nacht hatte sie ihren Tränen freien Lauf gelassen – das letzte Mal, dass sie hemmungslos geweint hatte. Tränen brachten nichts außer Kopfschmerzen und geschwollenen Augen.

Er sah sie besorgt an, sodass es zusätzlich an ihren Nerven zerrte. Sie wappnete sich gegen die Empfindung. Er war ein Arschloch, das durfte sie niemals vergessen. Für einen kurzen Augenblick änderte sich der Ausdruck seiner Augen. Erkannte er sie? Ihr Herz raste bei der Vorstellung.

„Wo ist Dean? Er sollte Kim kennenlernen." John legte Kim einen Arm um die Schultern, und sie bemerkte die Kraft, die in ihm steckte. Ohne eine Szene zu verursachen, konnte sie sich nicht befreien. Frech zog er sie enger zu sich. Es wirkte wie eine Provokation. Sie spürte die Hitze seines Körpers, mit welcher Leichtigkeit er sie in Schach hielt. Für die Anwesenden sah es wie eine freundliche Geste aus. Mehr noch, da er Viola mit dem zweiten Arm umschlang. Irgendetwas haftete ihm an, eine Dominanz, die sie abschreckte und gleichzeitig herausforderte. Es ängstigte sie. Tief in ihrem Inneren ahnte sie, dass es keine Reaktion auf ihn war, sondern auf sich selbst. Vielleicht rollte er keine Socken auf, stattdessen benutzte er sie, um Viola damit an den Bettrahmen zu fesseln.

Woher kam dieser abstruse Gedanke?

Und als ob es nicht reichte, führte sie ihn weiter aus, stellte sich Viola nackt an dem Kreuz vor, die Haut gezeichnet von den Schlägen einer der handgearbeiteten Peitschen. Die Wangen nass vor Tränen und Schweiß, die Schenkel benetzt mit ihrer Lust. Kim versuchte, Abscheu bei dem Gedanken zu empfinden, doch es gelang ihr nicht. Sie schob es auf John und den Schock, ihn zu sehen.

Er lockerte den festen Griff nicht für eine Sekunde und verfrachtete sie in den nächsten Raum. Es war fast, als ob er sie abführte und sie ihm ausgeliefert war. Die Situation gefiel ihr nicht, zumal er es wusste, denn er sah schmunzelnd auf sie herab, der Blick eine einzige Herausforderung. Außerdem schien Kim ihn zu amüsieren. Er wollte ihr eine Reaktion entlocken und würde entsprechend reagieren, das drückte seine gesamte Körperhaltung aus.

Sie erspähte Dean, bevor er sie entdeckte. Das gab ihr kostbare Zeit, um die Erschütterung aus ihrem Gesicht zu verbannen. Er stand mit der wunderschönen Frau von Violas Gemälden vor einem Friesenhengst, der dem Betrachter von einem dunkelroten Hintergrund entgegengaloppierte. Drei Dinge beherrschten ihr Gehirn: Sie wollte das Bild kaufen, der vermeintliche One-Pack-Mistkerl war liiert, und er verfügte noch heute über die gleiche sexy Ausstrahlung wie damals als Teenager.

In diesem Augenblick kam ein blonder Hüne in den Raum und legte die Arme um die Schönheit. „Da bist du ja, Iris."

~ 13 ~

Dean bemerkte Kim, nahm sie in Augenschein, und die Wucht seines Blickes traf sie. Zu ihrer Erleichterung lag kein Erkennen in seiner Mimik. Wie auch? Sie ähnelte der dürren Giraffe mit der Kassengestellbrille und der leblosen Frisur von einst in keiner Weise. Kim Turpin gehörte der Vergangenheit an. Doch sein Spott klang noch in ihren Ohren: Kim Turnip hatte er sie genannt, sie mit einer weißen Rübe verglichen, was Turnip bedeutete.

Das dämliche Arschloch lief lächelnd auf sie zu. Wahrscheinlich fielen alle Frauen darauf rein. Sie konnte es ihnen nicht verdenken, denn er sah umwerfend aus, groß und dunkel, wie er war, mit dem kinnlangen wilden Haar. Ein Traum für jede Frau, die auf einen richtigen Kerl stand, ein Albtraum für Kim. Der selbstsichere Gang betonte seine Ausstrahlung, riss an ihrer Fassade, zeigte sie doch deutlich, dass er kein Typ war, mit dem man sich unbedarft einließ. An ihr würde er sich die Zähne ausbeißen. Wenigstens nahm John endlich den Arm von ihren Schultern, und erst jetzt bemerkte sie, wie flach sie geatmet hatte. Sie war außer Atem, und es bereitete ihr Mühe, gelassen zu erscheinen.

Kim begann, einen Plan in ihrem Gehirn zu formen, und zwang ein Lächeln auf ihr Gesicht. Sie wusste, dass es ihre Augen nicht erreichte. Sie musste sich stärker bemühen, dachte an ihre Stuten, für die sie tiefe Zuneigung empfand.

„Darf ich dir Kim Reynolds vorstellen, Violas Freundin." Die Worte tropften spöttisch aus Johns Mund. Viola sah ihren Ehemann fragend an, runzelte die Stirn, griff dann nach einem Glas Sekt und trank es zur Hälfte aus.

„Ich bin Dean Sullivan." Helle graue Pupillen sahen sie intensiv an, bevor er einen amüsierten Blick mit seinem Bruder wechselte. Die beiden erinnerten sie an Rugbyspieler, die einen Gegner in die Ecke drängten.

„Angenehm. Ich war gespannt, Violas neue Familie kennenzulernen." Sie lachte, wie sie hoffte, verführerisch. Anscheinend zeigte es Wirkung, denn seine Augen weiteten sich für einen Moment. Er und sein Bruder schienen kaum ein breites Grinsen unterdrücken zu können. Sie hatten die Beute gestellt.

Er trat an sie heran, und sie widerstand der Versuchung zurückzuweichen, hielt die Stellung, obwohl ihr Herz wie verrückt schlug und ihr rasender Puls sie zittern ließ. Mit Mühe riss sie sich zusammen, zerrte den Zorn und die verletzten Gefühle an die Oberfläche, um sie unter einem Wall zu begraben. Sie war ein frostiger abweisender Kühlschrank. Sie wollte mit ihm spielen und sich rächen. Wenn ihr bloß nicht dermaßen heiß wäre.

„Ich hoffe, wir haben noch ausreichend Gelegenheit, uns kennenzulernen. Mein Haus benötigt dringend eine Renovierung." Wenigstens gehorchte ihre Stimme, die so ruhig klang, dass Kim selbst überrascht war.

Dean griff nach ihrer Hand. Sie rechnete damit, dass er sie schütteln wollte, stattdessen zog er Kim näher und hauchte ihr einen Kuss auf die Wange. Er war so kräftig wie er aussah. Er roch nach Wind und erblühenden Kirschbäumen. Dieser absurde Vergleich musste durch das Gemälde *Sinful Cherries* inspiriert worden sein, das hinter ihm an der Wand hing. Auf ihm aß ein Kerl Kirschen vom Körper einer Frau. Zwei lagen direkt auf ihrem Venushügel und glitzerten, weil Wassertropfen sie benetzten.

„Wir haben zurzeit ein wenig Spielraum. Es wird uns eine Freude sein, Violas Freundin zu helfen. Sie erwähnte, dass du ein kleines Romantikhotel aus deinem Landhaus zaubern möchtest." Dabei sah er sie an, als ob er plante, sie zu fressen. Sie spürte den Stahl in seinen Armen, bemerkte, dass sie darauf reagierte, und hasste sich für die Reaktion.

Indigo Blue!

Er hatte die Stimme sofort erkannt, John ebenfalls. Viola zeigte sich unbeeindruckt, trank kichernd einen Schluck Sekt, steckte sich eine Weintraube in den Mund und kaute entzückt. John betrachtete sie verliebt. Dean gönnte es ihr von ganzem Herzen, auch dass die Ausstellung ein Erfolg war. Wenn Viola sich nicht für seinen Bruder entschieden hätte …

Er unterbrach den Gedanken, konzentrierte sich auf Kim und unterdrückte ein Lächeln, da John sie ansah, als ob er sie direkt ins Strafzimmer verschleppen wollte. Doch diese Ehre gebührte Dean.

Kim entsprach nicht seiner Vorstellung einer sexuell frustrierten Jungfer. Sie überragte Viola um gute zehn Zentimeter und verfügte über eine natürliche Sinnlichkeit, die sie unverständlicherweise zu verstecken versuchte. Das rote Kleid schmeichelte ihrer Figur. Etwas dünn für seinen Geschmack; nur einige Kurven retteten sie davor, knochig zu sein. Sie besaß fantastische Beine. Die Farbe des Materials bildete einen gewagten Kontrast zu dem natürlichen Rot ihrer leuchtenden Haare. Große blaue Augen und volle Lippen prägten das Gesicht. Bevor die Woche um war, würde sie unter seinen Händen stöhnen, vor Schmerz und Lust.

Sie warf den Kopf zurück. Ihr schulterlanges Haar verströmte einen leichten Geruch nach frischem Heu. Dean mochte es, wenn Frauen kein Parfum benutzten. Sie roch herrlich. Kim trug flache Schuhe und lief wie jemand, der sich seines Körpers bewusst war. Mit Sicherheit trieb sie Sport, vielleicht war sie eine Läuferin wie Viola.

Zuerst hatte er Schock in ihrem Gesicht gesehen, jetzt flirtete sie offen mit ihm. Er reichte ihr ein Glas Sekt, berührte *zufällig* ihre Fingerspitzen und sah ihr an, dass sie mit Mühe ein Zusammenzucken unterdrückte. Wieso war sie dermaßen nervös? Wusste sie, dass sie im Federzirkel gelandet war? Am Ort der perversen Fantasien und impotenten Greise. Wohl kaum, denn dann wären ihre Reaktionen von einer anderen Art.

Etwas an ihr kam ihm vertraut vor. Kim Reynolds, der Name war ihm unbekannt. Ihre schlanken Finger zierte kein Ring, das musste allerdings nichts zu bedeuten haben, er kannte Ehepaare, die auf solch ein Symbol keinen Wert legten.

„Du hast vergessen zu erwähnen, dass sie eine Schönheit ist."

Viola grinste ihn an. „Tatsächlich?" Sie kicherte erneut. John hätte nachher eine Menge zu tun, wenn er sie zähmen wollte.

Glückspilz.

Vielleicht sollte er sich anschließen. Er wusste, wie sehr Viola es mochte, von ihnen beiden Zuwendungen zu erhalten, in jeder Form. Das Vertrauen beruhte auf Gegenseitigkeit.

„Schönheit ist relativ", sagte Kim ruhig. „Viele Männer verabscheuen rothaarige Frauen mit heller Haut."

Sie äußerte es nicht auf eine Weise, als ob sie nach Komplimenten fischte, sondern sie war überzeugt von den Worten.

Beiläufig legte er den Arm um ihre Schultern. Diesmal gelang es ihr nicht, ihre Reaktion zu unterdrücken, für einen Augenblick verkrampfte sie sich. Dean legte ein wenig Nachdruck in die Umarmung und zog sie enger an sich. Sie hatte eine herrliche weiche Haut. Er konnte förmlich sehen, wie sie unter der Zeichnung einer Gerte erblühte. Auch der Abdruck seiner Handfläche würde ihrem Arsch gut zu Gesicht stehen. Er schmunzelte über den treffenden Vergleich. Die kleine Hexe würde dem Federzirkel manchen Schrei schenken.

Ob sie leicht zum Orgasmus kam?

„Darf ich dir die Ausstellung zeigen?" Er lächelte sie warm an. Sein Jagdinstinkt war erwacht, und er war neugierig, wie Indigo Blue auf das Strafzimmer reagieren würde. Ob sie wirklich nur Abscheu empfand? Er vermutete, dass alles eine Fassade darstellte. Das verriet ihm die Art, wie sie die Peitschen und die Gerten musterte. Nie im Leben hatte sie den Genuss empfunden, die diese Lustbringer in den Händen eines erfahrenen Maestros erzielen konnten. Er plante, es in naher Zukunft nachzuholen, sicherzustellen, dass sie jede Empfindung liebte, nachdem sie ihm einen heißen Kampf geliefert hatte.

Dean verspürte Erregung, er hatte keinen Zweifel, dass sie eine perfekte Herausforderung bot und so manche Überraschung. Die Widerspenstigen zu zähmen war äußerst reizvoll und versprach eine besondere Erfüllung.

Er berührte ihren Hals, spürte den rasenden Puls unter den Fingerspitzen. So wie erwartet, das kühle Äußere war nur Fassade.

„Wie sieht es aus, Kim Reynolds? Existiert ein Mr. Reynolds?" Ehe er fortfuhr, musste er zweifelsfrei wissen, dass sie solo war. Verheiratete Frauen stellten ein Tabu dar, es sei denn, sie waren Mitglied im Federzirkel und die Liaison war auf eine einvernehmliche Session beschränkt, mit Einwilligung oder Beteiligung des Ehepartners.

Sie lachte rau, flirtete offen mit ihm. „Wieso möchtest du das wissen?"

„Vielleicht möchte ich mich mit dir verabreden."

In ihren Augen sah er Emotionen, die sie zu verbergen versuchte: Schmerz und Zorn. Jetzt war er sicher, sie wusste nicht, wo sie sich befand, es war etwas anderes.

Kannte er sie? Er musterte sie und verbarg es nicht. Sie reagierte mit Nervosität, die er noch steigern wollte. Er führte sie zu dem sündigsten Bild der Ausstellung, seinem persönlichen Favoriten. Miles' Gesicht lag im Schatten, die Handfläche umfasste die Kehle seiner Partnerin Jocelyn, der Frau von Violas ehemaligem Boss. Eine Augenbinde raubte ihr die Sicht. Eine Hand knetete die linke Brust, und der rosige Nippel lugte zwischen den Fingerspitzen hervor. Der Daumen der Hand, der die Kehle umspannte, lag auf ihrer Unterlippe.

„Wie gefällt dir das Gemälde? Es heißt *Zähmung und Hingabe*."

Kim betrachtete es mit zunehmend roten Wangen, ihr blasser Teint intensivierte die Reaktion. Wem versuchte sie, diese Scharade vorzuspielen? Die Szene regte sie an. Ob jede Stelle ihres Körpers so rot wurde? Ihre Pussy? Ihr Arsch?

„Ein anregendes Motiv. Allerdings stehe ich nicht auf Fesselspiele."

Er trat näher an sie heran, und sie konnte nur nach hinten ausweichen. Sie tat es, bis ihr Rücken die Wand berührte.

„Wieso nicht? Schlechte Erfahrungen?"

Sie schüttelte zu vehement den Kopf. In ihre Augen trat ein gehetzter Ausdruck, als ob eine düstere Erinnerung sie plagte, zudem wirkte sie unheimlich verletzlich.

Shit!

Jetzt wusste er, weshalb sie ihm bekannt vorkam. Im Gegensatz zu John und ihm hatte Kim sie beide sofort erkannt. Daher rührte der Zorn.

„Kann es sein, dass ich dich kenne?" Er machte einen Schritt zurück, um ihr Platz zu geben.

Sie lachte, und es wirkte genauso halbherzig wie der klägliche Versuch, ihre Fassung aufrechtzuerhalten. „Auf keinen Fall, dich hätte ich nicht vergessen."

Sie wollte ein Spielchen. Was heckte sie aus?

Er schlenderte mit ihr durch das Haus, versorgte sie mit Sekt, nicht zu viel, nur genug, dass sie nicht ganz Herrin ihrer Sinne war.

Er gab Tom ein Zeichen. Der Maestro nickte, umfasste Iris zärtlich und flüsterte in ihr Ohr. Iris liebte Zuschauer, ihr Gesicht leuchtete auf, und sie sah Dean frech an.

Die arme Kim war in der Höhle des Löwen gelandet. Sie dachte, er sei die Beute, dabei hing sie selbst – in völliger Unkenntnis ihrer Lage – in seinen Fängen. Er würde aus Frigido Blue eine Libido Blue zaubern und sie zu ungeahnten Höhen führen.

Vielleicht sollte er sie nackt Fenster putzen lassen, um ihr wenigstens eine ihrer seltsamen Fantasien zu erfüllen, während er ihre Pussy leckte und ihr den Daumen in den Anus bohrte.

Die Vorstellung reichte, er bekam eine Erektion.

Sie hasste ihn, sie verachtete ihn, sie verabscheute ihn. Immer wieder zitierte Kim die Worte, versuchte verzweifelt, die Versuchung, die er auf sie ausübte, zu ignorieren. Rief sich die Schmach in Erinnerung, wie sehr er sie verletzt hatte. Zudem beunruhigte das Haus sie und bereitete ihr Schwierigkeiten, sich auf eine Emotion zu konzentrieren.

Er führte sie durch einen Raum, der mit einer Strafbank, einem großen Bett mit ledernen Handschellen und Fesselvorrichtungen an der Decke ausgestattet war. Wozu Dean überhaupt Fesseln benötigen könnte, war ihr ein Rätsel. Die Kraft, die von ihm ausging, gepaart mit der gefährlichen Ausstrahlung, reichte, um bei jeder Frau zitternde Knie zu verursachen. Wie würde es sein, von ihm gefesselt zu werden? Seiner Gnade ausgeliefert zu sein? Sie presste das Sektglas gegen ihre Wange, sehnte einen Kübel Eiswürfel herbei.

In dem Raum hingen außerdem mehrere großformatige Fantasybilder – eine rothaarige Schönheit auf einem Moosbett, ein Dämon, der zwischen den gespreizten Schenkeln einer Frau kniete und sie oral befriedigte.

Lieber Himmel! Woher nahm Viola die Ideen? Und dass sie den Mut besaß, sie umzusetzen!

Vergeblich versuchte Kim, die Bilder abstoßend zu finden, versagte aber auf der ganzen Linie, denn dazu zeigten sie nicht genug; nur genug, um über eine verflucht erotische Wirkung zu verfügen. Den Rest gab ihr Dean, der sie ständig wie zufällig berührte und sie ansah mit diesen grauen

Augen, die unter ihre Oberfläche drangen, sie anzogen mit der Gefahr, die in ihnen lauerte.

Sie wusste es.

Er auch?

Verdammt, sie war eine erwachsene, erfahrene Frau und kein dummer Teenager mehr, den man zu einem See lockte und dann nackt zurückließ, mit einem zerstörten Herzen und Minderwertigkeitskomplexen. Es hatte derart wehgetan, dass es noch heute schmerzte. Sie musste es in eine der Schubladen ihres Gefrierschrankes packen und dort für die Ewigkeit liegen lassen, bis die Gefühle Gefrierbrand bekamen.

Auf einmal wurde ihr alles zu viel, und sie spürte einen leichten Schwindel. Seltsamerweise merkte Dean es sofort, obwohl sie es zu unterdrücken versuchte.

„Du brauchst frische Luft. Du bist ganz blass." Er lächelte sie verführerisch an. Andere Frauen zerschmolzen sicher bei diesem Anblick, sie nicht. Eiskristalle bildeten sich in ihrem Herzen und in ihrem Blick.

Dean führte sie auf den angrenzenden weitläufigen Balkon. „Ich hole dir eine Kleinigkeit zu essen und ein Glas Wasser." Er drückte sie auf eine gepolsterte Bank und legte seinen Pullover um ihre Schultern. „Ich komme gleich zurück."

Sie starrte einen Moment auf den breiten Oberkörper, der sich unter dem roten T-Shirt abzeichnete, malte sich aus, über die warme Haut zu streicheln und trat sich virtuell gegen das Schienbein. Ehe sie wusste, was sie tat, atmete sie seinen Duft ein, der in den Fasern des Pullovers hing. Ein Raucher war er nicht, noch immer dominierte der Geruch nach Sommer und Kirschen. Sie bemerkte, dass ihre Hände zitterten, und krampfte sie verunsichert zusammen.

Sie musste gehen! Selbst fahren war unmöglich nach dem ganzen Sekt, aber ein Taxi könnte sie sich rufen. Sie rollte mit den Augen, weil es ewig dauern würde, bis es das Haus erreichte. Und wie sollte sie Viola die Flucht erklären?

Erneut allein mit Dean zu sein, würden ihre Nerven aber nicht ertragen. Kim erhob sich, erstarrte dann aber mitten in der Bewegung, weil ein sinnliches Lachen ertönte. Die Schönheit und der blonde Hüne betraten den Raum. Die Spots, die auf die Bilder gerichtet waren, hüllten das Zimmer in ein romantisches Licht. Ein zusätzlicher Strahl leuchtete die Strafbank aus, sodass sie wie eine Bühne wirkte.

Kim sank förmlich auf ihrem Sitz zusammen und drückte sich tiefer in die Schatten. Die Balkontür stand offen und die beiden schenkten dem Drumherum keine Beachtung. Der Typ presste die Frau mit dem Rücken nach unten auf die Unterlage, schob die Träger des Tops hinunter und entblößte den wohlgeformten Busen. Die Brünette trug keinen BH, das war auch unnötig bei der vollkommenen Figur.

Mist, jetzt war es zu spät, um zu flüchten! Und wollte sie es überhaupt? Sie könnte die Szene in ihrer nächsten Show beschreiben, sozusagen ein Liveauftritt. Und wenn sie schon dabei war, sollte sie sich auch gleich die ganzen Utensilien genau anschauen, sobald die perversen Hausbewohner schliefen: die Peitschen, die Gerten, die Rohrstöcke, die Fesselvorrichtungen. Dann wäre sie in der Lage, viel authentischer darüber zu berichten. Vielleicht hatte sie Glück, und der Hüne benutzte eine Gerte.

Die beiden waren so mit sich beschäftigt, dass sie alles um sich herum vergaßen und keinen Blick an sie verschwendeten, unwissend, dass sie auf dem Balkon war.

„Fester, Tom, bitte." Er saugte so hart an dem Nippel, dass sie sich zügellos aufbäumte.

„Du sollst stillhalten, Schiava!"

Italienisch für Sklavin. Typisch.

Er packte sie und drehte sie um, drückte ihren Oberkörper auf die Bank, öffnete den Reißverschluss des engen leuchtend blauen Rockes und zog ihn nach unten, sodass der sexy Po entblößt vor ihm lag. Kim schluckte, fühlte sich erregt bei dem Gedanken, ohne Slip in der Gegend herumzulaufen. Ein klatschender Hieb landete auf der rechten Backe der Gespielin, doch anstatt sich darüber zu empören, gurrte sie und reckte ihm das Hinterteil schamlos entgegen.

Kim konnte ihr Glück nicht fassen – jetzt sah sie zum ersten Mal eine krankhafte Szene, und sie musste sich jede Einzelheit einprägen.

Eine leise Stimme ganz hinten aus ihrem Bewusstsein meldete ihr, dass an der Szene gar nichts Abartiges war. Sie packte die Stimme entschlossen in die Gefriertruhe.

Der Mann lief seufzend um das arme irregeleitete Opfer herum und blieb vor dem Kopf der Frau stehen. Er legte seine Handfläche auf ihre Schulter und streichelte über die leicht gebräunte Haut.

„Wieso nur reizt du mich ständig, Iris?" Der Tonfall stellte eine raue Versuchung dar, Schokolade durchzogen von Chilistücken. Er versuchte alles, um sie zu bezirzen wie eine männliche Sirene.

„Weil du es von mir erwartest, Maestro." Die Worte kamen selbstsicher und verlockend aus dem schönen Mund, begleitet von einem erwartungsvollen Lachen. So hatte sich ihre Cousine Sally noch nie benommen. Wenn sie mit dem Arschloch Séamus sprach, war ihre Stimme stets leise und angstvoll, und sie sah ihn nie direkt an. Iris hob den Kopf in den Nacken und warf ihrem Gebieter offensichtlich einen frechen Blick zu, denn er

~ 20 ~

zog die Augenbrauen hoch und unterdrückte ein Lächeln. Und wie liebevoll er sie ansah, den Blick voller Beteuerungen.

„Dann werde ich entsprechend reagieren."

Sie lachte sinnlich und erwartete seine Reaktion mit Freude.

Wie konnte sie nur?

Er zog ihr das schimmernde Top über den Kopf, küsste sie zärtlich auf den Scheitel und betrachtete sie abschätzend so lange, bis Iris anfing zu zittern.

Kim sah, dass es nicht ausschließlich vor Furcht war; Iris bebte vor Lust. Kim reagierte darauf mit gänzlich unverständlicher Feuchtigkeit zwischen ihren Schenkeln, welche ihr Baumwollhöschen benetzte. Ihre Nippel pochten, und sie waren hart.

„Auf eine Fesselung verzichte ich zunächst, ich verlange, dass du liegen bleibst, egal was ich dir antue." Er sagte die Worte sanft und nachdrücklich, verführerisch, sodass sein Opfer erwartungsvoll lachte. Er ging zu einem Sideboard, zog eine Schublade auf und kam mit einem Rohrstock zurück.

Iris lag bewegungslos auf dem Bock – vermutlich gelähmt vor Angst. Es musste einfach so sein! Kim schluckte. Irgendwie wollte sie ihren Gedanken nicht glauben.

Der Hüne blieb hinter Iris stehen, und Kim rechnete damit, dass er rücksichtslos auf den Po eindreschen würde, bis er blutete, und sie dann ficken würde. Er hatte sicher nur das eigene Vergnügen im Sinn. Iris war ein Mittel zum Zweck, eine lebendige aufblasbare Puppe, die man wegwarf, wenn die Luft raus war.

Und wieso hat Iris keine Narben auf ihrem Körper, fragte Kims innere Stimme, diesmal mit Vehemenz. Ihre Haut ist makellos.

„Spreiz deine Schenkel, Schiava! Ich erwarte, dass du feucht bist, dass ich meine Finger ohne Widerstand in dich hineinstecken kann. Mein Daumen auf deinem nassen schlüpfrigen Kitzler sollte dich schnellstmöglich zum Orgasmus bringen. Anschließend bist du bereit für die Züchtigung."

Mit den Handflächen drückte er ihre Beine auseinander, fasste mit einer Hand dazwischen. Der Typ besaß gewaltige Hände, und eine freche Präsenz in Kims Kopf wollte wissen, ob sein Schwanz wohl ebenso groß war.

„Dachte ich es mir, du bist gierig, meine kleine geile Sklavin, mehr als bereit, mich zufriedenzustellen." Er rieb über das Geschlecht von Iris, und sie jammerte unter der kundigen Stimulation.

So hatte Kim sich das nicht vorgestellt. Wo war der egoistische Kerl, der den Phallus in die Frau steckte, sie rammelte, bis er zum Höhepunkt kam und dann das Weite suchte?

Er legte eine Handfläche auf den Lendenwirbel von Iris, um sie ruhiger zu halten, denn sie rekelte sich unter den verführerischen Reizen. Iris besaß keine Hemmungen und gab sich der Versuchung laut stöhnend hin.

„Für dein freches Benehmen erhältst du ein paar zusätzliche Hiebe." Iris wimmerte heftiger, und sie zuckte, als der Orgasmus sie überrannte.

Erst als Kim die Feuchtigkeit an ihren Fingerspitzen bemerkte, wurde ihr bewusst, dass sie über ihre Klitoris rieb, dass sie das Kleid hochgeschoben hatte und mit Zeige- und Mittelfinger ihre eigene Lust anfachte.

Vor ihren Augen holte der Hüne mit dem Rohrstock aus. Kim betrachtete mit Grauen, mit welcher Wucht er es tat. Doch er schlug nicht zu, sondern quälte Iris mit Schlägen, die durch die Luft pfiffen, sie jedoch nicht berührten. Kim biss in ihre Handfläche, fast hätte sie vor Schreck aufgeschrien. Dennoch rieben ihre Finger weiter ihre nasse Spalte. Sie war betrunken, das lieferte ihr die Erklärung für ihr Verhalten, und nur deswegen war sie nicht sofort aufgestanden, als die beiden Perversen ihre Spielwiese betreten hatten. Außerdem hatte Kim mehrere starke Schmerztabletten genommen, weil sie mit entsetzlichen Kopfschmerzen aufgewacht war. Sie konnte nur mit Mühe klar denken.

Der Stock traf den Po, nicht fest; Kim sah dem Mann an, dass er sich zügelte. Iris stöhnte lüstern und genoss die Schläge. Es war offensichtlich.

Wem wollte Kim den Abscheu vormachen? Sie war fasziniert von dem Spiel des Paares, welches nicht falsch wirkte, sondern richtig, denn es waren Liebende und keine Gegner. Seine Handlungen muteten nicht respektlos an. Sogar als er härter zuschlug, sah es nicht aus, als ob er einem Wahnsinnigen gleich auf sie einprügelte. Ständig unterbrach er die Züchtigung, um Iris zu liebkosen, die Pobacken zu streicheln. Iris wimmerte, schrie und reckte sich der Pein entgegen, ergriffen von ihrer Begierde. Zum ersten Mal fragte Kim sich, wie es sich anfühlen würde, es zu erleben, am eigenen Leib und nicht in ihrer Fantasie, denn es war ganz anders als bei Sally.

Kim ließ sich auf die Bank zurückgleiten, berührte mit einer Hand ihre Nippel, mit der zweiten intensivierte sie das Solospiel. Sie schloss die Augen, gefangen in ihrer Lust, als sie ein Räuspern hörte. Bevor sie reagieren konnte, zog Dean sie mit seinen fantastischen Händen an den Beinen an die Kante der Sitzfläche, sodass sie auf dem Rücken lag, riss ihr das Höschen herunter und leckte sie. Er gab ihr keine Zeit für Bedenken oder irgendeine abwehrende Reaktion. Mit seinen kräftigen Händen hielt er ihre Knie, während er an ihrer Klitoris saugte. Sie spreizte die Schenkel, soweit es ihr möglich war, drängte sich der Zunge entgegen, die sie derart gekonnt leckte und kam nach wenigen Sekunden.

Gott, sie war sehr betrunken und unglaublich müde, sie schlief auf der Stelle ein.

„Kim." Dean rüttelte sie an der Schulter, ihr leises Schnarchen deutete auf einen tiefen Schlaf. Er fasste es nicht. Ein paar Mal waren Schiavas bewusstlos geworden, überwältigt von den körperlichen Reizen, jedoch eingeschlafen war noch nie eine. Er starrte sie an, doch sie blieb unbeeindruckt, gefangen in ihren Träumen. Falls John und Miles von diesem Zwischenfall erfuhren, würden sie ihn bis an das Ende seiner Tage damit aufziehen. Und Tom würde die beiden garantiert einweihen. Außerdem sah er Iris vor sich, wie sie Viola alles brühwarm erzählte, und wie sie sich vor Lachen auf dem Bett herumrollten. Eine Androhung der Höchststrafe würde es nur schlimmer machen. Das hatte man davon, wenn man die Zügel durchhängen ließ.

Dean liebte die Schiavas des Federzirkels, gerade für ihre impulsive freie Art, denn das gab den Maestros die Gelegenheit, genauso impulsiv und erfinderisch zu sein.

Tom trat breit grinsend auf den Balkon. Iris verblieb auf dem Strafbock, obwohl sie den Kopf drehte, um zu ihnen zu sehen. Auf ihrem Gesicht lag das gleiche breite Grinsen. Dean rollte mit den Augen. Das würde ihm ewig nachhängen, doch Iris sollte bloß nicht glauben, dass sie mit Frechheit bei ihm durchkam.

„Iris!" Toms Tonfall duldete keinen Ungehorsam. „Wenn etwas nicht in Ordnung ist, lasse ich es dich wissen."

Sie funkelte ihn an und sank ergeben auf die Unterlage zurück.

„Sie schläft, Mann, was hast du ihr zu trinken gegeben?"

Dean griff nach der Umhängetasche, die neben ihr auf der Bank lag, und sah, dass Tom bemüht war, nicht in Gelächter auszubrechen. Er selbst konnte es nur mit Mühe unterdrücken.

„Bloß Sekt." In der Handtasche fand er starke Schmerztabletten, die sein Ego retteten, einen kleinen Vibrator, einen Lippenstift und ein Notizbuch, gefüllt mit Ideen für ihre Radiosendung *Verruchte Nächte*.

„Soll ich dir helfen, sie ins Bett zu bringen? Ich fessle Iris an den Strafbock, damit sie auf keine dummen Gedanken kommt, und überlasse sie Miles' kundiger Aufmerksamkeit."

Kim murmelte und legte eine Hand auf die Stirn, nur um in erneutes Schnarchen zu verfallen.

Tom fesselte Iris' Handgelenke in Softmanschetten an den Bock, schob ihr noch ein Vibrationsei zwischen die Schenkel und schaltete es ein, quittierte den Ungehorsam mit einem kraftvollen Schlag auf den wohlgeformten Po. Er rief Miles an, und nach ein paar Minuten betrat dieser

~ 23 ~

mit funkelnden grünen Augen das Zimmer. Miles wohnte mit ihnen im Haus.

„Lass deiner Fantasie freien Lauf, mein Freund. Iris verdient es. Nach meiner Rückkehr bestrafen und ficken wir sie gemeinsam."

Miles griff lächelnd nach dem Rohrstock und küsste Iris zart auf die Pobacke. Ihren Protestschrei unterband er mit dem ersten Schlag des Stockes.

Tom warf sich Kim über die Schulter. Dean steckte Kims Höschen in seine Jeans und zog ihr das Kleid nach unten. Mit nacktem Arsch würde er sie durchs Haus tragen, wenn sie bei vollem Bewusstsein ihren Zorn hinausschrie. Die Vorstellung gefiel ihm.

Sie brachten sie in eines der Gästezimmer und entkleideten sie. Beide ließen sich Zeit, sie ausgiebig zu betrachten. Ihre Haut was blass, die Brüste eher klein, aber ausreichend, gekrönt von Nippeln in einem hellen Rosa. Die Beine waren so großartig, wie er vermutet hatte. Die letzte Intimrasur lag schätzungsweise zwei Tage zurück und ließ nur einen Schluss zu: Oh ja, sie war eine echte Rothaarige.

„Sie kommt leicht zum Höhepunkt." Tom grinste ihn an, schlug ihm brüderlich auf den Rücken und machte sich auf den Weg zu seiner Schiava, die mit Sicherheit vor Wut und Begierde schäumte. Tom und Miles stand eine interessante Nacht bevor.

Dean hatte vorgehabt, Kim zu ficken, ihr mitzuteilen, dass sie inmitten der impotenten Greise gelandet war, während sie den zweiten Orgasmus erreichte. Er hatte noch ihren erregenden Geschmack auf der Zunge. Doch jetzt formte er einen neuen Plan. Sie sollte von selbst realisieren, wo sie aufgeschlagen war, und bis zu der Erkenntnis würde sie Schmerzen und Lust durchleben.

Dean fiel seufzend auf einen der lindgrünen Sessel. Ehe er sie allein ließ, musste er sich vergewissern, dass es ihr gut ging.

Er öffnete das schwarze Notizbuch und blätterte zum Zeitvertreib darin, bis er zu der Zeile kam: „Gründe, ein Dom zu sein (Dom: dumm ohne Moral, gewissenlos, herzlos, sadistisch, gemein, unberechenbar)". Das entlockte ihm ein Stirnrunzeln. Hatte sie schlechte Erfahrungen in einer SM-Beziehung gemacht, oder kannte sie jemanden, der in einer lebte, und es sagte ihr nicht zu? Manches war gefährlich, und nicht jeder besaß den hohen Verhaltenskodex des Federzirkels. Es gab unzählige Formen des SM, und auf einige traf zu, was sie in ihrer Radiosendung von sich gegeben hatte.

Vielleicht sollte er seinen Plan nochmals überdenken. Es war Zeit, John und Miles aufzusuchen, um ihre Meinung anzuhören.

Kapitel 3

K im stöhnte, bevor sie es wagte, die Augen zu öffnen. Sie war in
Watte und zähen Nebel gehüllt, ihr Gehirn glich einem Brei,
der gerade püriert wurde – nur auf diese Weise konnte sie den
Schmerz erklären. Und dann dieser Traum! Sie hatte geträumt, dass Dean
sie oral befriedigte, sie leckte und saugte, bis sie zum Höhepunkt kam.

Ihre Lider flogen auf, denn sie war sich unsicher, ob es ein Traum gewesen war. Sie lag nackt auf einem Pfostenbett. Zwei lindgrüne Sessel
thronten vor den großen Fenstern, weiße Vorhänge bedeckten die Fensterscheiben, Vogelgezwitscher und leise Stimmen drangen an ihre Ohren.

Wer hatte sie ausgezogen?

Dean!

Sie musste von diesem Ort verschwinden. Ihre albernen Rachepläne
lagen zertrampelt zu ihren Füßen. In diesem Zustand – und auch in
keinem anderen Zustand – konnte sie ihm unter die Augen treten.

Ihre Reisetasche stand auf dem Sideboard aus Kirschholz. Sie brauchte
eine kalte Dusche, um zu Verstand zu kommen. Hatte sie gestern wirklich
eine SM-Szene beobachtet, die sie dermaßen angeregt hatte, dass sie
masturbierte? Ihre Übelkeit nahm bei dem Gedanken zu, denn das widersprach ihren Prinzipien.

Zornig realisierte sie, dass er alles eingefädelt hatte. Und sie war mit
fliegenden Haaren in seine Falle getappt.

Auf unsicheren Beinen ging sie in das angrenzende Badezimmer, dessen
Tür offen stand. Eine geschmackvolle Nasszelle in Grautönen erwartete
sie, jedoch fehlte ihr die Energie, sie gebührend zu bewundern.

Sie ließ heißes Wasser auf sich herabprasseln, bis sie langsam zur Besinnung kam, nur um zu erkennen, dass die Erlebnisse nicht ihren
Träumen entsprungen waren. Sie lehnte sich gegen die hellen Fliesen, betrachtete das Mosaikmuster auf dem Boden, und ihre Knie gaben fast
unter ihr nach. Am besten schnappte sie sich ihre Tasche und suchte das
Weite. Sie plante, Viola später anzurufen und ihr etwas von einem
Migräneanfall zu erzählen.

War zwar feige, aber den Sullivans beim Frühstück gegenüberzusitzen,
dazu besaß sie nicht genügend Nerven. Und der absolute Albtraum wäre,
dem Pärchen von gestern Abend in die Augen zu sehen. Sie mussten gewusst haben, dass Kim sie beobachtet hatte. Wahrscheinlich standen sie
auf Zuschauer. Es passte zu dem Bild, das sie von Perversen hegte.

Und du? Du hast dich genauso abartig verhalten. Anstatt aufzustehen, dich bemerkbar zu machen, hast du sie mit Wohlwollen betrachtet und dich aufgegeilt!

~ 25 ~

Die innere Stimme verursachte Übelkeit, als wäre ihr nicht schon übel genug. Kim ging ins Schlafzimmer und griff nach der Tasche, öffnete den Reißverschluss und kramte nach ihrer Unterwäsche. Verflixt, sie war sicher, sie hatte sie eingepackt. Verzweifelt kippte sie den Inhalt aus – nur Shorts, ein T-Shirt, ein paar Socken und ansonsten gähnende Leere. Wo war ihre Handtasche? Hektisch riss sie sämtliche Schubladen auf, sah sogar unter dem Bett nach, doch sie war nirgends aufzufinden.

Zufall?

Wütend presste sie die Lippen aufeinander, als ihr klar wurde, dass sie nicht von hier weg konnte, es sei denn, sie nähme einen stundenlangen Marsch auf sich, nur um am Ende ohne Schlüssel vor ihrem Haus zu stehen. Und das auch noch ohne Schuhe – wie weit würde sie kommen?

Dean Sullivan!

Heißer Zorn stieg in ihr auf. Er wollte mit ihr spielen? Das konnte er haben! Sie zog verärgert die grünen Shorts, das T-Shirt und die Frottee-socken an, wappnete sich mit ihrem dicksten Kühlschrankpanzer und begab sich schnellen Schrittes in Richtung der Stimmen. Ihr Kopf hämmerte bei jedem Schritt und brachte sie fast dazu, die Wut zu vergessen. Geflissentlich ignorierte sie die Bedenken, die sich in ihr ausbreiteten: näm-lich dass sie den Sullivan-Brüdern nicht gewachsen war. Dass Dean ihr schon aufgezeigt hatte, wer die Zügel in der Hand hielt.

Diese Kopfschmerzen! Sie verhinderten logisches Denken, dabei brauchte sie einen kühlen Verstand.

Sie durchquerte das Esszimmer und blieb in der Terrassentür stehen. Verdammt, wo war Viola?

Dean, John und ein unbekannter dunkelblonder Typ unterbrachen ihre Unterhaltung, um sie anzusehen. Die Blicke trafen sie wie Pfeilspitzen, und sie ärgerte sich über ihr Verharren.

Bevor sie die Gelegenheit bekam, ihre Tirade loszuwerden, stand Dean vor ihr, sah auf sie herunter, und sie setzte einen Schritt zurück. Spöttisch zog er die Mundwinkel hoch. Ihr Eispanzer zerbarst, wurde ersetzt von lodernder Rage, die sie verschlang. Die Emotion war dermaßen intensiv, dass ihr schwindelte. Dean umfasste ihre Schultern und gab ihr Halt.

„Setz dich, wir haben dich erwartet."

Er sagte die Worte befehlend, als ob er ihren Gehorsam voraussetzte. Seine gesamte Erscheinung schüchterte sie ein. Die flammende Unsicher-heit beschleunigte ihren Herzschlag, ließ ihre Wangen erröten. Sie fühlte sich wie vierzehn.

„Ich sage es nicht erneut."

Er trieb es auf die Spitze, doch sie war nicht gewillt nachzugeben. Falls sie nachgab, würde sie nur tiefer in seinem Geflecht landen.

Sie spürte wieder seine Zunge auf ihrem Kitzler. Er hatte sie geleckt, als ob er es liebte, eine Frau zu kosten.

Konzentrier dich!

Ihr Zorn amüsierte die drei Kerle, nicht nur die verzogenen Mundwinkel, sondern auch die blitzenden Augen und die Körperhaltungen drückten es klar aus.

„Gib mir sofort meinen Autoschlüssel!" Sie hoffte, ihre Worte klangen gefestigt, leider zeigte seine Mimik ihr deutlich, dass dem nicht so war.

Er umfasste ihren Nacken und zog sie mit einem Ruck zu sich heran, obwohl sie versuchte, sich seiner Kraft zu widersetzen. Die zweite Hand, die ihre Pobacke knetete, gab ihr den Rest, denn er schob sie in ihre Shorts, berührte die nackte Haut. Dean hatte eine umwerfende Handfläche, rau von der Arbeit, fest und heiß.

Zudem fühlte sie die Augen der Männer auf sich.

„Entweder gehorchst du mir, Indigo Blue, oder ich zwinge dich."

Eine Schockwelle erreichte sie und spülte sie fort, nur sein Griff hielt sie aufrecht. Er kannte ihre geheime Identität, und er war ein Dominus, genauso wie die anderen beiden. Die Gewissheit ließ sie aufstöhnen. Sie versuchte, ihn wegzuschieben, aber er bewegte sich nicht, packte stattdessen ihre Handgelenke. Der Blonde stand auf, blieb hinter ihr stehen, und sie spürte seine Körperwärme, die in sie sickerte, zu ihrem Unbehagen beitrug.

„Du scheinst nicht zu wissen, wo du dich befindest, Kim." Der Blonde sagte die Worte sanft, doch das täuschte sie nicht; es machte sie nur noch schneidender, bedrohlicher. Er schob die Handflächen unter ihr T-Shirt, berührte ihre Nippel und stimulierte sie zärtlich. „Du bist inmitten der impotenten Altherren gelandet. Ich bin Miles."

Dean hielt sie so fest, dass sie wehrlos war. Sie unterdrückte mit ihrem äußersten Willen das Gefühl, das die stimulierenden Fingerspitzen herausforderten.

Die Erkenntnis schlug gnadenlos zu. Das Federtattoo, das Iris auf dem Gemälde unter dem Schlüsselbein zierte! Die Schmerztabletten, kombiniert mit dem Alkohol, und die ganze Aufregung, hatten Kims Gehirn scheinbar außer Kraft gesetzt!

„Setzt du dich jetzt, oder müssen wir Nachdruck anwenden?", flüsterte Miles in ihr Ohr. Da war etwas in seiner Stimme, das ihr verriet, dass er zu gern Nachdruck anwenden würde. Dazu brauchte sie nicht in Deans Augen zu sehen, die sie gleich einem zugefrorenen See anfunkelten.

Wenn sie sich setzte, würde sie wenigstens die Fingerspitzen loswerden, die sie verwirrten, sie erregten und ihren Zorn schürten. Unfähig zu sprechen, nickte sie.

Beide traten nach hinten, und Dean zog ihr mit einer überraschenden Geste höflich den Stuhl zurück. Sie dachte an Séamus, der Sally mit Verachtung, Drohungen und Gleichgültigkeit bedachte. Reagierte sie nicht sofort, schlug er ihr ins Gesicht. Als Kim einmal hatte einschreiten wollen, hatte Sally sie aus dem Haus geworfen – es tat weh, nur daran zu denken. Sally war ein trainierter Zombie.

Diese Situation war ganz anders. Auf einmal wusste Kim nicht, wohin mit ihren Händen, und legte sie auf ihren Schoß. Es gelang ihr, ein wenig von ihrer Kühle zurückzuerlangen, sodass sie sich traute, hochzublicken und Dean anzusehen. Falls er glaubte, sie wäre wie all die anderen Frauen, täuschte er sich.

„Uns scheint, du verbreitest übles Gedankengut, völlig aus der Luft gegriffen, und redest von Dingen, die deinen Wissensstand sprengen", sagte John. Er lächelte herablassend.

Kim trank einen Schluck von dem vorzüglich schmeckenden Tee. Danach biss sie in den Toast, erwartete, dass einer der Drei sie schlagen würde, da sie es gewagt hatte, ohne ihre Erlaubnis Nahrung zu sich zu nehmen. Sie drückte die Schultern durch, legte Eis in ihren Ausdruck, wappnete sich gegen den Schmerz.

Die Männer brachen in brüllendes Gelächter aus, und es durchbrach ihren Wall erneut.

„Kim, du glaubst doch nicht an den ganzen Quatsch, den du in deinen Sendungen von dir gibst!" Dean sah sie an, plötzlich ernst. „Wenn du mutig genug bist, würde ich dich gern in die Welt des Federzirkels einführen."

Sie hatte Mühe, das Brot hinunterzuschlucken, denn er meinte es aufrichtig und spielte nicht mir ihr. Ein Gedanke begann sich in ihrem Gehirn zu formen, erweckte ihren Stolz, gepaart mit Neugierde. Es war eine gefährliche Kombination. Sie wusste es, und es war ihr gleichgültig. An ihr würde er sich die Zähne ausbeißen, sie würde nicht zu einer Schiava werden. Nebenbei könnte sie sich für die Schmach rächen, die er ihr angetan hatte.

„Meinst du, du kannst es mit mir aufnehmen?" Sie sah ihn provozierend an und biss erneut in den Toast.

„Es geht nicht um Gewinnen und Verlieren. Es geht um Vertrauen und Hingabe."

Sie blieb ihm eine Antwort schuldig, denn Viola kam auf die Terrasse, reichlich zerknautscht, in roten Shorts und einem langärmligen T-Shirt.

Sie umarmte Kim kurz, sah alle fragend an, offensichtlich noch nicht richtig wach.

„Guten Morgen, Miles", krächzte sie und gab ihm einen freundschaftlichen Kuss auf die Wange. Das Gleiche tat sie bei Dean, und John küsste sie auf den Mund, bevor sie sich ächzend auf dem gepolsterten Stuhl aus Teakholz niederließ. Ihr entfuhr ein Schmerzenslaut, als ihr Po auf die Sitzfläche traf.

„Haben wir dich zu fest bearbeitet, Cara?", fragte Dean schmunzelnd und liebevoll.

Kim spuckte fast ihren Tee quer über den Tisch. Viola hatte Sex mit den Brüdern, obwohl sie mit John verheiratet war, und ließ sich von ihnen mit perversen Spielchen in die Lust treiben. Wie konnte sie nur!

Gleichzeitig erregte Kim die Fantasie, von zwei Sullivans geliebt zu werden. Die Hände und Zungen zweier Könner auf ihrem Körper zu spüren, versprach eine nie gekannte Erfüllung. Der Gedanke schürte ihren Zorn erneut, torpedierte er doch ihre kühle Überlegenheit, verwandelte sie stattdessen in heiße Unbesonnenheit.

„Übrigens, Kleines. Dürfen wir dir Indigo Blue vorstellen?" John war das Amüsement deutlich anzumerken.

Viola prustete, und der Tee traf Miles' weißes T-Shirt. Kim erstarrte, denn spätestens jetzt würden sie Viola bestimmt schlagen. Miles tupfte jedoch grinsend über die Flecken, während in seinen Augen Zuneigung lag.

„Ist nicht euer Ernst?"

Sie sah Kim an und brach in heftiges Lachen aus, sodass sie fast vom Stuhl fiel. Stöhnend fasste sie an ihre Schläfen und sah John vorwurfsvoll an. Mit einem Lächeln reichte er seiner Frau und Kim Ibuprofen. Er blieb hinter Viola stehen und küsste sie wie ein verliebter Kater auf den Scheitel.

Auch Dean stand auf und legte die Hände auf Kims Schultern. Sie spürte sie nicht nur körperlich.

„Ich erwarte dich am nächsten Freitag um neunzehn Uhr im Federzirkel. Wenn du erscheinst, willigst du ein, für eine Woche meine Schiava zu sein."

Dean warf Kim einen herausfordernden Blick zu, als er den Raum verließ, und sie war allein mit Viola, die ihr so fremd wie ein Alien vorkam, als sie erneut in brüllendes Gelächter ausbrach und dann stöhnend an ihren Kopf griff.

„Lass uns erst frühstücken, bevor du mich ausfragst, Indigo."

Kim verübelte es der Freundin, dass sie vor Lachen weinte, während sie ihr beim Essen erzählte, dass sie eingeschlafen war.

Viola nahm kein Blatt vor den Mund, beschrieb ihr, wie es sein würde.

„Dean bekommt, was er verlangt, er fordert hemmungslos ein, was du herbeisehnst. Deine Geheimnisse und Sehnsüchte sind nicht sicher vor ihm. Er spürt sie gnadenlos auf." Viola lächelte entzückt. „Er wird dich langsam verführen, bis du dich hingibst, dich freiwillig von ihm zähmen lässt. Du wirst alles genießen, was er dir antut."

Kim glaubte ihr kein Wort, sie war ganz anders als Viola.

Falls einer heulte, würde es Dean sein, da er sie nicht zerbrechen konnte. Denn im Endeffekt war es doch das, was er wollte: Sie nach seinem Willen formen, um ihre Persönlichkeit zu zerstören. Sie verletzt und gebrochen zurücklassen. Oder nicht?

Viola hatte ihre Hände umfasst.

„Du setzt Tränen mit einer Niederlage gleich." Sie sah Kim direkt in die Augen. „Zu weinen ist eine starke Emotion. Ich habe schon vor Furcht, Freude, Trauer, Schmerz und Lust geweint, bei den Sessions mit John und anderen Mitgliedern des Federzirkels. Du solltest dich niemals deiner Gefühle schämen, egal, aus welchem Grund die Tränen fließen – sie werden fließen!"

Sie lächelte Kim an, offensichtlich gefangen in einer Erinnerung. „Der Federzirkel gibt sich nicht mit weniger zufrieden. Und Dean ist ein Maestro, nicht nur auf diesem Gebiet."

Ihre vermisste Kleidung lag auf dem Bett, als Kim zurück in ihr Zimmer kam. Verunsichert stopfte sie alles in die Reisetasche und zog ihre Sandalen an. Kim war bewusst, dass ihre Abreise wie eine Flucht wirkte, doch es war ihr egal. Viola verstand ihren Wunsch, den Besuch abzubrechen.

„Denk in Ruhe darüber nach, Kim. Falls du am Freitag im Federzirkel auftauchst, musst du bereit sein, es wirklich zu wollen." Sie hatte ihr in die Augen gesehen. „Dean akzeptiert keine Hälfte von dir, er verlangt die ganze Kim, auch die verborgene."

Die Worte von Viola hatten Kims Neugierde und gleichzeitig ihren Trotz geweckt. Es war Zeit für frischen Wind im Federzirkel. Sie würde über diese selbstgefälligen Kerle wie ein Sturm hereinbrechen.

Es waren mutige Gedanken, doch sie war ganz und gar nicht von ihnen überzeugt. Sie drehte das Radio auf, und ihr Herz trommelte im Einklang mit den wummernden Beats von „Shout, Shout, let it all out, these are the things I can do without". Selbst der Name der Band passte: *Tears for Fears*.

Wenn das kein Zeichen war!

Sie beruhigte sich erst wieder, als sie an ihrem Haus ankam und Velvet und Silk erspähte, die friedlich auf der Weide grasten, die an das alte Landgut grenzte. Silks schwarzes Fell glänzte in der Sonne. Die beiden Traberstuten kamen an den Zaun, in der Hoffnung auf ein paar Leckerbissen. Das Schnauben der Pferde und der vertraute Geruch verfehlten nicht ihre Wirkung. Widerwillig gab sie zu, dass Dean sie beunruhigte mit dem Reiz, den er auf sie ausübte. Sie kletterte durch die Verstrebungen des Holzzaunes und schmiegte ihre Wange gegen den glänzenden Hals von Velvet, die fast die gleiche Fellfarbe hatte wie Kims Haar. Und Silk? Ihre Fellfarbe ähnelte Deans Haar. Ob sie ihm wirklich gewachsen war? Energisch holte sie Luft. Sie war stark, und er würde erkennen, dass es durchaus eine Frau gab, die ihn in die Knie zwang, die unbeeindruckt von seinem intensiven Quecksilberblick blieb und sich nicht von seinem Körper beeindrucken ließ, der von der harten Arbeit vor Kraft strotzte. Wenn er glaubte, dass sein knackiger Hintern sie in Wallung versetzte, dann war er schief gewickelt.

Das alberne dominante Gehabe konnte er in die Wüste schicken, zusammen mit der Erkenntnis, dass sie immun gegen seine Psychospielchen und den Lustschmerz war.

Silk bemerkte ihre Unruhe, schnaubte den Missmut in ihre Haare und sah sie an, als ob sie an ihrem Verstand zweifelte.

Kim schlenderte ins Haus, fröstelte unter der kühlen Luft, die sie empfing. Das Gebäude eignete sich perfekt für ein kleines Romantikhotel mit wenigen Zimmern, um die Gäste vollendet zu verwöhnen. Sally war eine großartige Köchin, und es wäre ein Vergnügen gewesen, das Hotel gemeinsam mit ihr zu führen. Kim lächelte traurig, denn von der fröhlichen Sally war nichts mehr übrig.

Eigentlich hatte sie mit Violas Ehemann einen Besichtigungstermin ausmachen wollen. Jetzt musste sie sich nach einem neuen Bauunternehmer umsehen. Allein die Vorstellung, die Sullivans monatelang in ihrem Zuhause zu haben, erweckte ihr Unbehagen – und ihre Fantasie, die sie ungefragt auf gefährliches, allzu verlockendes Terrain führte.

Der Parkettboden, der dringend abgeschliffen und geölt werden musste, knarrte unter ihren Füßen. Sie riss die Terrassentüren des Wohnzimmers auf und holte ihr Notebook, um auf der Holzterrasse zu arbeiten.

Sie plante, die nächste Radioshow für *Verruchte Nächte* vorzubereiten. Ihr E-Mail-Fach quoll über, und sie sortierte geübt den Müll aus sowie die beleidigenden Mails. Am Anfang hatte sie die Texte gelesen, inzwischen konnte sie besser schlafen, wenn sie die Bedrohungen und Bosheiten einfach löschte. Diese Nachrichten bekräftigten sie in ihrer Meinung, die sie von SM hegte.

Manche waren an Dummheit nicht zu überbieten. *Sklavin, falls ich dich in die Finger bekomme, wirst du auf dem Boden herumkriechen, ihn ablecken und mir zu Wünschen sein, du dämliches Stück.* In diesen Variationen erhielt sie jede Woche Mails.

Sie lächelte, als sie eine E-Mail von Steven Kinsley entdeckte, einer der wenigen, der keinen Nicknamen benutzte und mit dem sie einen freundschaftlichen virtuellen Kontakt pflegte. Er wollte sich mit ihr verabreden, und sie hatte ihm wegen des Wochenendes bei Viola abgesagt.

Jetzt hätte sie Zeit und schlug ihm daher vor, sich heute Abend in einem kleinen Bistro, dem Basil, zu treffen. Sie rechnete nicht mit einer Zusage. Doch Kim hatte sich kaum auf dem bequemen Korbsessel zurückgelehnt und einige Strahlen der Herbstsonne genossen, als ihr Postfach schon eine Antwort meldete.

Ich buche einen Tisch auf den Namen Kinsley, zwanzig Uhr.

Sie schmunzelte, weil er nicht viele Worte verschwendete. Sie mochte das. Seufzend klappte sie das Notebook zu. Sich zu konzentrieren war unmöglich, schob sich doch Dean ständig in ihr Bewusstsein. Sie roch ihn. Gott, sie spürte ihn sogar. Ihr Gehirn war zwar betäubt gewesen, aber nicht ihre Scham. Die Erinnerung daran, wie er sie geleckt hatte, fuhr direkt in ihren Schoß. Ihre Fingerspitzen tauchten in Feuchtigkeit ein, sie verteilte sie auf ihrer Klitoris, zog die Shorts herunter und spreizte die Beine über die Lehnen des Stuhls. Durch das Sonnenlicht erstrahlte das Laub der Bäume in allen Farben. Sie legte den Kopf zurück und konnte nicht verhindern sich vorzustellen, es wären seine Fingerkuppen, die ihren Kitzler umschmeichelten, sein Daumen- und Mittelfinger, die ihre Nippel reizten. Der Wind raschelte in den Blättern und trug sie fort. Sie bäumte sich ihrer Hand entgegen, als sie viel zu schnell den Orgasmus erreichte, noch immer Deans Geruch in der Nase.

Viola hatte sie vorhin angelächelt. „Du weißt nicht, was es bedeutet, wenn du die ganze Aufmerksamkeit von den Maestros besitzt. Du schaffst es auf keinen Fall, Sehnsüchte vor ihnen geheim zu halten." Sie hatte auf ihrer Unterlippe herumgekaut. „Versuch es am besten erst gar nicht."

Das wollte Kim austesten.

Wutschnaubend saß Kim am Tisch des Bistros. Es regnete in Strömen, passend zu ihrer Stimmung. Sie wünschte, sie könnte ihren Frust mit Wein eindämmen, doch sie musste fahren. Das Schwein Steven glänzte durch Abwesenheit – vielleicht hatte er sie gesehen und sich umentschieden, da sie nicht seinem Geschmack entsprach. Sie sah auf die durchsichtige lilafarbene Bluse mit dem darunterliegenden Top, die sie mit Jeans kombiniert hatte. Daran gab es nichts auszusetzen.

Er wusste nicht, was er verpasste! Sie wäre heute für einen One-Night-Stand bereit gewesen, nur um Dean aus ihrem Verstand zu bekommen.

Der blonde Kellner sah sie lächelnd an. „Soll ich Ihnen die Karte bringen?"

Kim hasste es, allein zu speisen, doch sie war hungrig, und das Restaurant lockte mit verführerischen Kreationen. Einer Verschwörung gleich, saßen an den anderen Tischen ausschließlich Pärchen.

„Kennen sie Mr. Kinsley?"

Francis schüttelte den Kopf. „Ich kann meinen Kollegen fragen."

„Unnötig, er hat mich versetzt, und ich bezweifle, dass es sein richtiger Name ist. Ich hätte gerne die Knoblauchspaghetti und einen kleinen gemischten Salat."

Nach dem Essen hastete sie zu ihrem Micra, doch sie war augenblicklich bis auf die Haut durchnässt, da der leichte Sommermantel den Regen nicht abhielt. Es war stockdunkel, und sie war froh, dass sie flache Schuhe trug. Vorhin war ihr nicht aufgefallen, wie unheimlich es hier war. Sie gab dem Impuls nach, sich umzudrehen, und sah einen Typen, der mitten auf der Straße stand und zu ihr sah. Noch niemals hatte sie eine dermaßen intensive Angst verspürt, alles in ihr warnte sie vor einer Gefahr. Endlich erblickte sie ihr Auto, das sie in einer verlassenen Seitenstraße geparkt hatte, und betätigte den Schlüssel. Erleichtert saß sie im Trockenen, verriegelte die Türen, legte den ersten Gang ein und schoss aus der Parklücke. Nach einigen Hundert Metern hörte sie auf, ständig in den Rückspiegel zu sehen. Niemand folgte ihr. Sie lachte hysterisch und schalt sich für ihre Reaktion. Wahrscheinlich war der Typ auf dem Weg zu seinem Wagen gewesen und kein Serienkiller. Um den Tag nicht ganz abzuschreiben, würde sie duschen und es sich mit einer Tafel Schokolade vor dem Fernseher bequem machen. Die Erinnerung an Dean würde sie erst am Freitag hervorkramen, und sich bis dahin diszipliniert verbieten, auch nur den Schnipsel eines Gedankens an ihn zu verschwenden.

Sah Clive Owen ihm nicht ähnlich? Gebannt starrte Kim nach der Dusche auf King Arthur, während ein Stück Schokolade in ihrem Mund zerschmolz.

Kapitel 4

Über die Stirn wischend, schob Kim die leere Schubkarre in die Sattelkammer zurück. Erschöpfung presste auf ihre Schultern. Heute Morgen hatte sie im Pferdeasyl *Golden Melody* geholfen und unzählige Boxen ausgemistet. Poppy, die Besitzerin, war für jede Hilfe oder Spende dankbar.

Es nutzte nichts, die Arbeit im eigenen Stall erledigte sich nicht von allein. Es herrschte ein dämmriges Licht. Silk und Velvet genossen ein paar Sonnenstrahlen auf der Weide. Tagsüber konnten sie nach draußen gehen, wann sie wollten. Sie nahm die Mistgabel in die Hand und verteilte frisches Stroh in der großen Box, als ein Schatten im Stalltor sie aus der Tätigkeit riss.

Das Gegenlicht hinderte sie daran, ihn sofort zu erkennen, doch nach wenigen Schritten gab es keinen Zweifel mehr.

Er war es, Dean.

Ihm den Rücken zudrehend, fuhr sie fort, die Streu in der Box zu verteilen, war sich bewusst, dass ihr Benehmen kindisch wirkte.

Er blieb hinter ihr stehen und umfasste ihre Schultern, sodass die Hitze seiner Berührung durch das T-Shirt sickerte.

„Wenn du meine Schiava wärst, würde ich dich über den nächstbesten Strohballen legen und dir ordentlich den nackten Arsch versohlen." Er sagte die Worte ruhig und mit einer Endgültigkeit, die sie die Luft anhalten ließ. Er bemerkte es, das verriet ihr sein maskulines Lachen. „Aber ich weiß, du wirst mir in der Woche genügend Gelegenheiten bieten, dich ausgiebig zu züchtigen, ganz so, wie es mir in den Sinn kommt."

Ihr fiel fast die Mistgabel aus der Hand, und er drehte sie mit einem Ruck um. Sein intensiver Blick bohrte sich in ihren, sodass ihr Herz Purzelbäume schlug, obwohl sie alles versuchte, um es zu unterdrücken.

„Du bist dir sehr sicher, dass ich am Freitag bei euch auftauche." Sie funkelte ihn an. „Und dass du mich in meinem eigenen Stall ohne meine Einwilligung über einen Strohballen legst, um mir den Arsch zu versohlen", sie machte eine Pause, denn sie ahnte die Gefahr, in der sie sich befand, sprach schließlich aber dennoch weiter, „das kannst du gleich vergessen."

„Ist das so? Wer sollte mich aufhalten?" Sein Jagdinstinkt erwachte, sie sah es in dem Funkeln seiner Augen, in dem kaum merklichen Anspannen seiner Muskeln. Vorsichtshalber trat sie einen Schritt nach hinten. Das Funkeln nahm zu. Sie umklammerte die Mistgabel wie eine Waffe, und schon packte er ihr Handgelenk und drückte zu, bis sie loslassen musste.

„Dieser Stall bietet ungeahnte Möglichkeiten." Er zog sie dicht zu sich, griff in ihre Haare und zog ihren Kopf zurück, raubte ihr das Gleichgewicht. Seine Bewegungen waren geschickt, wahrscheinlich hatte er unzählige Frauen auf diese Weise überwältigt.

„Wenn du mich abstoßend findest, Kim, wieso reagiert dein Körper dermaßen nervös? Nur die Vorstellung, dass ich dir Lustschmerz zufüge, erregt dich. Ein paar Schläge und du wüsstest es."

„Dein übergroßes Ego stinkt wie der Misthaufen hinter dem Stall."

„Besser als das Ego einer Kirchenmaus." Er lachte weich. „Was habt ihr Frauen immer mit meinem Ego."

Bevor sie eine Antwort zischen konnte, zog er ihren Kopf weiter zurück, brachte sie vollkommen aus der Balance und drückte sie ins frische Stroh. Er schenkte ihr keine Gelegenheit, sich zu wehren, sondern drehte sie blitzschnell auf den Bauch, amüsierte sich über ihre empörten Schreie und setzte sich auf ihre Oberschenkel. Die Hitze seines Schritts erfasste sie.

Lieber Himmel, er hatte eine Erektion!

Er zog ihr das Handgelenk auf den Rücken. Ein Schnappen verriet ihr, dass es eine Handschelle war, die sich um ihr Gelenk legte. Sie strampelte sinnlos und versuchte, die andere Hand unter ihr Becken zu schieben. Doch ehe sie blinzeln konnte, schnappte schon die zweite Schelle zu.

„Arschloch." Sie japste entsetzt nach Luft, suchte nach geeigneten Flüchen. „Impotenter Esel."

Ein weiteres maskulines Lachen, und er knebelte sie mit einem Tuch.

„Mir scheint, dir mangelt es an Beherrschung. Mit ein wenig Übung bekommen wir das hin."

Kim dürstete es danach, ihn zu schlagen, ihn zu beleidigen, zu schreien. Nichts davon ging, also rettete sie sich in ihren Kühlschrank - sie erstarrte. In diesem Moment schob Dean ihr T-Shirt hoch, umfasste ihre Taille, führte die verführerischen Hände nach oben, bis er ihren BH erreichte, und öffnete den Verschluss.

Er drängte die Handflächen unter ihren Busen, brachte das erste Eis zum Zerschmelzen. Ihre geschwollenen Nippel pochten, und er stimulierte sie hart. Der Reiz fuhr glühend in ihre Scham. Sie verschluckte das Stöhnen, das ihr beinahe entwichen wäre.

Ein maskulines Geräusch kam aus seiner Kehle. Er nahm seine rauen Hände von ihren Brüsten, packte stattdessen ihre Hüften, öffnete den Knopf ihrer Reithose und zog den Schieber des Reißverschlusses nach unten.

So sehr sie es von sich verlangte, die Erregung zu ignorieren, es misslang ihr gründlich.

„Ich werde jetzt austesten, wie du auf Schmerz reagierst, mein kleiner Kühlschrank. Ich wette, du bist vollkommen abgetaut."

Sie schrie vor Wut in den Knebel, und er quittierte es mit einem Klaps auf ihren Po. Unbeeindruckt von ihrem Gezeter, zog er die Hose samt Höschen runter, bis ihre Pobacken blank vor ihm lagen.

„Der Strohballen wartet auf uns – die perfekte Unterlage für deine Bestrafung." Seine Stimme verbrannte sie mit ihrer Intensität, lockte sie, und zu ihrem Entsetzen spürte sie Tränen der Wut hinter ihren Lidern. Sie weinte nicht, das durfte er nicht schaffen.

Er zog sie mühelos hoch und drehte sie zu sich, sodass er sie ansehen konnte. Sie erspähte nicht in seiner Mimik, womit sie gerechnet hatte: Es lag keine Grausamkeit auf dem scharf geschnittenen Gesicht und auch kein Triumph, sondern Sinnlichkeit und Amüsement, die noch zu seiner Ausstrahlung beitrugen.

Ihre Hose verdonnerte sie zur Hilflosigkeit, beraubte sie der Möglichkeit, ihn zu treten. Schon saß er auf dem Strohballen, und sie lag über seinen Knien. Gegen ihre schnelle Atmung war sie hilflos, gegen die Hitze und die Feuchtigkeit zwischen ihren Schenkeln war sie machtlos. Sie war dermaßen wütend auf sich, dass sie sich am liebsten selbst geschlagen hätte.

Das übernahm Dean für sie. Er hielt ihre gefesselten Handgelenke mit einer Hand, und mit der anderen begann das perverse Schwein sein Werk. Sie rechnete damit, dass er gnadenlos auf sie einprügeln würde, ohne Vorwarnung, stattdessen spürte sie seine Fingerspitzen, die sich den Weg in ihren Schoß bahnten. Ihr wurde fast schlecht bei dem Gedanken, was er da finden würde. Sie rechnete mit einem höhnischen Kommentar, aber er blieb stumm. Er führte einen Finger in ihr Geschlecht, reizte sanft die Klitoris. Sie schloss ihre Augen, versuchte das Gefühl zu bekämpfen. Er merkte es und intensivierte die Stimulation, glitt mit einem zweiten Finger in ihre gierige Pussy. Torpedierte mit dem Daumen, der über ihren nassen Kitzler rieb, die letzte Selbstbeherrschung.

Mit einem Wimmern gab sie es auf, ließ sich darauf ein, und er zog die Hand zurück, nur um sie auf ihre Pobacke schnellen zu lassen. Er schlug mehrere Male zu, und es entsprach nicht ihrer Vorstellung: Die Schläge waren nicht zu hart. Kim wiegte sich in trügerischer Sicherheit.

Wenn das alles war, damit konnte sie leben.

Der erste scharfe Hieb landete auf der rechten Seite, dann folgten vier weitere Treffer, jeder beißender als der vorherige. Gerade als es richtig zu schmerzen anfing, ging er dazu über, ihren flammenden Po wieder zu streicheln.

Kim schrie in den Knebel. Dean blieb stumm.

Mit einer Hand fasste er zwischen ihre Schenkel und führte sofort zwei Finger in ihr Geschlecht. Der Daumen rieb in kreisenden Bewegungen ihren Kitzler, die andere Hand berührte ihre heißen Pobacken, kniff sachte hinein. Kim spürte den Orgasmus, der sie erfassen wollte, nur Sekunden entfernt. Doch Dean entzog ihr die köstliche Stimulation und stellte sie auf die Füße. Er küsste sie auf die Nasenspitze und befreite sie von dem Knebel.

„Du kommst leicht zum Höhepunkt, das gefällt mir. Heute hast du ihn dir aber nicht verdient."

Kims Mund war zu trocken, um zu sprechen, und ihr Kopf war leer. Sie fixierte einen Punkt auf seiner Schulter und versuchte, die Emotionen herunterzuschlucken, die in ihr brodelten. Dean löste die gepolsterten Handschellen und sah sie abwartend an. Kim holte aus und schlug ihm so hart auf die Wange, dass ein Abdruck verblieb. Dean schubste sie, und sie fiel auf den Strohballen. Sie wappnete sich gegen die Hiebe, die jetzt auf sie einprasseln würden, die ihm die Ruhe, die er ausstrahlte, stahlen. Doch er beugte sich über sie und küsste sie auf die Lippen.

Sein Gesichtsausdruck verriet ihn nicht, die Handschelle schnappte erneut um ihr Handgelenk.

„Was! Willst du mir erneut den Arsch versohlen, du Wurst?"

Er zog sie gefährlich lächelnd hoch. „Du verlangst, dass es nicht vorbei ist. Ich gewähre dir deinen Wunsch."

Noch immer hing ihre Hose um ihre Knöchel und raubte ihr die Bewegungsfreiheit. Er schob sie unerbittlich auf Silks Box zu, und sie ahnte, was er vorhatte. Sie versuchte, ihre Füße auf den Boden zu stemmen, doch er ignorierte ihre Bemühungen. Die Tür war eine Schiebetür und die obere Hälfte bestand aus Gitterstäben. Er drückte ihre Vorderseite dagegen, seine Erektion presste an ihren nackten entsetzlich brennenden Po. Die sinnlosen Bestrebungen dagegenzuhalten, entlockten ihm ein Lachen. Sie war durch die Stallarbeit kräftig, doch Dean erreichte, was er wollte. Die Handschelle klickte um das zweite Gelenk und fixierte sie an einem Gitterstab.

„Was möchtest du, Indigo Blue?" Seine Lippen berührten ihre Nacken, verursachten ihr eine Gänsehaut. „Du bist äußerst empfindlich, und deine Haut spiegelt deine Emotionen. Eine perfekte Leinwand für einen Maestro."

Seine Hand, die sich über ihren Mund legte, unterband ihre Beschimpfung. „Ich würde dich ungern erneut knebeln, aber solltest du noch ein unflätiges Wort von dir geben, tue ich es." Er sagte es sanft, so sanft wie ein Bett aus Brennnesseln. Sie schluckte alles, was sie sagen wollte, hinunter.

„Ich hole mir geeignete Werkzeuge, um die Züchtigung durchzuführen."

Mit Schrecken fielen ihr die ganzen Gerten ein, die nagelneu in der Sattelkammer hingen. Sie besaß eine Longierpeitsche und eine Kutscherpeitsche, die sie manchmal nutzte, wenn sie die Stuten vor einen Sulky spannte. Sie würde niemals eines der Pferde damit schlagen. Dean besaß keine Skrupel, sie bei ihr anzuwenden. Falls er sie gleich blutig schlagen würde, hätte die Anziehungskraft, die er auf sie ausübte, ein Ende – das Thema SM und Dean im Besonderen wären gegessen.

„Vertraust du mir, Kim?" Er berührte zärtlich ihren Nacken, fasste um ihren Oberkörper und rieb viel zu sanft ihre Nippel. Das tat er nur, um sie in Sicherheit zu wiegen.

Sie wollte erst ein Nein brüllen, biss sich dann aber auf die Lippen, denn ihr Innerstes begehrte auf, bestand beharrlich auf dem Standpunkt, dass er nicht darauf abzielte, ihr ernsthaft zu schaden. Seine Motive entsprangen anderen Gründen, lustvollen Gründen.

„Du sträubst dich, innerlich und äußerlich, und doch vertraust du mir. Insgeheim weißt du, dass ich dir ungeahnte Leidenschaft schenken kann, aber dazu musst du mich machen lassen."

Unvermittelt trat er zurück, und sie lehnte ihre Stirn an die Gitterstäbe. Sie hörte, wie er in der Sattelkammer kramte, sich Zeit ließ, um ihre Furcht zu vergrößern. Und sie spürte Angst, bemerkte entsetzt, dass sie zitterte, alles an ihr überempfindlich war.

Sie hasste sich, denn sie zuckte zusammen, als etwas Kaltes ihren Nacken berührte.

„Halt still, ich möchte dich nicht schneiden!" Er zerschnitt mit der Verbandsschere ihr T-Shirt, durchtrennte die Träger des BHs, presste sich gegen ihren bloßen Rücken, drückte sie an das Gitter und das Holz.

„Wenn du versuchst, mich zu treten, zerschneide ich die Reithose." Sie wusste, er würde es tun und erstarrte, als er ihre Turnschuhe öffnete, die Socken zog er ihr nicht aus. Sie fühlte sich nicht nur physisch entblößt.

„Ein hübscher Anblick. Dein Arsch erfreut mich mit der Röte." Er streichelte die Pobacken, berührte sie auch dazwischen. Sie hörte das Knistern einer Verpackung. War das ein Kondom? Plante er, sie anal zu nehmen? Plötzlich brach ihr der Schweiß aus sämtlichen Poren, und sie verkrampfte ihren Körper. Dean trat in die Box und zeigte ihr, dass er einen von den neuen Striegeln mit den harten Borsten in der Hand hielt. In der anderen Hand baumelte ein Steigbügelriemen. Das vier Zentimeter breite Leder ließ sie aufkeuchen. Sie schluckte, krampfte die Finger zusammen. Er lief um sie herum, und sie konnte es nicht verhindern, dass sie den Kopf drehte.

„Lass das, oder ich lege dir eine Augenbinde an." Wieder nutzte er die weiche Stimme, in der stahlharte Nägel lauerten.

„Ich bearbeite deinen Po mit der Bürste, bis er richtig durchblutet ist, bereit für den Riemen."

Er berührte ihre Wirbelsäule, fuhr mit dem Finger nach unten, bis zwischen ihre Pobacken. „Das Sattelfett lädt dazu ein, es hier zu benutzen."

„Wage es ja nicht, du perverses …"

Er knebelte sie, lachte sinnlich und zog ihre Pobacken auseinander. „Mir scheint, diese Vorstellung behagt dir nicht."

Tränen traten in ihre Augen, und sie zerrte leise wimmernd an den Handschellen.

Er küsste sie auf den Nacken, auf die Schultern. „Jetzt zeigst du die erste ehrliche Reaktion."

Er trat einen Schritt zurück. Kim spürte, dass er sie musterte.

„Dein Herz schlägt wie verrückt, dabei hast du nicht die geringste Ahnung, was ich dir antun werde, wie schlimm der Schmerz sein wird."

Er legte die Bürste auf ihre Pobacke, umfasste gleichzeitig leicht ihre Kehle. „Ich kann deinen Puls fühlen, wie er rast und dich verwirrt. Du möchtest so sehr widerstehen." Er machte eine Pause, zärtlich streichelten seine Fingerspitzen ihren Hals.

Seine ganze Verhaltensweise entsprach nicht ihrer Vorstellung, und sie reagierte mit zorniger Verwirrung. Er bewegte die Bürste, und es war nicht so schmerzvoll, wie sie es sich vorgestellt hatte, denn er benutzte nicht die Borstenbürste, die er ihr gezeigt hatte, sondern den Striegel aus weicherem Naturhaar. In kreisenden Bewegungen führte er sie über ihren Po, zugleich kniff er in ihre Nippel. Zuerst war es ein angenehmes Gefühl, eine kaum spürbare Wärme, die ihre Muskeln entspannte. Der ängstliche Zorn verschwand. Ihre Haut erhitzte, und als es unerträglich wurde, fasste er zwischen ihre Schenkel und presste etwas Nachgiebiges auf ihre Klitoris.

„Das wird dir gefallen, meine widerspenstige Schiava. Ich merke, wie du dich sperrst." Mit einem Brummen erwachte das Utensil in seiner Hand, durchbrach ihre letzte Barriere, bildete ein seltsames Gemisch mit der Bürste, die sich wie Brennnesseln anfühlte.

Unbewusst drängte sie sich dem Aufliegevibrator entgegen, und Deans Lachen flimmerte gegen ihren Nacken.

„Jetzt ist es Zeit für den Schmerz." Er sagte die Worte dermaßen verführerisch, dass ihr die Beine wegknickten.

„Ich erwarte, dass du still stehenbleibst. Tust du es nicht, trifft der Riemen dich an Körperstellen, die weitaus empfindlicher sind als dein Po." Er berührte ihre Pospalte, fuhr mit dem Finger nach unten, bis er ihren

Anus erreichte. Kim presste sich an das Holz, versuchte, dem Eindringling zu entkommen. „Ich bringe dich dazu, die anale Stimulation zu genießen. Dein Arsch sieht übrigens hübsch aus in der leuchtend roten Farbe, ausreichend durchblutet, um scharfe Hiebe zu empfangen. Meine innere Stimme sagt mir, du magst es härter."

Er trat von ihr zurück, und Angst durchfuhr sie. Was wenn er sie mit der Schnalle schlug, bis sie blutete?

„Deine Schenkel sind mit deiner Lust benetzt. Vier Schläge sollten für den Anfang genügen. Entspann dich, du befindest dich bei mir in fähigen Händen."

Sie hörte kein Geräusch, denn ihr Atem ging viel zu heftig, und das Blut rauschte in ihren Ohren, fachte das erregende Pulsieren ihres Geschlechts weiter an. Selbst ihre Nippel pochten. Doch sie spürte den Luftzug und biss auf den Stoff des Knebels, krampfte ihre Finger zusammen in Erwartung des grauenvollen Schmerzes, der sie jetzt treffen würde. Dean würde sich nicht zurückhalten und grausame Rache für jedes Wort nehmen, das sie als Indigo Blue gesagt hatte.

Kim schaffte es, sich nicht wegzudrehen, als das Leder auf ihren glühenden Po aufschlug, und schluchzte erleichtert auf. Nicht die Schnalle traf sie, sondern ein Reiz, der alles andere als grauenvoll war: weich und sinnlich. Ihre Klitoris pulsierte unerträglich. Der zweite Hieb war schärfer, entlockte ihr ein Wimmern, das in dem Knebel unterging.

Dean drückte mit den Handflächen ihre Schenkel auseinander und presste den Vibrator auf ihre pulsierende Perle. Endlich, der Orgasmus setzte ein, doch Dean zog den Lustbringer zurück, bevor es sie vollständig erfasste. Er löste den Knebel.

„Bitte mich darum, kommen zu dürfen, Schiava."

Was? Das würde sie um keinen Preis tun. Sie traute ihrer Stimme nicht und schüttelte den Kopf.

„Nein?"

Das Leder traf ihren Po auf beiden Backen gleichzeitig, und sie ruckte von dem Schmerz nach vorn.

Er fasste mit der Hand zwischen ihre Schenkel, fickte sie mit seinen Fingern, hörte erneut kurz vor ihrem Orgasmus auf.

„Ich gebe dir noch eine Chance." Sein Tonfall war ein einziges Versprechen.

„Niemals", zischte sie. Und innerlich schrie es in ihr auf. Sie brauchte den Orgasmus, jetzt. „Du kannst deine albernen Psychospielchen vergessen und packst sie am besten zurück in dein mit Mist gefülltes Gehirn."

Er reagierte nicht auf ihre Worte, er schnaubte nicht einmal. Er gab ihr das Gefühl, dass sie etwas verpasst hatte, nicht er. Er löste die Handschellen und drehte sie mit einem Ruck herum. Sie war auf seinen Halt angewiesen, da ihre Beine sich in Gelee verwandelt hatten. Er lächelte sie an, begleitet von Augen aus reinem Silber. Alles warnte sie vor der Gefahr, als er sie auch schon packte, ihren strampelnden Körper über die Schulter warf und aus dem Stall lief.

Das würde er nicht tun! Mit Entsetzen sah sie die mit eiskaltem Wasser gefüllte Zinkwanne, die als Trog für die Stuten diente.

Er tat es, beförderte sie hinein, und das Wasser schlug über ihrem Gesicht zusammen. Selbst die Eiseskälte konnte ihren lodernden Zorn nicht abkühlen.

Dean trat zurück, sah sie an, gleich einem herrlichen maskulinen Rachedämon. „Ich erwarte dich am Freitag, pünktlich, in ansprechender Unterwäsche." Er lächelte sie an. „Dass du Schmerz magst, haben wir gerade herausgefunden. Den Rest von dir werde ich nach und nach mit äußerstem Vergnügen freilegen."

Bevor sie Zeit hatte, einen Ton von sich zu geben, verließ er mit großen Schritten ihr Grundstück und stieg in seinen roten PT-Cruiser.

Dean atmete tief durch. Es hatte ihn viel Beherrschung gekostet, ihr den Höhepunkt zu versagen, und sie nicht zu ficken. Seine Erektion schmerzte in seinen Boxershorts. Er war sich sicher, sie würde Freitag auf der Türschwelle des Federzirkels stehen, eine halbe Stunde zu spät und in der hässlichsten Unterwäsche, die sie zu finden vermochte. Er spekulierte darauf, dass sie sich bockig und zickig zeigte, ihm Nahrung für seine Kreativität bot. Dean wusste mit diesem Benehmen umzugehen. Ihre Aufsässigkeit zog ihn unwiderstehlich an.

Ihr Kühlschrankgehabe war ihr Rettungsanker, doch sie hatte sich schnell in einen Backofen verwandelt.

Sie würde vor Empörung und Wut vergehen, Pläne aushecken, wie sie ihm am besten widerstehen könnte, doch all das war von vornherein zum Scheitern verurteilt. Er plante, sie zu bearbeiten, bis sie ihre Orgasmen herausschrie. Bis zu diesem Zeitpunkt bot sie eine köstliche Herausforderung.

Eigentlich hatte er sich das Haus ansehen wollen, ihr renitentes Verhalten hatte allerdings seinen Sadismus geweckt. Kims siedend heißer Zorn hatte sicherlich das Wasser im Trog auf Badetemperatur erhitzt.

Bei Kim war eine Vorgehensweise mit viel Fingerspitzengefühl angebracht. Ihr kleiner eisiger Panzer stand ihr im Weg und war ein Risiko — sie würde aus Trotz ihre Grenze überschreiten. In den falschen Händen barg der Reiz, den sie darstellte, eine große Gefahr. Jemand wie Kim war es nicht gewohnt, starke Gefühle zu zeigen. Dean musste es schaffen, dass sie weinte, denn nur so konnte er den Vulkan befreien, der in ihr loderte.

Ihr Hass und die Verunsicherung SM gegenüber resultierten nicht aus eigenen Erfahrungen, dazu waren ihre Reaktionen zu offen gewesen. Vielleicht sollte er Timothy zurate ziehen. Er hatte ihnen bei Viola geholfen und war maßgeblich daran beteiligt gewesen, das Arschloch, das sie als Kind bedroht hatte, aufzuspüren. Seine Detektei war erfolgreich und diskret. Zudem verfügte er über einen militärischen Hintergrund.

Kim bot eine Versuchung, an der Dean sich die Finger verbrennen könnte. Er lachte laut. Er liebte es heiß.

Kim schnaubte vor Wut und hörte sich wie eines ihrer Pferde an. Dieses verdammte Schwein. Nein, das war nicht ausreichend. Ein Schwein war zu harmlos, verglichen mit diesem Kretin auf zwei Beinen. Sie erinnerte sich nicht daran, jemals diese lodernde Wut gefühlt zu haben. Und sie wusste nicht, ob sie ihn mehr hasste oder sich selbst. Wie konnte es sein, dass sie auf diese Weise reagierte?

Anstatt seine manipulativen Schläge überlegen kühl zu erdulden, war sie ihnen verfallen, hatte sie mit heißer Lust beantwortet, jeden Hieb genossen wie eine von diesen kranken Frauen.

Als sie aus dem Trog kletterte, war Kim dermaßen zornig, dass sie nicht einmal fror. Sie spürte ihre Klitoris und ihren restlichen heimtückischen Leib, die sie bösartig im Stich ließen. Alles in ihr hatte verlangt, dass sie nachgab, ihn um den Orgasmus anbettelte, weil es wehtat, es zu verweigern, körperlich und psychisch. Und dieser lodernde Blick von ihm, wie er sie betrachtet hatte, selbstzufrieden und … zärtlich. Dieses Arschloch! Falls er glaubte, er könne sie erneut mit Zuckerbrot und Peitsche verführen, dann sollte er sich warm anziehen.

Sie sammelte ihre Kleidung auf, hielt inne, denn ihr Geschlecht pulsierte im Gleichklang mit ihrem brennenden Arsch. Ihre Nippel standen ab wie Himbeeren, und sie spürte noch immer seine zupfenden Finger.

Sie zog die Turnschuhe über, heilfroh, dass Geena nicht ausgerechnet jetzt auf die Idee gekommen war, nach den Stuten zu sehen. Sie war die Nachbarstochter, zarte achtzehn, und half Kim bei der Versorgung der Pferde, wenn sie unterwegs war. Sie ritten oft zusammen aus und pflegten ein freundschaftliches Verhältnis.

Kim marschierte auf die Haustür zu, und als sie in den Flur trat, brach sie in Lachen aus. Das gab ihr den Rest.

Kapitel 5

Geena lächelte Kim an, und ihr blonder Zopf lugte unter dem Reithelm hervor. Sie saß auf Silk und klopfte ihr fürsorglich den Hals.

Kim konnte es nicht fassen, aber sie hatte Geena tatsächlich gebeten, für eine Woche auf die Pferde und ihr Haus achtzugeben, während sie in den Federzirkel ging. Sie hatte sich eingestanden, dass Dean sie anzog, und sie musste es geschehen lassen – sie brauchte die Zeit, um zu Verstand zu kommen. Wahrscheinlich bliebe sie nicht so lange, würde nach zwei Tagen erkennen, dass er genau der hinterlistige Bastard war, für den sie ihn hielt. Grausam, gemein, feige und unterbelichtet.

Sexy, stark, unwiderstehlich, heiß und liebevoll, erwiderte die quengelige Stimme, die sie zur Weißglut trieb.

Um ihn richtig auf die Palme zu treiben, hatte sie für heute Abend eine Sendung für *Verruchte Nächte* vorbereitet. Sie bedauerte, dass sie sein Gesicht nicht sehen konnte und auch nicht die der genauso widerlichen Brüder, wenn sie ihre Worte vernahmen.

Velvet tänzelte nervös, und Kim redete beruhigend auf sie ein, während sie die Zügel fester anzog. Traber waren hervorragende Reitpferde, froh, der Hölle des Wettsports entkommen zu sein, aber sie waren Vollblüter mit einem hohen Bewegungsdrang.

„Du machst eine Woche Urlaub?"

Kim nickte. „Nichts Besonderes, ich besuche eine Freundin." Das war keine direkte Lüge, und sie konnte Geena ja wohl kaum erzählen, dass sie auf dem Weg in den Federzirkel war, um sich den Hintern versohlen zu lassen.

Sie erreichten den Feldweg, und die Stuten rissen an den Zügeln, begierig, ihr Temperament auszuleben. Sie ließen die Zügel lockerer und beugten sich in den Sätteln vor. Mehr Aufforderung bedurfte es nicht, und die Pferde galoppierten los. Kim genoss den schnellen Ritt, es gelang ihr sogar, für wenige Minuten Dean aus ihrem Verstand zu verbannen.

Sie bogen in einen schmalen Waldweg ein. Geena drehte sich zu ihr um. „Ich könnte schwören, dass ich gerade einen Kerl mit einem Fernglas zwischen den Bäumen gesehen habe."

„Bestimmt ein Förster oder einer von diesen Vogelfreaks." Kim lachte. „Oder hast du einen heimlichen Verehrer?"

Die hübsche Blonde schüttelte unbekümmert den Kopf. „Bevor ich mich auf einen festlege, will ich mich austoben." Die braunen Augen blitzten vergnügt. Geena war all das, was Kim als Teenager nicht hatte sein dürfen.

Kim verstand sie und wünschte, sie könnte die Uhr zurückdrehen. Vielleicht wäre es mit Gary anders gelaufen, wenn sie sich mehr Zeit gelassen hätten. Doch sie hatten sich Hals über Kopf verliebt und sie viel zu früh geheiratet. Damals hatte Kim den Halt gebraucht und die Liebe aufgesaugt, die Gary ihr gab; außerstande, sie zurückzugeben. Sie war so einsam gewesen, und er hatte diesem Zustand ein Ende bereitet. Sie fragte sich heute, was er in ihr gesehen hatte. Er hatte sie von der ersten Sekunde an geliebt, doch Kim war unfähig gewesen, sich von ihrem Schatten zu lösen. Gary hatte nicht über genügend Erfahrung verfügt, um ihren Schutzschild zu knacken.

Erneut füllte Dean ihr Bewusstsein. Er fraß ihr Gehirn auf, nistete sich in ihrem Verstand ein und erlangte die Kontrolle ihres Körpers. Er hatte ihren Panzer durchbrochen, mit nur einem Blick aus seinen feurigen Augen. Kim wusste, keine Mauer könnte ihn hindern, wenn er sie erklimmen wollte. Durch ein Nein oder eine kalte Schulter ließe er sich nicht aufhalten, es stachelte ihn zusätzlich an.

Geena sah sie ernst an. „Bekümmert dich etwas? Du wirkst zornig.“

„Ich bin urlaubsreif. Mach dir keine Sorgen.“ Sie schnalzte mit der Zunge, und Velvet fiel in einen leichten Trab.

„Sag mal, Kim, bist du letztens nackt über den Hof gerannt? Mein Dad hat so was erwähnt.“ Geena lachte herzhaft. „Ich habe ihm gesagt, er soll sich eine Brille kaufen.“

Zum Glück war das Mädchen hinter ihr, sonst hätte es ihr die Worte nie abgekauft. „Silk hat mich geschubst, und ich bin in den Wassertrog gefallen.“

Geena brach in Lachen aus. „Da ärgert Dad sich bestimmt, dass er nicht genauer hingesehen hat.“

Kim wurde heiß und kalt bei der Vorstellung, dass Frank McCarthy sie mit Dean erwischt hätte. Frank war Mitte vierzig, Witwer, und ein verdammt gut aussehender Kerl mit seinen von Silber durchzogenen Haaren und den braunen Augen. Geena hatte nach Kims Scheidung versucht, die beiden zusammenzubringen, und sie waren tatsächlich ein paar Mal zusammen ausgegangen, aber Kim brachte Frank nur freundschaftliche Gefühle entgegen. Außerdem verdiente er eine warmherzige Person und keinen Kühlschrank.

Kim atmete tief durch und versuchte vergeblich, den Gedanken an den verschenkten Orgasmus zu unterdrücken. Sie rutschte auf dem Sattel hin und her.

Zur Hölle mit Dean!

Kim starrte auf die Bürste, die sie in den Händen hielt.

Geenas Stimme riss sie aus der Starre. „Das ist ein Striegel, keine Waffe."
Kim unterdrückte ein Seufzen. Sie wusste es besser, denn starkes Verlangen durchfuhr sie bei der Erinnerung daran, wie es sich angefühlt hatte, sie auf den Pobacken zu spüren. Velvet stupste sie schnaubend mit der Nüster an, da sie Kims Unruhe bemerkte.

„Wir sehen uns in einer Woche, erhol dich gut!" Geena ging hüfteschwingend zur Tür, und Kim neidete ihr die Unbekümmertheit.

Sie pfefferte die Bürste in die hinterste Ecke der Sattelkammer und vermied es, zur Boxentür zu blicken.

Kim drehte die Dusche auf, stand unter dem heißen Wasser und sah zum Waschbecken. Wieso befand sich ihr Zahnputzbecher auf der Ablage? Sie hätte schwören können, dass sie ihn heute Morgen in den Schrank geräumt hatte. Sie hasste Unordnung. Offensichtlich war sie völlig aus dem Konzept. Zeit, wieder in die richtige Spur zu kommen.

Kim hämmerte auf die Tastatur des Notebooks und grinste über den Text, den sie verfasste. Das sollte die Contenance dieser überheblichen Mistkerle sabotieren!

Tief in ihrem Inneren wusste sie, warum sie es tat: Sie wollte Dean zu einer Reaktion herausfordern, beabsichtigte, seine gesamte Aufmerksamkeit zu erhalten, um sich zu rächen für die Schmach, die er ihr zufügen wollte. Oder nicht? Sie misstraute ihren Motiven.

Schluss mit den Bedenken! Beherzt begann sie, den Beitrag aufzuzeichnen.

Miles und John starrten das Notebook an, als ob Dean ihnen gebratene Meerschweinchen servierte.

„Ich weiß nicht, ob es eine gute Idee ist, dass wir uns diesen Mist anhören." John sah ihn intensiv an. „Sie will dich reizen, unbedachte Reaktionen aus dir herauslocken."

„Ich weiß ihre Leistungen zu würdigen. Außerdem werden meine Defrostbemühungen nur erfolgreich sein, wenn ich sie besser verstehe."

Miles rollte mit den Augen. „Komm schon, Mann, sie scheint ein harter Brocken zu sein. Willst du dir das ernsthaft antun?" Die grünen Augen blitzten vergnügt; er hoffte, eine Rolle beim Abtauen, des Rotschopfs zu spielen.

„Sie ist es wert." Er klopfte seinem Bruder auf die Schulter. „Sie hat sich verändert. Ich sehe sie noch vor mir, wie wir sie damals nackt am See zurückgelassen haben, als Strafe für ihre Arroganz. Sie bestand aus Knochen, großen blauen Pupillen und war zugeknöpft wie eine Nonne."

John runzelte die Stirn. „Besonders nett war es nicht, aber wir waren jung, unerfahren, und sie hatte es verdient."

Dean klickte auf den Link, und Indigo Blues samtene Stimme erfasste seine Sinne.

Verruchte Nächte berichtet exklusiv aus dem Federzirkel.

Es ist mir gelungen, die Gründer des Zirkels hautnah kennenzulernen. Ich gebe zu, meine Informationen hinsichtlich ihres Alters waren falsch. Sie sind keine lüsternen Greise, eigentlich ganz passabel aussehend, falls man auf den Bauarbeitertyp steht und nur Wert auf das Äußere und nicht auf das Innere legt. Bei ihrem Anblick hat man den Spruch im Sinn: Dumm fickt gut.

Sie lachte gehässig.

Miles trommelte mit den Fingerspitzen gegen seinen Oberschenkel. John schüttete den Inhalt des Whiskyglases in einem Schluck hinunter; seine Augen hatten diesen Glanz. Kim konnte froh sein, dass sie sich in diesem Moment nicht unter Johns Bauarbeiterhänden befand.

Auch wenn sie ihre Opfer – so weit ich es bis jetzt beurteilen kann – nicht blutig schlagen, verletzen sie die Frauen emotional. Sie quälen sie, reizen sie, mit dem Ziel, ihnen den Orgasmus vorzuenthalten. Schließlich sollen die Damen wissen, wer den Blaumann anhat, wer im Haus das Sagen hat.

Sie atmete heftiger, die Stimme verlor ein wenig von ihrer Ruhe. Die geübten Maestros erfassten es alle sofort, Dean sah es John und Miles an.

Ihre zur Schau gestellte Sanftheit ist eine riskante Zutat, darunter lauern Grausamkeit und Sadismus. Der Federzirkel folgt angeblich hohen Standards, achtet auf die Unversehrtheit seiner Spielzeuge, doch ich hege die Überzeugung, dass das nur Fassade ist für die Ignoranz, die sie gleichberechtigten Frauen gegenüber verspüren. Sie sind gefährlich, überheblich und sich nicht bewusst, dass Frauen existieren, die ihnen das Wasser reichen können, die nicht auf ihre Spielchen hereinfallen.

Es folgte eine Tirade auf SM, Bondage und andere Spielarten.

John warf Dean einen besorgten Blick zu. „Sie läuft Gefahr, die Aufmerksamkeit von *Perversen* auf sich zu ziehen, die ihr übel nehmen, was sie von sich gibt."

„Hast du herausgefunden, woher ihre Verunsicherung rührt?", fragte Miles. „Von allein kommen diese verdrehten Ansichten nicht. Aus jedem der Worte tropft Unsicherheit gepaart mit Angst, die sie unter zynischem Hass zu verbergen versucht."

Dean schüttelte den Kopf, betrachtete die goldene Flüssigkeit; die Eiswürfel klimperten gegen das Glas.

„Ich versuche, es aus ihr herauszubekommen. Ihr Körper ist makellos, und sie wurde nicht misshandelt. Es ist etwas anderes." Dann grinste er sie an. „Wie sieht es mit unserer Wette aus? Ich sage, sie kommt exakt dreißig Minuten zu spät, trägt weiße Baumwollunterwäsche, bestehend aus einem

Omaschlüpfer und einem Sportbustier, das sie sonst immer zum Reiten anhat."

Der Whisky brannte angenehm in seiner Kehle, als er ihn hinunterschluckte. Miles und John wussten, wie sehr er sich auf Kim freute. Es vor ihnen zu verbergen, war von vornherein zum Scheitern verurteilt.

John grinste ihn verschwörerisch an. „Hoffentlich verschläft sie die Woche nicht."

Das brüllende Gelächter schallte in Deans Ohren.

Kim durchsuchte das Schlafzimmer und das Wohnzimmer, doch die Kette mit dem silbernen Anhänger blieb verschwunden. Sie war nicht wertvoll, aber Kim mochte das verschnörkelte K, das an der Lederschnur hing. Es war ein Geschenk von Poppy. Verdammt, sie war sich sicher, sie hatte sie auf das Sideboard gelegt. Entnervt gab sie die Suche schließlich auf. Sie hoffte, dass das Schmuckstück über kurz oder lang wieder auftauchen würde.

Ihre Reisetasche stand gepackt auf dem Bett, der Beweis, dass sie es durchzog, nicht zurückschreckte. Sie stellte sich nackt vor den Spiegel, griff nach der Kleidung, die sie anziehen wollte, und ignorierte das nervöse Flattern in ihrem Magen. Sie zog den Gürtel des knielangen lilafarbenen Mantels zu. Die Farbe ließ ihr Haar leuchten und vertiefte das Blau ihrer Augen. Das zumindest hatte ihr die Verkäuferin erzählt, und Kim stimmte ihr zu. Sie zog den Gürtel enger und packte ihre Tasche. Es besaß etwas Abschließendes, gab ihr den Mut, die Bedenken beherzt zur Seite zu schieben.

Das Foto von Sally stellte sie zurück auf die Fensterbank. Sally lachte auf dem Bild und warf die rotgoldenen Haare zurück, die blauen Augen blitzten.

Kim ignorierte die Alarmglocken, die in ihrem Kopf hallten. Sie freute sich auf die Woche, es zu leugnen war sinnlos. Die Phase des Abstreitens hatte sie gestern mehrmals durchlaufen, Hunderte Male in den Tagen zuvor.

Ihr Outfit sollte Dean aus der Reserve locken. Nicht nur er beherrschte Spielchen, dennoch wischte sie die nassen Handflächen an dem Stoff ab.

Auf der Fahrt stellte sie das Radio an und zwang sich, die Geschwindigkeitsbeschränkung einzuhalten. Als sie nach einer halben Stunde vor dem Landhaus anhielt, hätte man sie foltern können – sie hätte nicht sagen können, was sie unterwegs gehört hatte.

Gott, war sie nervös!

Sie hielt an dem Tor an und drückte auf den Knopf der Sprechanlage, die mit Videoüberwachung ausgestattet war.

Das geschwungene Gittertor ging auf, und als sie durch fuhr, erinnerte es sie an den Schlund zur Hölle.

Sie musste sich in den Griff bekommen.

Kaum hatte sie den Motor ausgeschaltet, tauchte Miles neben der Fahrertür auf und half ihr beim Aussteigen. Er kommentierte weder ihre nassen Handflächen noch das Zittern ihrer Hände, stattdessen sah er sie sanft an. Ihn konnte sie locker in die Tasche stecken, da war sie sich sicher. Er zählte auf jeden Fall zu den Sockenaufrollern und den Schlüpferbüglern. Wahrscheinlich kehrte er sein dominantes Gehabe ausschließlich in Anwesenheit der Maestros raus und war ein Mitläufer.

Zu ihrem Erstaunen holte er ihre Reisetasche aus dem Kofferraum und nahm ihr den Schlüssel aus den Fingern, da es ihr nur mit Mühe gelang, ihn festzuhalten. Dann legte er den Arm um ihre Schultern und führte sie die Eingangstreppe hinauf. Sie bekämpfte den Impuls, sich an ihm festzuklammern, rief sich ihren Plan in Erinnerung, doch ihr Körper gehorchte ihr nicht, und fast hätte sie sich aus seiner Umarmung befreit und die Flucht ergriffen.

Er brachte sie in eine Bibliothek, die mit ihrer entspannten Ausstrahlung wie ein Hohn wirkte. Im Kamin loderte ein Feuer, genauso lodernd wie ihre Nerven. Drei grüne Sessel standen davor, mit den Rücklehnen zur Tür. Miles stellte die Tasche ab, löste seinen starken Griff jedoch nicht für eine Sekunde und schob sie auf den Kamin zu.

John und Dean saßen vor den Flammen und hielten Whiskygläser in den Händen.

„Du bist pünktlich." Deans Stimme war rau, seine Miene undurchdringlich. Er war so gefasst, wie sie es sein wollte und hielt das Glas so ruhig, dass nicht einmal die Eiswürfel klirrten.

Zur Hölle mit ihm!

Die Hitze flackerte gegen ihre bloßen Beine, kroch unter den Mantel. Miles setzte sich auf den freien Sessel, und sie stand vor ihnen wie eine Ware, die einer intensiven Betrachtung standhalten musste.

„Du akzeptierst die Bedingungen? Akzeptierst, eine Woche lang als meine Schiava im Federzirkel zu verbleiben, mir zu gehorchen, wenn ich es verlange?" Deans Mundwinkel verzogen sich zu einem leichten Lächeln und trugen zu seiner teuflischen Ausstrahlung bei.

John und Miles blieben stumm, was ihr Unbehagen vergrößerte. Mit aller Deutlichkeit realisierte sie in diesem Moment, worauf sie sich einließ. Dass sie Gefahr lief, sich zu verbrennen, so stark, dass es ihr unmöglich sein würde, den Eispanzer zu erhalten oder gar erneut aufzubauen.

Sie sah Dean direkt in die Augen. „Ich akzeptiere."

„Die Worte kommen zwar aus deinem hübschen Mund, aber innerlich akzeptierst du nicht das Geringste." Er trank einen Schluck und stellte dann das Glas mit einem Ruck auf den Beistelltisch. Kim zuckte zusammen, obwohl sie versuchte, stocksteif stehen zu bleiben.

„Ungeachtet deiner Ablehnung wirst du Lustschmerz nicht nur akzeptieren, sondern ihn herbeisehnen."

Sie biss sich auf die Zunge, um die alberne Erwiderung zurückzuhalten.

Werde ich nicht.

Wirst du doch.

Miles' Ausdruck war nachsichtig, Johns von Strenge durchzogen. Sie rief sich Viola vor Augen, wie unbekümmert und fröhlich sie war.

„Zieh dich bis auf die Unterwäsche aus, Schiava." Dean sagte es verhalten, seine Körperhaltung war die eines Mannes, der bekam, was er verlangte.

„Das geht nicht."

Spöttisch zog er die Augenbrauen hoch. „Du verweigerst den ersten Befehl deines Maestros." Die Stimme war leise, dennoch donnerte sie gegen Kim.

„Nein, Maestro." Sie fixierte das bodentiefe Fenster, löste den Knoten des Gürtels, schüttelte die Schultern, und das glänzende Material schwebte zu Boden. Alles, was sie noch trug, waren die Sandalen.

John brach in Lachen aus, Miles verschluckte sich an seinem Whisky, und Dean fiel in das Lachen ein.

Verdammter Mist! So hatte sie sich das nicht gedacht! Sie wollte sich die Männer als perverse Monster vorstellen, die jede Anstrengung in Kauf nahmen, um sie zu zerbrechen. Séamus lachte nie.

John stand abrupt auf, ihren Versuch, nach hinten zu springen, unterband er. Seine kräftigen Arme hielten sie, sodass er sie lachend auf die Nasenspitze küssen konnte.

„Du hast großartige Beine. Eine verführerische Kombination mit der herrlich samtigen Haut. Die Züchtigungen, die sie dir zufügen, werden dich schmücken. Ich wünsche dir viel Spaß, kleine Sub." Er zwinkerte ihr zu und ging aus der Bibliothek.

Miles sah Dean trocken an. Sie tauschten einen Blick aus, erhoben sich, sichtlich bemüht, nicht erneut in Lachen auszubrechen. Was war daran dermaßen komisch? Sie hatte zuerst die älteste Unterwäsche anziehen wollen, die sie besaß, nur um ihn zu ärgern, sich aber zehn Minuten, bevor sie losgefahren war, umentschieden.

Dean umkreiste sie, und beharrlich widerstand sie dem Impuls, sich zu drehen, denn genau das bezweckte er. Er blieb hinter ihr stehen, folgte mit der Handfläche ihrer Wirbelsäule, entlockte ihr ein Schaudern.

„Du stellst eine Herausforderung dar. Du möchtest dich sperren, mir widerstehen, nicht zugeben, dass das Spiel der Hingabe dich jetzt schon erregt. Ist es nicht so, Kim?"

Sie schwieg hartnäckig, denn die einzig mögliche Äußerung gefiel ihr nicht.

Er legte eine Hand auf ihre Kehle, zog ihren Kopf leicht in den Nacken. „Soll ich Miles bitten, deinen Körper zu untersuchen, herauszufinden, ob deine Scham geschwollen und feucht ist?"

Sie setzte zu einer Antwort an, aber ihre Stimme versagte. Miles stand vor ihr, und sie hob abwehrend die Arme.

„Das ist verboten." Deans Tonfall war messerscharf. „Ich verwarne dich dieses eine Mal. Deine Zugänglichkeit setze ich voraus, ich verlange sie."

Miles umfasste ihre Hüften, sah ihr direkt in die Augen, und alles in ihr verlangte, dass sie die Lider schloss, doch sie widerstand. Das wäre ein weiteres Zeichen von Schwäche.

Miles' Fingerspitzen spreizten ihre Schamlippen, und er drang mühelos in ihr pulsierendes Geschlecht.

„Sie ist äußerst zugänglich, bereit für weitergehende Erkundungen."

Er zog die Finger aus ihrer nassen Spalte und befeuchtete ihre Klitoris, rieb sie mit zwei Fingern. Ihm dabei in die Augen zu sehen, steigerte die Erregung, denn sie wusste, dass er den Zwiespalt in ihr sah.

„Du schuldest mir einen Orgasmus, Schiava." Deans Tonfall forderte sie heraus zu widerstehen, zu kämpfen. „Und du wirst mich darum bitten."

Das würde sie nicht, niemals! „Vergiss es."

Miles grinste sie an. Ihm war klar, dass ihre Weigerung zum Scheitern verurteilt war.

„Es ist Zeit, dir deine Situation zu verdeutlichen. Jedes unbegründete Nein von dir, jede Weigerung, zieht Konsequenzen nach sich." Dean überstreckte ihren Hals. „Und falls du glaubst, wir verprügeln dich, ficken dich anschließend und damit ist die Sache erledigt, unterliegst du einem gewaltigen Irrtum."

Ihre Beine gaben nach.

„Bevor die Nacht um ist, Kim, wirst du wissen, was es bedeutet, im Federzirkel zu sein. Du wirst uns deine Lust schenken, bereitwillig, so wie ich es erwarte und einfordere. Wir prügeln nicht, wir verführen auf einzigartige Weise, bis dein gesamter Körper nach Erfüllung verlangt."

Er streichelte unendlich behutsam über ihre Kehle. „Du wirst unter dem, was wir dir antun, zerschmelzen."

„Ihre Mimik sagt Nein, aber ihr Körper ist ein einziges Ja." Miles' grüne Augen funkelten. „Sie wird uns eine Menge Spaß bereiten, bis sie ehrlich zu sich selbst ist."

„Lass uns anfangen, die Versuchung zu zähmen, mein Freund."

Dean löste sich von ihr, und die fehlende beruhigende Wärme seines Körpers entlockte ihr einen heftigen Atemzug. Er umrundete sie und blieb vor ihr stehen. Eindringlich sah er sie an. „Du bekommst kein Safeword von uns, weil ich weiß, dass du dich aus reinem Trotz weigern würdest, es zu benutzen. Nur um uns zu beweisen, dass wir dich nicht zerbrechen können." Er berührte sie sanft an der Wange. „Dabei wollen wir dich nicht zerbrechen. Heute Nacht lernst du, dass du uns vertrauen kannst, dass eine dir unbekannte SM-Welt existiert."

Dean umfasste zärtlich ihren Nacken und tat etwas, das sie bis ins Mark erschütterte. Er hielt ihr ein Glas mit verdünntem Saft vor die Nase. „Trink einen Schluck, bevor wir beginnen."

Sie trank, als ob sie vor dem Verdursten stand. Nichts von alldem passte zu ihren wilden Erwartungen, es torpedierte ihren Widerstand, der mehr und mehr bröckelte.

Dean presste sie an seinen Körper, während Miles die Sessel zur Seite schob und einen Teppich entrollte. Seine Handflächen lagen auf ihrem Po, sie spürte es wie flüssige Schokolade auf der Haut. Die Berührung erfasste sie, lockte sie. Sie nutzte den Moment, um zur Besinnung zu kommen. Dean plante, sie einzulullen, um später grauenvoll zuzuschlagen.

Wieso roch er dermaßen gut?

Dean ging vor ihr in die Hocke, küsste sie zart auf den Venushügel und atmete tief ein. Er löste die Riemen der Sandalen und half ihr aus den Schuhen. Irrsinnigerweise fühlte sie sich auf einmal verletzlicher. Dean führte sie auf die weiche Unterlage, die in sicherer Entfernung zum Kamin lag. Miles war hinter ihr, als ob er sie an einer Flucht hindern wollte, und Dean bat sie höflich, ihre Arme anzuheben.

Sie tat es schnell, ehe sie Zeit für Bedenken hatte, und Softmanschetten mit Klettverschlüssen umschlossen ihre Handgelenke. Sally hatte offene Stellen an den Handgelenken von den stählernen Schellen, die das Arschloch benutzte.

„Falls dir übel wird oder du Kreislaufschwierigkeiten bekommst, sagst du es. Sofort!" Er küsste sie auf die Nasenspitze. „Hab keine Angst, wir beobachten dich genau. Wir besitzen die nötige Erfahrung, um zu wissen, was du herbeisehnst."

Mit ruhigen Bewegungen hakte Dean einen Karabiner in die Kette, die die beiden Manschetten verband. Miles zog an dem Seil, sodass sie bequem auf den Fußflächen stand.

Ihr Herz sprang in ihrer Brust herum, unbeeindruckt von ihren Versuchen, gelassen und eisig zu verharren. Eine weiche Binde legte sich um ihre Augen, und zu ihrem absoluten Horror fing sie an, unkontrolliert zu zittern.

„Mir scheint, Schiava, deine Bemühungen, kalt und unbeteiligt zu bleiben, sind von vornherein zum Scheitern verurteilt."

Dean stand vor ihr und umfasste ihre Hüften. „Fang an, Miles!"

Er sagte die Worte nachdrücklich, und Kim war sich sicher, dass die anderen Frauen, die sich in dieser Lage befunden hatten, in Tränen ausgebrochen waren. Diesen Gefallen würde sie ihnen nicht tun. „Ja, Miles, fang endlich an!" Es sollte spöttisch klingen, doch das misslang. Kim bereitete sich auf die Pein vor, krampfte die Hände zusammen und biss sich auf die Unterlippe.

Miles griff in ihr Haar, um es behutsam mit einer Klammer festzustecken. Oh Gott, er wollte sie auf den Rücken peitschen! Der Gedanke ängstigte sie – sie war innerlich nur auf Schläge vorbereitet, die ihren Po trafen.

Doch stattdessen berührte etwas Weiches sie am Nacken, entlockte ihr ein Aufkeuchen. Sie hasste sich für die Reaktion. Aber es war keine Qual, sondern ein angenehmes Gefühl. Waren es Federn? Miles folgte den Linien ihrer Schultern und strich mit dem Utensil ihre Wirbelsäule hinab, lachte, reagierte sie doch mit einer Gänsehaut. Kitzelnd ging es weiter bis zu ihrem Po und zu ihren Knöcheln hinunter. Er stimulierte mit den Federn ihre Nippel, die pochend nach härterer Reizung verlangten. Ohne Vorwarnung erfasste schneidender Schmerz ihre rechte Brustwarze, der sie aufschreien ließ, und Begierde in ihre Scham sandte.

„Deine Knospen sind wie geschaffen für Klemmen." Dean saugte an der zweiten Warze, die sich willig aufstellte, bereit für die nächste Klemme. Der Schmerz lockte sie, denn er wandelte sich in Lust.

Dean ging vor ihr in die Hocke, und Miles umfasste von hinten ihre Hüften. Dean teilte mit den Fingerkuppen ihre Schamlippen, und seine Zunge leckte ihre Klitoris. Die lodernde Pein in ihren Nippeln intensivierte das Saugen. Miles zog an der Kette, die die Klemmen verband, und Kim stöhnte.

Er fasste von hinten durch ihre Schenkel und führte zwei Finger in ihr nasses Geschlecht.

„Bitte uns darum, kommen zu dürfen." Deans Stimme riss sie aus der Ekstase. „Du wirst es sowieso tun, also kannst du es gleich erledigen."

„Nein."

„Führe ihr einen Plug ein, Miles."

Was? Als kalte Flüssigkeit zwischen ihre Pobacken tropfte, wusste sie, was sie vorhatten.

„Das will ich nicht!"

„Das willst du nicht." Dean hielt sie in einem eisernen Griff. „Dann erfülle meinen Willen, oder ich zwinge dich, es zu tun."

Sie biss sich stur auf die Unterlippe, und Miles verteilte das Gel auf ihrem Anus. Während Dean ihren Kitzler rieb, schob Miles einen Finger in ihren Po, und sie keuchte auf – der Höhepunkt lockte. Beide Männer stoppten mitten in ihren Bewegungen.

„Wir können das weiter austesten. Ein Plug mit Reizstrom sollte deine Aufsässigkeit im Keim ersticken."

Reizstrom, meinte er das ernst?

Sie unterbrachen die Stimulation nicht, nur führten sie sie sanft aus, gerade so viel, dass der Orgasmus fast da war.

Ihr Körper schrie nach Befriedigung, überwältigte ihren Verstand, und sie wusste nicht, warum sie sich zurückhielt. Dieses eine Mal würde sie nachgeben.

„Bitte, ich möchte kommen." Sie stammelte mehr, als dass sie sprach. Sie rechnete mit hämischen Worten, stattdessen lösten sie die Klemmen. Sie ruckte von dem Schmerz nach vorn, der sich den Weg zu ihrer Scham suchte, und kam unter den kundigen Fingern von Dean.

Die Wellen des heftigen Höhepunktes waren noch spürbar, als schneidende Agonie ihren Po erfasste. Sie zappelte in den Fesseln, aber das machte es nur schlimmer, denn jetzt traf es nicht nur ihren Po, sondern auch ihre Schenkel, ihren Rücken und sogar ihren Bauch.

Sie wusste weder, wer ihr die Pein zufügte, noch was es war. Überall, wo es auf ihre Haut aufschlug, entflammte ihr Fleisch. Sie hatte es gewusst, jetzt zeigten sie ihr wahres Gesicht, sie würden sie schlagen, bis sie zusammenbrach und am ganzen Körper blutete. Fast sehnte sie es herbei, dann könnte sie Dean mental in die Hölle schicken, wo er hingehörte. Seine Verführungskünste hätten ein Ende gehabt. Wütend gab sie zu, dass er sich darauf verstand, einen Frauenkörper zu behandeln. Und sein sanft aussehender Freund stand ihm in nichts nach.

Das, was sie fühlte, widersprach allerdings ihren konfusen Vorstellungen: Ihr Leib brannte, doch es war alles andere als grässlich, ihr Geschlecht reagierte mit Lust. Bevor es zu viel wurde, hörten die Hiebe auf, zärtliche Hände streichelten ihre Schlüsselbeine, warme Lippen berührten ihren bebenden Bauch, liebevolle Worte drangen an ihr Ohr.

„Ganz ruhig, meine Schöne, akzeptiere den Schmerz, denn dein Körper weiß, dass du es liebst." Dean küsste eine Spur abwärts, bis er einen Kuss auf ihre Klitoris hauchte. „Du bist so nass, dein Körper gefügig, deine Haut erstrahlt unter den Schlägen, die wir dir schenken, aber du willst deine Neigung nicht annehmen."

Er leckte über ihre pulsierende Perle, trat von ihr zurück, und ohne Vorwarnung wurde ihre Scham von weichen Riemen getroffen. Von hinten führte Miles einen Vibrator in ihre Vulva, sie spürte, wie mühelos er es konnte, und er lachte maskulin. Erneut trafen die Lederstrippen ihren Venushügel, nicht schneidend, eher sacht, gleich einem trommelnden Regen auf der Fensterscheibe. Kim vergaß alles, was sie sich vorgenommen hatte. Das Sextoy brummte tief in ihr, lockte sie, da Miles es auf und ab bewegte. Kurz hintereinander prasselten die Riemen auf ihre Schamlippen, und sie schrie, ließ sich in die Fesselung fallen. Dean umfasste ihre Taille und schenkte ihr Halt, bis Miles sie mit dem Vibrator und seinen kundigen Fingerspitzen abermals zum Orgasmus gebracht hatte.

Anschließend gewährten sie ihr einen Moment der Ruhe und gaben ihr einen Schluck zu trinken.

„Nun, Kim, gibst du zu, dass dir gefällt, was wir dir antun? Du mehr möchtest?" In Deans Tonfall lag kein Spott, kein Hohn. Sie hoffte, sie würden ihr endlich die verdammte Binde abnehmen. Sie wollte in seine Augen sehen und mit ruhiger Stimme verkünden, dass sie alles gehasst hatte.

„Verschlägt es dir die Sprache? Oder misstraust du deiner Antwort?"

Er lachte weich. Es war ein gefährlicher Laut.

„Wenn du ehrlich antwortest, erlöse ich dich von der Augenbinde. Lügst du mich an oder schweigst weiter beharrlich, eröffne ich eine neue Runde."

„Vielleicht erhofft sie genau das, Dean."

Kim schwieg, denn jedes Wort wäre eine Lüge gewesen. Die Wahrheit brachte sie allerdings auch nicht über die Lippen – dass sie jede Sekunde mit ihm und Miles genoss.

So ein verdammter Mist!

„Ganz wie die Dame es verlangt."

Nach ein paar Minuten hörte sie, wie die Tür geöffnet wurde. Schritte kamen näher.

„Deine neue Schiava, Dean?" Sie kannte die Stimme nicht, sie hatte einen Akzent. Italienisch?

„Ein hübscher Anblick, mit der hellen Haut und den langen Beinen." Auch diese dunkle Stimme war ihr fremd.

Was sollte das? Sie hatte nie eingewilligt, als Spielzeug für jeden beliebigen Kerl zur Verfügung zu stehen. Doch bevor sie ihrem Unmut Luft machen konnte, schob sich ein Knebel zwischen ihre Lippen.

Ein klackerndes Geräusch drang an ihre Ohren, riss mitleidslos an ihren Nerven.

„Eine Neun", sagte die erste der unbekannten Stimmen. Die Arschlöcher würfelten darum, wer sie vögeln durfte! Es lief ihr eiskalt den Rücken entlang, trotz der Wärme des Kamins.

Dean betrachtete Kim eindringlich, achtete auf jede Regung ihres Körpers. Sie steckte in der Phase des Leugnens, marschierte aber gerade nahtlos in die Wutphase über.

Sie schrie in den Knebel, zog an den Softmanschetten, wusste nicht, dass sie allein mit ihm war. Sie dachte, dass die Männer sie beobachteten, dass Roger das Würfelduell gewonnen hatte und sie gleich ohne ihre Einwilligung ficken würde. Zumindest entsprach diese Idee ihren abstrusen Vorstellungen.

Dean hatte ihr Spielraum bei den Fesseln gelassen, damit sie die Arme bewegen konnte und ihre Gelenke nicht taub wurden oder sie gar bewusstlos wurde. Bei manchen Frauen führten die erhobenen Arme zu einem Kreislaufkollaps.

Sie war eine harte Nuss, reagierte ganz anders, als er es sich vorgestellt hatte. Die Wette mit John und Miles hatte er haushoch verloren. Nächste Woche musste er ein Viergängemenü für sie zaubern. Von wegen Omaschlüpfer.

Sie gab die Schreierei auf, versuchte stolz und bewegungslos zu verharren. Kim erinnerte ihn an eine Statue, die anmutig in einem Garten stand. Doch das Zittern verriet sie. Dean wusste, dass sie sich untersagte zu weinen, dass sie es gewohnt war, den Kummer hinunterzuschlucken und dass dieser Zustand sie erdrückte.

Gott, sie sah hinreißend aus! Die helle Haut trug die Zeichnung der Gerte, die Wangen leuchteten rot. Ihre kleinen wohlgeformten Brüste, gekrönt von den rosafarbenen Nippeln, bewegten sich durch die schnelle Atmung.

Es dauerte eine Weile, bis es geschah: Zuerst ein kaum merkliches Verkrampfen ihrer Schultern, dann ließ sie den Kopf leicht hängen und ein halbverschluckter Schluchzer entwich ihr. Wütend versuchte sie, es zu unterdrücken, er sah es ihr an. Aber die Achterbahn, auf die er sie geführt hatte, forderte ihren Tribut, und sie schaffte es nicht. Er erhob sich aus dem Sessel, blieb hinter ihr stehen, löste den Knebel und die Augenbinde. Dann drehte er sie zu sich – das Seil besaß genügend Spielraum – und umfasste ihr Gesicht.

Dean stand vor ihr und wischte ihr zärtlich die Tränen von den Wangen, sah sie so liebevoll an, dass sie zu Boden gesunken wäre, wenn sie gekonnt hätte. Er trampelte gerade auf ihrem Kühlschrank herum, zertrat das Eis in kleine Splitter, zerschmolz es mit Fürsorge.

Sie wimmerte, als er von ihr zurücktrat, hatte Angst, dass er sie allein ließ in diesem Zustand, der sie mit Panik erfüllte. Er löste nur das Seil, öffnete die Softmanschetten, hob sie hoch, als ob sie federleicht wäre, und setzte sich auf einen der grünen Sessel. Sie saß seitlich auf seinen Knien und presste sich an ihn.

Was war los mit ihr? Es war genau das geschehen, was sie sich verboten hatte. Er legte die Kim frei, die sie verborgen hatte, die sie selbst nicht mehr kannte, vielleicht niemals gekannt hatte. Wo war der Dean, der sie misshandelte, beleidigte und zerbrach? Mit dem wäre sie zurecht-gekommen, jedoch nicht mit diesem.

Sie musste sofort weg von dieser Gefahr, er umfasste sie allerdings, als könne er ihre Gedanken lesen. Sie würde nirgendwo hingehen, wenn er es nicht zuließ.

Dieser Abend verlief ganz anders als geplant, und ihr Bewusstsein summte von der Erkenntnis, dass er sie durchschaute, dass sie ihm nicht gewachsen war. Es ließ sie hilflos und verletzlich zurück.

Sie räusperte sich. „Willst du mich nicht ficken?"

Seine viel zu grauen Augen sahen direkt in ihre Seele.

„Ja, aber nicht heute. Ich bringe dich jetzt ins Bett. Miles hat ein paar Sandwiches für dich zubereitet. Ich verlange, dass du über die heutige Session nachdenkst, deine Reaktionen hinterfragst und Ehrlichkeit be-weist." Sein Ausdruck änderte sich, und sie sah den Maestro durch-schimmern. „Morgen ist ein neuer Tag, der mit mancher Überraschung aufwartet."

Er stellte sie auf die Füße und legte ihr den Mantel um die Schultern. Mit einem zarten Kuss verabschiedete er sich von ihr vor der Tür ihres Zimmers, zog ihr das Kleidungsstück vom Körper und nahm es mit. Er drehte sich um. „Ich danke dir für deine Tränen, sie sind kostbar wie Diamanten."

Da stand sie, bis ins Mark erschüttert.

Kim starrte wütend in ihre Reisetasche. Er hatte es erneut getan, gähnende Leere blinkte ihr entgegen. Ihre Autoschlüssel blieben unauffindbar, ebenso wie ihr Mobiltelefon.

Diesmal hatte er ihr nicht einmal ein paar Shorts gelassen. Er wusste, dass sie die Flucht antreten wollte. Der Zettel auf dem Nachttisch bestätigte ihre Befürchtungen:

Du bleibst die ganze Woche unser Gast, Schiava. Du kannst nur entkommen, wenn du dich zu Fuß ohne Schuhe davonschleichst. Der nächste Nachbar ist Meilen entfernt, und auch ein Telefon wirst du vergeblich suchen.
Dean

PS: Deine Orgasmen haben mir gefallen! Morgen erwarte ich Widerstand, den ich mit Freude durchbrechen werde.

Dieses Monster! Er war sich seiner Sache sehr sicher. Und sie hatte ihm in die Hände gespielt, war weinend zusammengebrochen. Das letzte Mal hatte sie geweint, still und allein, als Gary ihr mitgeteilt hatte, dass er die Scheidung wollte. Und nun das!

Sie musste Deans Geruch loswerden, er haftete überall an ihr, torpedierte ihren Verstand. Morgen würde sie nicht nach seinen Regeln agieren, sondern sie selbst sein. Die Handlungen hatten sie überfordert, doch jetzt wusste sie, womit sie es zu tun hatte. Seine Manipulationen konnte er sich in den Arsch schieben, wo sie hingehörten.

Er wird dir etwas in den Arsch schieben.

Sie saß in eine Decke gewickelt auf dem lindgrünen Sessel und biss rabiat in ein Sandwich, belegt mit Tomaten, Basilikumblättern und dünn geschnittenem Schinken. Es schmeckte köstlich, allerdings schürte es unsinnigerweise ihren Zorn, war es doch ein weiteres Indiz für die Fürsorge der Maestros.

Kapitel 6

K im lief aus der Dusche und blickte auf das Bett. Auf der Oberfläche lagen ein paar Socken und ein tiefgrünes Hemd. Als sie es hochhob, roch sie ihn.

Zieh das zum Frühstück an, prangte ihr von dem Zettel entgegen.

Wütend wollte sie das Hemd auf den Boden werfen, aber was sollte sie stattdessen anziehen? Eine Decke oder ein Handtuch? Den Gedanken, nicht zum Frühstück zu erscheinen, verwarf sie. Sie war hungrig, das Bedürfnis nach Kaffee und Tee lockte unüberwindlich.

Kim gestand sich ein, dass sie Neugierde verspürte, wie es weitergehen würde, denn die beiden Orgasmen waren die stärksten gewesen, die sie jemals erlebt hatte – und Dean hatte sie nicht mal gefickt. Wie würde es erst sein, wenn er sie nahm? Inzwischen glaubte sie nicht mehr daran, dass er sie einfach auf eine Unterlage werfen und vögeln würde. Damit gäbe er sich nicht zufrieden. Ihn dürstete nach einer tieferen Vorgehensweise.

Kaum hatte sie das Hemd angezogen, umschmeichelte sein Duft sie, benebelte ihre Sinne. Es reichte ihr bis zur Hälfte der Oberschenkel, und sie krempelte die Ärmel hoch. Männer besaßen lange Arme, gleich eines Affen. Ihr war bewusst, dass sie mit Absicht diese zynischen Vergleiche anstellte, denn in Wahrheit fühlte sie ganz anders. Dean war eine sexy Versuchung, sogar seine Stimme war unwiderstehlich, doch sie musste widerstehen!

An diesem Gedanken hielt sie sich auf dem Weg ins Erdgeschoss fest. Sie untersagte sich, die Handwerkskunst zu bewundern, die überall zu sehen war, die schimmernden Böden, die restaurierte Treppe, direkt aus einem Südstaatenfilm, dazu Violas Gemälde.

Lass dich nicht manipulieren! Sie wiederholte es unzählige Male.

Erleichtert hörte sie Violas helle Stimme. Die Freundin sprang auf, als sie eintrat, und sah sie prüfend an, sagte kein Wort. Kim wusste nicht, wo sie hinsehen sollte, stammelte ein verlegenes „Guten Morgen" und plumpste auf den nächstbesten Stuhl. Wenigstens gelang es ihr, den Eindruck aufrechtzuerhalten, dass ihr Po nicht verführerisch schmerzte.

Sie blickte Viola vorwurfsvoll an. „Wusstest du, dass sie mir meine Kleidung gestohlen haben?"

Viola sah sie warnend an und trank einen Schluck Tee, ehe sie so angestrengt auf ihren Teller starrte, als ob ihr Toast auf der Mona Lisa lag.

Verräterin.

Nein, so ging das nicht weiter. Sie sah die drei Männer an, bohrte ihren Blick in den von Dean. „Ich verlange meine Kleidung, sofort!"

Sie beugte sich nach vorn, um ihren Worten Nachdruck zu verleihen. Auch Dean beugte sich vor, ein gefährliches Glitzern in den Augen.

„Dir steht es nicht zu, etwas zu verlangen, Schiava."

Obwohl alles in ihr sie davor warnte, es zu tun, tat sie es. „Du manipulatives Schwein, ich will meine Sachen, mein Mobiltelefon, meine Schlüssel."

Seelenruhig trank er einen Schluck Tee. Die Präsenz von Miles und John lastete so schwer auf ihr wie Bleigewichte.

„Zieh dich aus!" Dean sagte es weich, die Worte raspelten über Kims Sinne wie Streusalz.

„Vergiss es!", zischte sie und umklammerte die Tischkante.

„Du tust es, oder ich beende das Arrangement", sagte Dean.

Sollte er doch!

Doch sie erhob sich und knöpfte einer Marionette gleich das Hemd auf, erschreckt von der Heftigkeit ihrer Reaktion. Sie warf es auf den Boden und gab ihm einen Tritt. Sie konnte es nicht unterdrücken, ihre Gefühle fuhren Achterbahn. Sie ahnte, dass sie kopfüber in eine Verdammnis raste, in der ein Teufel auf sie wartete, der sie mit Haut und Haaren verschlingen würde.

Deans Ausdruck versprach ihr, dass ihr kindisches Verhalten Konsequenzen nach sich ziehen würde. Sie schluckte, denn das identische sinnliche Versprechen lag in den Augen der anderen Maestros. Sie setzte sich stocksteif auf den Stuhl.

„Reichst du mir den Honig, Schiava?"

Sie sah Dean an. „Wieso, besitzt du Dinosaurierärmchen? Der Länge deiner Ärmel nach passen sie zu einem Gorilla."

„Kleines, hast du genügend gefrühstückt? Du darfst gehen, wenn du möchtest." John hauchte seiner Frau einen Kuss auf die Stirn. Zu ihrem Entsetzen nahm Viola ihren Teller und die Tasse Tee und verließ das Zimmer, ließ Kim allein mit den drei Ogern.

Deserteurin!

Jetzt besaß Kim die ungeteilte Aufmerksamkeit der Männer. Sie konnte sie fast physisch spüren, wie einen Mantel, der sie einhüllte.

„Erlaubst du?", fragte John.

„Nur zu, halt dich nicht zurück."

Ehe sie ausatmen konnte, packten John und Dean sie, schleppten ihren strampelnden Körper in den angrenzenden Raum, direkt auf den Strafbock zu. Sie schrie, die Höllenfürsten blieben stumm.

„Du legst dich darüber und bittest mich darum, dir den Arsch zu versohlen." John sah sie durchdringend an. „Falls du dich weigerst, zwingen wir dich, und es wird nicht nur meine Handfläche sein, die dich trifft."

Das war lächerlich! Wenn er glaubte, sie hätte Angst davor, seine Hand auf ihrem Hintern zu fühlen, dann kannte er sie schlecht.

Dean drückte ihren Oberkörper über die Querseite und zog sie so weit nach vorn, bis ihre Füße den Halt auf dem Boden verloren. Dean blieb vor ihr stehen, umfasste ihren Nacken.

„Oh ja, bitte, Maestro." Sie sagte es so spöttisch, wie sie nur konnte.

„Du erhältst reine Strafschläge."

„Was sollen sie sonst sein?"

Dean und John lachten. „Du wist den Unterschied gleich spüren." Deans Stimme klang außerordentlich amüsiert.

In den nächsten Minuten bereute sie jedes Wort, da John sich nicht zurückhielt. Die ersten Schreie verschluckte sie, genauso wie die Tränen. John überzog ihren Po mit Schmerz, den sie für unmöglich gehalten hatte, er arbeitete systematisch, variierte die Heftigkeit der Schläge, ließ keinen Millimeter aus. Erst als ihr Hintern glühte, ihre Wangen vor Scham brannten und Feuchtigkeit die Innenseiten ihrer Beine benetzte, hörte er auf und tauschte mit seinem Bruder die Plätze. Zärtlich umfasste er ihre Schultern, wischte ihr die Tränenspuren aus dem Gesicht. Sie hasste ihn und platzierte die Emotion in ihrem Blick.

„Leugnest du es immer noch, Kim?", fragte John breit grinsend. Er durchschaute sie gnadenlos. Sie starrte kurz auf den Boden, doch einen Ausweg aus der Misere fand sie dort nicht.

Sie legte den Kopf in den Nacken, sah in das Gesicht, das Deans ähnelte und doch anders war. Sie hegte das starke Bedürfnis, ihm in den Schenkel zu beißen für das, was er ihr schonungslos angetan und in ihr geweckt hatte.

Er wusste, was sie dachte, denn seine Körperhaltung war eine einzige Provokation, versprach ihr, dass die Pein die sie erlitten hatte, nichts war verglichen mit dem, was er ihr antun könnte.

Gleichzeitig wurde ihr klar, dass sie nicht eine Sekunde lang das Gefühl gehabt hatte, dass die Brüder ihr ernsthaft schaden wollten, sie zerbrechen oder ihr Gewalt antaten. Die Erkenntnis verursachte hilflose Wut, gepaart mit Verletzlichkeit, und gipfelte zu ihrem absoluten Horror in einem Tränenausbruch.

Dean zog sie an den Schultern hoch, ignorierte ihre abwehrende Haltung und hielt sie fest. John und Miles verließen den Raum.

„Strample ruhig, ich lasse dich in diesem Zustand nicht gehen. Du bist in guter körperlicher Verfassung, doch ich bin wesentlich stärker."

Er wartete geduldig, bis sie sich beruhigte, blickte ihr tief in die Augen. Verletzt sah sie zurück.

„Glaubst du, du hast eine Schlacht verloren und dabei deine Würde aufgegeben?"

Darauf wusste sie keine Antwort.

„Intensive Schmerzen und Emotionen sind überwältigend, besonders für Menschen, die ihre Gefühle verbergen, sie einer Schwäche gleichsetzen."

Wie hatte sie nur mutmaßen können, sie wäre ihm gewachsen. Er durchschaute sie, und das verursachte ihr eine Höllenangst.

„Du kannst entweder erneut in die Phase des Leugnens eintreten, oder du akzeptierst deine Bedürfnisse."

Zu allem Überfluss küsste er sie zärtlich auf die Stirn.

„Ich weiß, was du denkst: Entsprächen wir den Monstern, die du so gerne in uns sehen würdest, könntest du einfach einen Schlussstrich ziehen. Stattdessen genießt du jede Sekunde und kannst es kaum erwarten, dass die nächste Session anfängt."

Er unterbrach ihre Erwiderung, indem er seine Lippen auf ihre presste und sie furchtbar innig küsste. Seine Handflächen lagen auf ihrem Po, der dermaßen verlockend brannte, dass es ihr den Atem raubte. Ihre Gefühle wirbelten umher, seine Worte führten ihr vor Augen, dass sie verloren war.

„Bitte fick mich!" Sie sah ihn direkt an. „Nicht als Maestro, sondern als Dean ... bitte!"

Er musterte sie für einen Sekundenbruchteil. Konnte er sie überhaupt liebevoll nehmen, ohne ihr wehzutun? Oder würde er dann zu einem von diesen Männern, die meinten, ein Schwanz wäre ausreichend, um eine Frau zu erregen?

Er lächelte sie sinnlich an, und es riss ihr den verbliebenen Boden unter den Füßen weg.

„Ich entspreche deiner Bitte, Schiava."

Er legte sie auf das Pfostenbett, das hinten in der Ecke stand, und brach nicht für eine Sekunde den Augenkontakt ab, als er sich die Jeans und das weiße T-Shirt auszog.

Sein Körper war hinreißend, besaß genug Masse, dass sie sich klein und verletzlich fühlte. Seine Erektion wippte, als er sich zu ihr herunterbeugte, sie mit einem Ruck in Position brachte, ihre Schenkel spreizte und sie leckte. Sie war von Johns Schlägen derart aufgepuscht, dass sie fast sofort den Höhepunkt erreichte.

Erneut dieses maskuline Lächeln. „Mir gefällt, dass du leicht den Orgasmus erlangst, dich nicht zurückhältst."

Er küsste sie, und sie schmeckte sich selbst auf seinen Lippen. Fordernd traf seine Zunge auf ihre. Langsam drang er in sie ein.

„Sieh mich an, Kim!"

Sie tat es, die Lust in seinen Augen brandete über sie.

„Ich verlange, dass du mir einen weiteren Orgasmus schenkst."

Er schob die Handflächen unter ihren Po und hob ihn seinen Stößen entgegen. Atemlos ließ er von ihr ab.

„Auf die Knie! Ich möchte deine Nippel und deine Klitoris reizen, während ich dich ficke."

Sie kniete vor ihm und stöhnte auf, als er tief in sie eindrang, ihren Oberkörper hochzog und dabei ihre Knospen zupfte.

„Dean, bitte, fester."

Kim drängte ihren Venushügel an die Fingerspitzen, legte ihre Hand auf seine, die ihre Perle rieb, und schrie, als sie kam. Dean drückte sie herunter, entlud sich keuchend in ihr.

Er drehte sie lachend auf den Rücken, weil sie rot anlief – sie spürte die Welle, die ihren Körper erfasste. Die Tür zum Esszimmer stand offen. Miles und John mussten taub sein, wenn sie das nicht gehört hatten.

Dean wischte sanft die Spuren von ihren Oberschenkeln, und doch wusste sie, dass Unnachgiebigkeit in ihm lauerte. Es elektrisierte sie, reizte sie und forderte sie heraus.

Dean zog sie vom Bett, und sein Gesichtsausdruck stellte ihr Konsequenzen in Aussicht, falls sie sich widersetzte. Am liebsten hätte sie sich in ihrem Zimmer unter der Bettdecke versteckt.

Miles und John unterbrachen ihre Unterhaltung, als Dean sie zum Tisch schob. Mühselig kramte sie einen Rest von Trotz aus ihrem Bewusstsein und sah ihnen direkt in die Augen.

„Komm her, Schiava, und zeig mir deinen Po." John lächelte, und sie hatte noch nie einen gefährlicheren Ausdruck gesehen, denn er war sinnlich und versprach ihr, dass er auf jede Reaktion von ihr eine gebührende Entgegnung bereithielt.

Sie hatte Angst davor, wie Sally zu enden, als willenlose Person, die alles tat, was von ihr verlangt wurde.

Dean legte seine Hand auf ihre Schultern und küsste sie auf den Nacken, durchbrach ihre Furcht, denn die zärtliche Geste passte nicht zu ihrer Panik.

„Keine Sorge, Kim. Ich beiße nicht", sagte John weich.

Sie stand vor John, und er erhob sich von seinem Stuhl, umfasste mit der Handfläche ihre rechte Pobacke, lachte, als sie zusammenzuckte.

„Du hattest Recht, Dean, sie hat eine außergewöhnlich empfindliche Haut. Die Zeichnung einer Gerte wird sie richtig aufblühen lassen, und die Male einer Peitsche …"

Dean stützte sie an der Taille. „Der Gedanke raubt ihr den Halt, da sie nicht die Spur einer Ahnung hat, wie es sich anfühlt. Sie sträubt sich, und doch will alles in ihr es erleben. Ist es nicht so, Kim?"

Er berührte ihr Kinn und zwang sie, in seine grauen Augen zu sehen, die sie verschlangen.

Sie wusste nicht, wieso sie es sagte, es sprudelte aus ihr heraus: „Ich verspüre Angst, dass ihr mich zerbrecht und mir nur vorspielt, dass ich mich bei euch in Sicherheit befinde."

„Das brauchst du nicht, Kim", sagte Viola, die gerade hereinkam. „Wirke ich auf dich wie eine zerbrochene Person? Die war ich vor John, Dean und Miles." Sie ergriff Kims Hände. „Wenn du möchtest, zeige ich dir meinen Po und meinen Rücken, du wirst sogar mit einer Lupe keine Narben entdecken." Sie lachte hell. „Sie strafen auf eine anregende Weise. Lass dich darauf ein."

Viola schnappte sich einen Pfannkuchen, nuschelte etwas davon, dass Kim sie in ihrem Atelier besuchen sollte, verschwand mit vollen Backen und ließ Kim konfus zurück. Violas Worte erweckten Gier bei ihr und eine Sehnsucht, die weiter angestachelt wurde durch die Blicke, die John dem prachtvollen Po seiner Frau hinterherwarf.

Dean zog Kim das Hemd über und drückte sie auf den Stuhl. Um ihre Verwirrung zu vervollständigen, fragte John sie, was sie zum Frühstück wollte. Eigenhändig legte er Rührei und Toast auf ihren Teller, mit diesen Händen, die dermaßen schrecklich erregend ihren Po erhitzt hatten.

Ein Teil ihrer Kleidung lag auf dem Bett, als Dean sie schließlich in ihr Zimmer zurückbrachte.

„Wo ist meine Unterwäsche?"

„Die brauchst du nicht, ich setze deine Zugänglichkeit voraus, egal wo ich dich aufspüre." Er lächelte spöttisch, und sie wusste nicht, ob er es ernst meinte.

Gekleidet in Jazzpants und ein Sweatshirt suchte sie nicht viel später Violas Atelier auf. Die Freundin war in ihrer Arbeit versunken und bemerkte ihr Eintreten zunächst nicht. Kim räusperte sich, damit Viola nicht vor Schreck zusammenzuckte und womöglich das Eichhörnchen verdarb, an dem sie gerade malte.

„Das ist süß." Das überdimensionale Hörnchen umklammerte einen Baumstamm und blickte den Betrachter frech an.

„Warte, ich wasche die Pinsel aus, dann quatschen wir in Ruhe."

„Hast du kein Problem damit, dass John mich vorhin geschlagen hat?" Die Worte platzten aus Kim heraus; sie wusste nicht, wie sie es weniger

vorwurfsvoll hätte äußern können. „Er hatte eine Erektion, und ich befürchtete, dass er plante, mich zu …"

„… ficken." Viola grinste Kim an, keck und schüchtern zugleich. „Nur
weil John mit mir verheiratet ist, hört er nicht auf, ein Maestro zu sein. Er
hat mich vorher gefragt, ob es mich stört."

„Du wusstest davon und hast eingewilligt!"

„Ja, und um die Wahrheit zu sagen, es törnt mich an."

Kim starrte ihre Freundin an, als ob sie ihr gerade mitgeteilt hätte, dass
sie Pferde hasste.

„Ich weiß, dass du Tom und Iris beobachtet hast und es dich scharf-
gemacht hat." Sie lachte. „Natürlich würdest du lieber im Erdboden ver-
sinken, als es zuzugeben. Ich verstehe das gut." Sie legte den Arm um
Kims Taille. „Komm, wir laufen eine Runde durch den Garten, und ich
erzähle dir, wie ich John kennengelernt habe."

Kim schnappte mehrmals nach Luft und warf der Freundin mit der bislang unbekannten Seite Blicke zu, die diese lauthals lachen ließen.

„Kim, du müsstest dein Gesicht sehen, ich erkenne mich selbst darin.
Hätte mir vor einem Jahr jemand gesagt, wie ich mich entwickeln würde,
ich hätte ihn für verrückt erklärt."

Sie liefen auf einem Holzsteg, der über einen Teich führte, und setzten
sich auf die Kante. Sie schwiegen eine Zeit lang. Kim nutzte den Moment,
um ihre Gedanken, die sich ein Rennen lieferten, zu sortieren. Der Wind
fuhr durch ihr Haar, im Hintergrund hörte sie das Zwitschern der Vögel,
und die gekräuselte Wasseroberfläche erinnerte sie an ihre Gefühle, die
gerade einem Orkan entsprachen. Doch so langsam griff die beruhigende
Atmosphäre auf sie über.

„Viola." Sie sah die Freundin eindringlich an. „Hattest du niemals Angst
vor ihnen, Angst, dass John zu weit geht, dein Vertrauen ausnutzt, dich in
eine Person verwandelt, die du nicht sein möchtest?"

„Es gab Augenblicke und es gibt sie noch, da verspüre ich Furcht, doch
sie ist erregend. John und die anderen Maestros machen ihrem Namen alle
Ehre, sie wissen diese Emotion zu nutzen. Sie beachten meine Grenzen.
Oft weiß ich nicht, wo sie liegen. Wenn du der Gnade des Federzirkels
unterliegst, befindest du dich in fähigen Händen."

„Wäre es nicht in jedem SM-Zirkel so?"

Viola schüttelte energisch den Kopf, sodass ihr honigblonder Zopf
wippte.

„Nein, du wirst es erkennen, sobald die Woche um ist. Für mich ist es
wichtig, dass John anwesend ist." Sie kaute auf ihrer Unterlippe herum, die
Wangen leuchteten knallrot. „Ich mag Sessions mit zwei oder drei

Männern gleichzeitig, aber ohne John würde das Spiel für mich den Reiz verlieren."

Kim starrte auf die Wasseroberfläche, zu feige um den Blick der Freundin zu treffen. Sie stellte sich die ganze Situation ohne Dean vor – ohne ihn wäre sie nie an diesem Ort erschienen.

Kim brach der Schweiß aus sämtlichen Poren, und sie rief sich Violas Worte in Erinnerung, dennoch hatte die Beklemmung sie im Griff. Es war nicht nur ein starkes Herzklopfen, sondern Angst, die sich in jeder Körperzelle bemerkbar machte und wie Ping-Pong-Bälle durch ihre Adern raste.

Dean stand vor ihr und sah auf sie herab. Das Funkeln in seinen Augen demonstrierte ihr, dass er mochte, was er sah. Sie lag auf dem Bauch über einem Möbelstück, das sie offensichtlich selbst angefertigt hatten. Es war gebogen und presste ihr Becken nach oben, positionierte sie als eine Einladung für den Maestro. Die Beine hatte er gespreizt in Manschetten gefesselt, ebenso ihre Handgelenke. Sie zerrte an den Halterungen, die ihre Fußgelenke fesselten, aber er gönnte ihr keinen Spielraum.

„Wie nanntest du mich gerade? Eine hinterwäldlerische Pissnelke, wenn ich mich recht entsinne." Das pure Vergnügen tropfte aus jedem Wort, und obwohl er lachend den Kopf schüttelte, schaffte er es dennoch, dominant auszusehen. Er lehnte sich lässig gegen das Sideboard und rieb seinen Oberschenkel, wo ihr Fuß ihn getroffen hatte. Seine Augen versengten sie mit der Hitze, die ihr entgegenstrahlte. Langsam krempelte er die Ärmel des roten Hemdes hoch, in dem er unverschämt gut aussah. Jede Bewegung von ihm versprach ihr, dass sie ihre Worte und Taten bereuen würde, jede einzelne davon. Nicht nur bereuen, sondern spüren, lustvoll und schmerzvoll.

„Ich fange erst an, wenn du demütig den Mund hältst." Er packte ihre Haare und zog ihren Kopf in den Nacken. „Deine giftigen Blicke sind prickelnd, ein Zeugnis der Leidenschaft, die in dir steckt."

Sie schrie eine Beleidigung in den Knebelball, und unvermittelt ließ er ihr Haar los, nur um seine Handfläche mehrmals auf ihren Po prallen zu lassen, mit genügend Nachdruck, dass sie diesmal vor Schmerz brüllte.

Er musterte sie, sie spürte es deutlich.

„Ich kann deine Lust sehen, und wenn ich wollte, könnte ich dich ficken, mir einfach nehmen, was verführerisch vor mir liegt." Er schob einen Finger in ihr nasses Geschlecht, bespielte sie, bis sie wimmerte.

„Du bist so geil, dass du jetzt schon bereit für den ersten Orgasmus bist."

Er hatte recht, und es schürte ihren Zorn, dass er mit Leichtigkeit erreichte, was er sich vornahm. Er zog seine Hand zurück und leckte an ihrer

Pobacke entlang. Dann umkreiste er sie. „Wie du zitterst vor erregender Wut! So ist alles, was ich dir antue, intensiver. Ich werde dich heute austesten und bin gespannt, wie weit ich gehen kann, wie viel du von meinem Sadismus erträgst."

Seine sinnlich gesagten Worte zeigten Wirkung, ihr Geschlecht schwoll an, ihre Nippel pochten verlangend. Wenn sie gekonnt hätte, hätte sie ihn angebettelt, endlich anzufangen.

Das gemeine Monster reizte es aus, wartete, bis sie ergeben ihre Muskeln entspannte und willig auf der Unterlage verharrte, so wie er es vorhin verlangt hatte, vor den Gästen, die im Wohnzimmer saßen. Zum Glück war sie jetzt allein mit ihm.

Willig! Der Ausdruck machte sie rasend.

Er drehte sich dem Sideboard zu, kramte in der Schublade und wandte sich ihr zu. Das sadistische Lächeln, das auf seinem Gesicht lag, ließ sie aufkeuchen. Er zeigte ihr, was er zwischen den Fingern hielt. Zuerst dachte sie, es wäre ein Kopierrädchen, ein Utensil, das man benutzte, um ein Schnittmuster auf Papier zu übertragen, doch die Spitzen waren länger. Sie schrie in den Knebelball, starrte die nadelartigen Spitzen an.

„Das ist ein Nervenrad, ganz nützlich um unwillige Schiavas zum Gehorsam zu zwingen. Es eignet sich aber auch hervorragend als Einleitung für härtere Maßnahmen."

Viola hatte sie gewarnt, dass in jeder Schublade Gefahr lauerte, jedes Lineal und diverse Küchenutensilien in den Händen der Maestros zu Verführern werden konnten, die einen in die Willigkeit zwangen.

Er kramte erneut in der Kommode, holte eine lederne Klatsche heraus und lief auf sie zu, mit diesem raubtierhaften Gang. Er legte die Utensilien vor sich auf den Boden zusammen mit einer schwarzen Dressurgerte.

„Das sollte reichen für den Anfang."

Sie starrte die Gerätschaften an, und Dean lächelte sie auf eine Weise an, die in ihr den Wunsch erweckte zu flüchten.

„Wenn du mit den Beleidigungen aufhörst, entferne ich den Knebelball. Ich würde ungern auf deine Schreie verzichten."

Schreie?

Sie sah ihn flehend an. Mit ruhigen Fingern löste er die Schnalle und entfernte den roten Knebelball.

„Mir scheint, mit den Beschimpfungen sind wir jetzt durch." Er hielt ihr einen Becher mit einem Strohhalm vor die Nase und umfasste ihr Kinn, bis sie einen Schluck getrunken hatte.

„Du benötigst deinen kompletten Atem für dein Gejammer und deine Lustschreie, kleine Schiava."

Es kostete sie viel, nichts zu sagen, wo doch alles in ihr verlangte, ihm an den Kopf zu werfen, was sie von ihm dachte. Er hatte sie aufgefordert, sich auf den Esstisch zu legen, vor den gesamten Gästen, mit entblößtem Po. Sie hatte ihn daraufhin gefragt, ob er ganz dicht sei, und ehe sie sich versah, hatten er und Miles sie in dieses Zimmer getragen, sie an dieses perverse Möbelstück gefesselt und ihr das Kleid vom Körper geschnitten. Es war ein schönes leuchtend blaues Jerseykleid gewesen.

Er knöpfte die obersten drei Knöpfe seines Hemdes auf, nahm das Nervenrad und sah sie gemein grinsend an. Sie unterdrückte den Reiz, am liebsten jetzt zu schreien, noch bevor er sie berührte. Er merkte es, reagierte mit einem dunklen lüsternen Lachen.

Leicht setzte er das Rad auf ihrer Schulter an und rollte es ihren Rücken hinunter. Sie presste sich auf das Leder der Liege, versuchte den Spitzen zu entkommen, doch es war sinnlos. Dean übte keinen Druck aus, erst als er ihren Po erreichte, nutzte er mehr Kraft, entlockte ihr ein leises Stöhnen. Er führte das Rad quer über ihr Gesäß, die Haut prickelte, wurde empfindlich. Die Empfindung drang tiefer in ihr Fleisch, kleinen elektrischen Impulsen gleich.

Als er bei ihren Fußsohlen ankam, kreischte sie wegen des unangenehmen Gefühls, versuchte verzweifelt, ihm die Füße zu entziehen, doch er hatte sie zu gut festgeschnürt.

„Bitte, Dean, hör auf, ich halte das nicht aus."

Er rollte das Rad leicht an ihrer rechten Sohle entlang, und mit einem fiesen Laut, welcher seine Freude ausdrückte, spreizte Dean ihre Zehen, stahl ihr ein Jammern. „Dann bitte mich, dich zu züchtigen."

Das würde sie nie tun, hatte sie ihm vorhin ins Gesicht gespuckt, trotzig seinen Blick getroffen und versucht, ihm in die Hand zu beißen, nachdem sie ihn getreten hatte.

„Ich warte."

Die Nadeln berührten den hochsensiblen Zwischenraum, und sie biss sich auf die Unterlippe. Die Worte entwichen ihr dennoch. „Bitte, Dean, bestrafe mich, aber nimm dieses Ding von meinen Füßen."

Mieses Oberschwein!

„Wie meine Schiava es wünscht." Erneut dieses tiefdunkle Lachen, das an ihrem Nacken entlang vibrierte, denn er stand über sie gebeugt und küsste sie auf die empfindliche Haut.

„Ich bekomme immer, was ich will."

Das hatte Viola ihr prophezeit, doch Kim war so töricht gewesen, es nicht zu glauben. Jetzt glaubte sie es.

Er nahm die Klatsche auf. Seine Augen funkelten vor Lust, und sie krampfte die Hände zusammen, in Erwartung des Schmerzes.

„Nicht, Kim. Beruhige dich, ich gebe dir ausreichend Raum, dich auf den Schmerz einzustellen. Lass es zu, dass er dich umfängt, dich fortträgt. Ich passe auf, dass du sicher landest."

Er drängte seine Handfläche zwischen ihre gespreizten Schenkel und schob etwas unter ihr Geschlecht.

„Ein Aufliegevibrator. Ich schalte ihn auf die niedrigste Stufe, er hilft dir, dich zu entspannen, aber die Vibrationen sind nicht stark genug, dass du kommst. Das erledigen wir, nachdem dein Po und vielleicht auch andere Körperteile unter den Schlägen erblühen."

Er ging vor ihr in die Hocke, umfasste ihr Gesicht und sah in ihre Augen. „Wieso nur hast du so eine große Furcht? Hast du sie vor mir oder vor dir?"

Er küsste sie auf den Scheitel, trat neben die Liege, und das Sextoy erwachte mit einem Kribbeln zum Leben. Die Klatsche landete auf ihrem Po, leicht und kaum spürbar. Dennoch verkrampfte Kim sich, denn sie hatte Bedenken, dass er sie in Sicherheit wiegen wollte und gleich mit Grausamkeit loslegen würde. Doch Dean ließ es nicht zu, dass sie sich zurückzog, weitere Klatscher landeten auf ihrem Po, und es wurde zu mühsam, die Anspannung beizubehalten. Zudem lockte der Vibrator sie unaufhörlich, nahm doch das Pulsieren kontinuierlich zu, genauso wie die Heftigkeit der Schläge. Sie erkannte, dass der Schmerz sie nicht weniger verführte, war er doch alles andere als barbarisch. Dean überzog ihre Pobacken mit köstlicher Hitze, die sich unnachgiebig ausbreitete, bis sie ihr Bewusstsein erreichte. Sie vergaß ihre Angst, die unbegründete Furcht, er könnte sich zu viel nehmen, etwas von ihr stehlen, obwohl sie nicht bereit war.

Sie war bereit.

Er hielt inne, hockte sich vor sie und sah sie prüfend an.

„Wie sieht es aus, Kim, bist du gewillt, den Kuss der Gerte zu empfangen? Sie ist schneidend im Schmerz, wird mehr von dir verlangen."

Sie schluckte, bevor sie sich in der Lage fühlte zu antworten. „Ja, Maestro."

Falls er es nicht endlich zu Ende brachte, würde sie vor Begierde sterben. Sie wagte es, den Kopf zu heben, wollte in seine Augen sehen, wenn sie ihre Bitte äußerte, denn sie hielt es nicht länger aus. „Darf ich kommen, bitte?"

Die Lust, die in seine Mimik trat, machte die Bitte umso süßer.

„Du darfst, meine Schöne." Dabei sah er sie dermaßen scharf an, dass sie den Blick in ihrem Schoß spürte. Er bediente die Fernbedienung des Vibrators, und im Einklang mit der stärkeren Vibration schlug er mit der Gerte zu. Beim vierten Schlag schrie sie ihren Orgasmus in den Raum.

Als er abgeklungen war, löste Dean die Fesseln, packte Kim und warf sie aufs Bett.

„Hinknien!", befahl er ihr mit rauer Stimme. „Und sieh mich an!" Er stand vor der Bettkante und zog ungeduldig die Jeans aus. Sie fiel zusammen mit dem Hemd auf den Boden.

Dann griff er in Kims Haare und hielt sie, sodass er seinen heißen Schwanz in ihren Mund schieben konnte.

„Zeig mir, dass du es beherrscht, mich zu lecken!"

Dean übernahm die Kontrolle, fickte ihren Mund so tief, dass sie fast würgte. Er verlangsamte das Tempo, erlaubte ihr mehr Freiraum, und sie leckte an der Eichel entlang, lutschte an der empfindlichen Spitze und stahl ihm ein Keuchen. Ihre Zunge berührte die rasierten Hoden; vorsichtig testete sie aus, wie viel er aushielt, bevor sie einen in den Mund saugte und sich an seinem Stöhnen erfreute. Er packte fester zu, dirigierte den Phallus zwischen ihre Lippen und spritzte seine Lust in ihren Mund, ließ ihr keinen Spielraum.

Kim sah ihn an, die Augen spiegelten ungetrübt ihren Zwiespalt wieder. Das Spiel der Dominanz und Unterwerfung sagte ihr zu, doch es zuzugeben fiel ihr schwer, es fraß sie auf. Er spürte den Augenblick, an dem ihr Widerwille an die Oberfläche brechen wollte, zog sie über seinen Schoß und drehte ihr den Arm auf den Rücken. Kim benötigte noch überzeugende Anreize, um ihren inneren Aufruhr zu besänftigen.

„Du bist still, andernfalls sehe ich mich gezwungen, dich ruhigzustellen." Er sprach die Worte leise, das wirkte stärker, als wenn er sie anschrie. „Ich verwarne dich diesmal nicht. Solltest du nicht zugänglich bleiben, forciere ich dein Entgegenkommen."

Sie spannte ihre Muskeln an. Es sah hinreißend aus. Ihr roter Arsch lockte ihn, ihr Widerstand forderte ihn heraus.

Ohne Vorwarnung verteilte er Gel auf ihrem Anus, sodass sein Mittelfinger mühelos hineinglitt. Sie schrie empört auf, bewegte ihr Becken, um dem Eindringling zu entkommen, stöhnte dann jedoch auf, denn es machte sie an.

„Ich lasse deinen Arm los und erwarte, dass du über meinem Schoß liegen bleibst, freiwillig."

Sie atmete hörbar aus, kämpfte gegen den Reiz an.

„Spreiz deine Schenkel weiter!"

Sie gehorchte, und mit der anderen Hand rieb er ihre Klitoris, bis sie wimmerte, sich seinen Händen entgegenrekelte.

„Dermaßen willig darfst du unseren Gästen gegenübertreten. Einer von ihnen kann fortsetzen, was ich angefangen habe, jetzt, wo ich deine Zugänglichkeit überprüft habe."

Sie keuchte etwas, das er nicht verstand.

„Oder möchtest du, dass ich mein Werk beende, dass mein Finger in deinem Anus verbleibt und ich dich stimuliere, bis du kommst? Dich mit meinen Fingern ficke, bis du vor Lust vergehst?"

Noch hatte er nicht vor, sie zu teilen, dazu war es zu früh, aber sie wusste es nicht. Er lächelte ihre verführerische Rückseite an, den kleinen geröteten Arsch. Die Striemen der Gerte waren deutlich zu sehen, obwohl er sich zurückgehalten hatte.

„Ich will dich, du selbstgefälliges Miststück."

Dafür würde sie gleich die Peitsche spüren – er bekam schon beim Gedanken daran eine Erektion. Jetzt aber stöhnte sie erst einmal laut, weil er einen zweiten Finger in ihren Anus schob. Die meisten Frauen mochten die anale Stimulation, wenn sie sich dazu durchgerungen hatten, es auszuprobieren. Kim gefiel es sogar außerordentlich, sie reckte ihm den Po entgegen und überraschte ihn damit, dass sie derart ungezügelt darauf reagierte, Ihr starker Orgasmus drang geradewegs in seinen Schritt.

Er nutzte es aus, dass sie nicht ganz Herrin ihrer Sinne war. Er warf sie aufs Bett, fesselte sie an Händen und Fußgelenken an den Bettrahmen. Der Rohrstock lag gut in der Hand; die Peitsche würde er sich für morgen aufsparen. Er dosierte die Schläge, entlockte ihr Lustschmerz, zeichnete ihre Haut, bis sie um Gnade flehte.

Gierig schob ihr ein Kissen unter das Becken, verteilte das Gel auf ihrer Hinterpforte und eroberte sie vorsichtig, bis ihre enge Hitze seinen Schwanz umfasste.

Gluthitze packte ihre gesamte Rückseite, auch an den Stellen, die er nicht mit dem Stock getroffen hatte. Sie wusste nicht, wie er es schaffte, doch er hörte genau in dem Moment auf, wo es zu viel wurde. Behutsam küsste er sie auf den Po, bevor Kühle zwischen ihre Pobacken tropfte und sie seine Härte an ihrem Anus spürte.

Als er sie mit den Fingern auf diese Art stimuliert hatte, war sie von ihrer eigenen Reaktion überrascht gewesen. Anstatt Scham zu verspüren, hatte es sie gewaltig erregt. Der Reiz übertrug sich auf ihre Klitoris und intensivierte das Gefühl auf eine fast unerträgliche Weise. Wellengleich erfasste es ihren Unterleib, raubte ihr den letzten Rest ihrer Scheu.

Er schob eine Hand unter ihren Hals, umfasste sie zärtlich. Wie konnte er gleichzeitig dermaßen sadistisch und liebevoll sein? Er war ein großartiger Liebhaber.

„Bleib ganz ruhig, dir wird gefallen, auf diese Art gefickt zu werden."
Er drang nicht schnell ein, sondern wartete, bis sie sich ihm entgegen-
drängte, eroberte sie langsam, so unglaublich einfühlsam. Er füllte sie aus,
verjagte den Schmerz mit kundigen Fingerspitzen. Behutsam bewegte er
sich in ihr, und sie drängte ihm das Hinterteil entgegen, wollte es härter,
zügelloser.

„So gierig, mein bezauberndes Luder."
Die Reize, nicht nur die körperlichen, sondern auch die psychischen,
vermischten sich zu einem Strudel und trugen sie fort. Sein Orgasmus ging
in ihrem unter. Ermattet verharrte er schließlich auf ihr, küsste sie sanft
auf den Nacken und sagte die schrecklichsten Worte, die weiter zu ihrer
Verunsicherung beitrugen: „Ich danke dir, Kleines."

Er küsste eine Spur an ihrer Wirbelsäule entlang, bis sie erschauderte. Die
Ruhe, mit der er die Fesselung löste, übertrug sich auf sie.

„Bleib einen Moment liegen, bis dein Kreislauf sich beruhigt." Er grinste
sie an, mit purer maskuliner Zufriedenheit auf dem Gesicht. „Du bist sehr
zügellos in deiner Lust."

Er massierte sanft ihre Handgelenke, setzte sich auf die Bettkante und
drehte sie auf den Rücken. Liebevoll sah er auf sie herab, trampelte auf
ihrem Gefühlschaos herum.

Er strich ihre Haare aus der verschwitzten Stirn. Sie wäre geflüchtet,
wenn sie gekonnt hätte, doch ihre Glieder verweigerten den Dienst.

„Ist alles in Ordnung, Kim?"
Nichts war in Ordnung. Sie war durcheinander. Immer wieder schob sich
das Bild von Sally vor ihre Augen, der gebrochene Blick, die leblose Ausstrahlung. Was, wenn er ihr nur vorspielte, dass sie bei ihm sicher war?
Séamus hatte Sally anfangs auch voller Hingabe behandelt, bis er sie in
seinem Netz gefangen hatte, umwickelt mit einer klebrigen Masse aus
Tyrannei, bis sie nicht mehr selbstständig denken konnte, alles erduldete,
was er ihr antat und ihr nicht mehr zu helfen war.

Dean runzelte die Stirn. „Du ziehst dich vor mir zurück, hast Angst vor
deinen Gefühlen." Er streichelte über ihr Haar. „Ich lasse das nicht zu."

Stählerne Entschlossenheit schlug ihr entgegen, zeigte ihr deutlich, dass
sie bei ihm nicht mit ihrem Verhalten weiterkam. Sie musste sich eine neue
Strategie zurechtlegen. Der Teufel zog sie an, und wenn sie nachgab,
landete sie in einer Hölle, aus der es kein Entrinnen gäbe, gefangen in Lust
und Schmerz und am allerschlimmsten in liebevoller Zuneigung.

Oh Gott.

„Du schläfst heute Nacht bei mir."

„Nein." Sie brauchte Abstand von ihm.

„Das steht nicht zur Debatte, Schiava. Du liegst entweder entspannt in meinen Armen oder ziemlich unentspannt in Fesseln. Du hast die Wahl." Dabei grinste er sie auf eine Weise an, die in ihr den Wunsch weckte, ihm einen Eimer Eiswasser über den Kopf zu schütten.

Er küsste sie auf die Nasenspitze. „Was auch immer du in deinem hübschen Köpfchen ausheckst, es hat Konsequenzen. Überrasche mich." Er umfasste ihr Kinn. „Somit bekomme ich die Möglichkeit, dich zu überraschen."

Er zog sie vom Bett hoch. „Du kannst mich auf deinen Füßen begleiten oder ich trage dich, sehe mich dann allerdings gezwungen, einen Zwischenstopp einzulegen, sodass meine Freunde sich mit deinem entzückenden Körper beschäftigen können."

Kim hatte nicht die geringste Ahnung, ob er seine Drohungen durchziehen würde. Nach dem intensiven Erlebnis fehlte ihr die Kraft, es herauszufinden.

Seine Hände lagen schwer auf ihren Schultern. Ihre Entscheidung schien wichtig für ihn zu sein. Eines seiner Machtspielchen? Oder steckte eine andere Absicht dahinter?

„Hoffentlich schnarchst du nicht", stammelte sie. Sie straffte die Schultern, verunsichert vom freudigen Ausdruck in seinen Augen.

Ihre Befürchtung, er würde sie nackt durch das Haus treiben, erwies sich als unbegründet. Er wickelte sie in ein Laken und legte den Arm um sie.

„Ich hoffe, du magst Hühnchen und Salat. Du bist bestimmt hungrig nach der ganzen Anstrengung."

Jetzt, wo sie sich beruhigt hatte, bemerkte sie, dass sie erschöpft und ausgehungert war. Er führte sie in sein Badezimmer, stellte sie unter die Dusche und ließ es sich nicht nehmen, sie zärtlich zu waschen, liebevoll zu küssen. Er gab ihr das Gefühl, kostbar zu sein.

Dean lachte über ihren Gesichtsausdruck. „Sieh mich nicht derart verunsichert an! Ich verspreche dir, dir nicht mehr zuzumuten, als du ertragen kannst."

Konnte ein Mensch sich auf diese Weise verstellen? Mit dem Ziel, ihr eines Tages sein wahres Ich zu zeigen? Sie konnte es sich bei Dean nicht vorstellen, doch Sally hatte das gleiche sichere Gefühl anfangs bei Séamus verspürt. Kim erinnerte sich noch gut daran, wie verliebt Sally gewesen war, wie gut ihr seine fürsorgliche Stärke getan hatte. Die Veränderungen hatten langsam angefangen. Erst beinahe unmerklich, mit Beleidigungen, die er als Spaß tarnte, dann erste Ohrfeigen, für die er sich entschuldigte. Da war Sally bereits verloren gewesen, denn Gegenwehr blieb aus und bereitete den Weg für das schreckliche Antlitz der Bestie.

Dean bemerkte sofort, dass sie beunruhigt war, er schien in sie hineinzu-blicken, sie innerlich abzutasten, spürte ihren Widerwillen, darüber zu reden. Sie brauchte Zeit für sich, um zu Verstand zu kommen, doch er gönnte sie ihr nicht. Stattdessen setzte er seine Verführungskünste fort. Das gab sie gerne zu, seine Bemühungen waren verdammt erfolgreich. Zudem fühlte sie sich zu ihm hingezogen.

Genau in diesem Augenblick küsste er sie zärtlich auf die Stirn. Verunsichert traf sie seinen Blick, nur um sich darin zu verlieren. Heiß lagen seine Lippen auf ihrem Mund, langsam nahm seine Zunge Besitz, leckte über ihre Unterlippe, neckte ihre Zungenspitze, bis sie sich an ihn drängte.

Atemlos unterbrach er den Kuss.

Die Erschöpfung drückte Kim nieder und verhinderte, dass sie sich auf-lehnte, darauf bestand, allein zu schlafen.

Glaubte sie eigentlich an ihre eigenen Worte?

Sie lagen halb auf der breiten dunkelroten Couch, die in seinem Schlaf-zimmer stand, aßen Hühnchen, Salat und Brot. Auf dem Flatscreen lief *Avatar.*

Dean lächelte sie an. „Du musst dir den Film mit Viola ansehen, sie schwelgt in den Farben, und die Künstlerin in ihr schwärmt für das Werk."

Sie spürte fast Eifersucht bei seinen Worten. Er liebte Viola, das fühlte sie unmissverständlich.

Kim bekam kaum mit, was sie sah, überdeutlich lag sein Arm um sie, und die Wärme und Geborgenheit, die er ausstrahlte, drangen tief. Sie musste ihn in dieser Woche dazu bringen, die Beherrschung zu verlieren, andern-falls verbliebe sie in seinem Netz, hilflos und verloren.

Dean musterte Kim nachdenklich. Sie lag auf der Seite und drehte ihm das Gesicht zu, die Mimik entspannt im Schlaf. Ein Erlebnis belastete sie, ver-ursachte, dass sie einen inneren Kampf focht, zurückschreckte, sobald er an Boden gewann. Kim hatte Angst vor ihm, nicht vor den Sessions, sondern vor ihm als Mann. Den Maestro in ihm akzeptierte sie, doch jedes Mal, wenn er glaubte, sie würde es aufgeben, gegen ihn als Dean anzu-kämpfen, begann sie doch wieder zu grübeln und holte abstruse Gedanken an die Oberfläche. Er könnte sie zwingen, sich ihm offenzulegen, doch er tat es nicht. Er wollte, dass sie es freiwillig tat, ihm genügend vertraute.

Er dachte an John, wie fasziniert er von der ersten Sekunde an von Viola gewesen war, und er spürte, dass Kim diese Wirkung auf ihn ausübte. Sie reizte und verführte ihn mit ihrem Widerstand und ihrer Hingabe. Kim hatte keine Hemmungen, sich bei den Sessions fallen zu lassen, doch

~ 73 ~

sobald ihr Körper abkühlte, kletterte sie zügig in ihr Sicherungsnetz, wo sie irgendwelche Pläne schmiedete.

Dean zog die Schublade auf, weil Kim vorhin eine SMS bekommen hatte. Er nahm ihr Mobiltelefon und ging ins Badezimmer. Die Nachricht war von einer Geena, die fünf Mal angerufen hatte. „Hey, Kim, ich hoffe du genießt deinen Kurztrip, bitte ruf mich an, *dringend*!"

Dean sah auf die Uhr: Es war kurz nach elf. Er betätigte die Rückruftaste, und eine junge Stimme antwortete nach dem zweiten Klingeln.

„Kim, na endlich!"

„Hier ist Dean."

„Dean?" Der Tonfall drückte pures Misstrauen aus.

„Ich bin ein guter Freund von Kim. Sie ist gerade verhindert und hat mich gebeten, dich anzurufen. Ist etwas mit den Pferden?"

Es war ein Schuss ins Blaue, der sich als Volltreffer entpuppte. Der Argwohn verschwand aus ihrer Stimme.

„Nein, mit Silk und Velvet ist alles bestens. Aber ich habe jetzt schon zum zweiten Mal so einen Kerl mit einem Fernglas gesehen."

Dean spürte, dass sämtliche Warnleuchten bei ihm angingen.

„Ich will Kim nicht beunruhigen, aber irgendwie jagt mir sein Anblick Angst ein."

„Wo kann ich dich erreichen?"

„Na, über die Nummer, die du gerade angerufen hast. Ich bin die Nachbarin von Kim. Geena McCarthy."

„Frank McCarthys Tochter?"

„Du kennst meinen Vater?"

Und ob er ihn kannte. Frank nahm ab und zu an Sessions im Federzirkel teil.

„Wir sind befreundet. Hast du ihm von deinen Beobachtungen erzählt?" Er merkte an ihrem Zögern, dass sie es nicht getan hatte. „Schon gut, Geena, ich nehme mich der Sache an. Du solltest vorsichtshalber nicht allein ausreiten, bis ich die Angelegenheit geklärt habe."

Sie zögerte.

„Ich sehe mich sonst gezwungen, deinem Vater davon zu berichten." Er sagte es mit Schärfe und traf erneut ins Schwarze. Frank würde sie an die kurze Leine nehmen, wenn er wüsste, was seine Tochter für Befürchtungen hegte. Aus seinen Erzählungen wusste Dean, dass Geena ihren alleinstehenden Vater um den Finger wickeln konnte, aber nur so weit, wie er es zuließ. Er besaß keine Hemmungen, sich durchzusetzen, auch nicht bei einer Tochter, die gerade volljährig geworden war.

„Okay. Kim kommt ja bald zurück." Sie lachte. „Jetzt weiß ich, warum sie dermaßen geheimnisvoll getan hat, mit ihrem Urlaub. Sie hat nichts von einem Kerl erwähnt." Sie zögerte. „Ich hoffe, du bist nett zu ihr!"

Damit unterbrach sie die Verbindung, und Dean machte sich auf die Suche nach John und Miles. Er fand sie in Violas Atelier, wo Viola auf dem Boden lag. Miles hielt ihre Arme gestreckt über ihrem Kopf, während John ihre Schenkel umfasste und sie unter seiner Zunge stöhnte. Er sah ihrem Po an, dass die Brüder Viola nicht geschont hatten – und dass es ihr sehr gut gefiel.

Dean stellte sich neben sie und traf ihren Blick – sie sah ihm direkt in die Augen, als sie den Höhepunkt erreichte, und wurde immer noch entzückend rot. John bemerkte es, und sah sie so liebevoll an, dass Dean sich ein Lächeln nicht verkneifen konnte.

Sein Bruder sah von seiner Tätigkeit hoch und tätschelte zärtlich Violas Bein. „Du bleibst auf dem Boden liegen, genauso, wie du jetzt bist, Cara."

Er warf ihr einen drohenden Blick zu, der ihren Herzschlag beschleunigte und gleichzeitig ihren Trotz weckte – man sah es ihr deutlich an.

John nickte Miles zu, und sie gingen vor die Tür. „Was ist los, Dean?"

Miles wirkte fast angespannter als John, und Dean weihte die beiden ein. Die Ereignisse um Viola hatten sie sensibilisiert.

„Ruf Frank und Timothy an, sofort!" John seufzte. „Vielleicht sind die falschen Leute auf sie aufmerksam geworden. Ihre Radioeskapaden waren nicht taktvoll."

Timothy hob nach dem ersten Klingeln ab und sie vereinbarten, sich morgen zu treffen.

Bei Frank dauerte es länger, bis er sich meldete. Völlig verschlafen nuschelte er in das Telefon. Als er hörte, was Dean ihm mitteilte, war er hellwach. Auch er würde morgen in den Federzirkel kommen.

John sah Dean ernst an und sagte: „Mehr können wir jetzt nicht tun. Ich rede mit Viola, vielleicht kann sie das störrische Weib davon überzeugen, ihre Worte in Zukunft zu zügeln."

Dean sah ihm deutlich an, dass er nicht an einen Erfolg glaubte. Er tat es selbst nicht.

Kapitel 7

*J*emand beobachtete sie. Halb gefangen im Schlaf spürte sie den Reiz und schlug benommen die Augen auf. Silbrige Intensität sah auf sie herab.

Dean zog ihr die Decke aus den Händen, und sein Blick schweifte über ihren Körper.

„Spreiz deine Beine für mich, Schiava!"

Sie starrte ihn entgeistert an, nicht bereit, seinen Wunsch zu erfüllen.

Sie versuchte, die Decke zurückzuziehen, woraufhin er spöttisch eine Augenbraue hob. Unvermittelt landete ein scharfer Schmerz auf ihrem Oberschenkel, und ehe sie Zeit fand zu realisieren, was es war, traf sie ein weiterer Schlag, der ihr die Tränen in die Augen trieb.

„Es war keine Bitte, Kim."

Die Klatsche der schwarzen Gerte traf diesmal auf ihren Bauch, entlockte ihr einen Zischlaut. Sie trat nach ihm, doch er warf sich auf sie und spreizte ihre Beine.

Sein geschwollenes Geschlecht rieb über ihre Scham, und er umklammerte mit einer Hand ihre Handgelenke. Wütend wand sie sich unter ihm, war sich bewusst, dass er ihre Erregung spürte. Wenn er wollte, könnte er sie einfach ficken, und sie hätte ihm in keiner Weise etwas entgegenzusetzen. Ihr Körper verlangte ihn, forderte sie auf, ihn zu bitten, sie zu nehmen. Ihn anzubetteln, sich hart in ihr zu vergraben.

Zur Hölle mit ihrem Bewusstsein, dieses eine Mal würde sie nachgeben, den Maestro akzeptieren.

Ein Orgasmus am Morgen vertreibt Kummer und Sorgen.

Danach konnte sie immer noch ihren Verstand auspacken und ihm die Stirn bieten.

„Bitte nimm mich, Dean." Ganz so bettelnd hatte ihr Tonfall nicht sein sollen.

Er lächelte sinnlich auf sie herab, vergrub sich mit einem Stoß in ihr gieriges Geschlecht. „Der leichte Schmerz reichte aus, um dich dermaßen zu erregen, dass deine Pussy mich willig aufnimmt." Er bewegte sich langsam in ihr, schob ihr seine herrlichen Hände unter den Po. „Doch in deinem Blick sehe ich den Widerstand, wie du versuchst, dagegen anzukämpfen, und dass du mich herausfordern willst."

Konnte er nicht endlich die Klappe halten und mit seiner Psychoanalyse aufhören? Zudem verlangte ihre Klitoris Stimulation.

Er presste Kim dicht an sich, stieß heftiger zu, krallte seine Fingerkuppen in ihren Po und entlud sich in ihr. Mit einem teuflischen Funkeln in den

Augen ließ er von ihr ab, stimulierte ihre Perle, bis Kim sich aufbäumte, nur um ihr die Fingerspitzen dann zu entziehen.

„Bitte, Dean!"

„Nein, du hast dich mir verweigert und dir selbst deine Erfüllung geraubt. Heute Abend verlange ich dein Entgegenkommen. Diese kleine Maßnahme war nur ein Vorspiel für das, was ich dir versagen kann." Er packte ihre Hände und küsste sie auf die Nasenspitze. „Denn im Endeffekt, meine kleine Kim, bist du diejenige, die sich die Erfüllung versagt. Nur mutig genug es zuzugeben, bist du nicht."

Sein Blick bohrte sich in ihren.

„Du kannst in dein Zimmer gehen, wenn du möchtest, und vor Wut schnauben. Dessen ungeachtet verwandele ich nachher deinen Zorn in eine Lust, die dich um den Verstand bringen wird."

Diese verdammte Selbstsicherheit machte sie verrückt.

„Sei still!" Sie hörte die Gefahr in seiner Stimme, doch flammende Wut bemächtigte sich ihrer, raubte ihr die Vernunft. Außerdem wollte sie ihn reizen.

„Du selbstgefällige arrogante Mistsau!"

Die restlichen Worte schnitt er ab, indem er sie auf den Bauch drehte, ihren Arm packte und ihn schmerzhaft nach oben zog.

Die Klatsche der Gerte landete auf ihrem Po, mit sengender verlockender Qual. Dean schlug viel härter zu, verglichen mit den letzten Malen. Und sie reagierte darauf – nicht mit der Abscheu, die sie sich vorgenommen hatte, sondern mit purer Begierde. Es steigerte ihren Zorn. Dean wusste ihn geschickt zu vertreiben. Jeder Streich torpedierte ihre Sinne, krallte sich in ihr Bewusstsein und vergrößerte ihre Lust.

„Bleib liegen", knurrte er und ließ ihren Arm los. „Spreiz deine Beine!"

Sie musste es tun, erleichterte ihm den Zugriff. Er schob die Handfläche unter ihre pulsierende Scham, umschmeichelte ihre geschwollene Perle mit sanfter Tortur. Der Kontrast zur Gerte, die unerbittlich auf ihren Po eindrosch und die Rückseite ihrer Oberschenkel traf, könnte nicht größer sein.

„Ich warte, Kim."

Tränen lauerten hinter ihren Lidern, flossen bei ihren Worten die Wangen herunter. Sie drohte wie Sally zu werden, doch das war ihr in diesem Moment egal. „Mir gefällt, was du mit mir anstellst! Bitte Dean, ich liebe den Lustschmerz, ich …"

Er drehte sie um. „Öffne dich für mich, Kleines."

Er küsste die Tränenspuren von ihren Wangen, und sie bäumte sich unter den kundigen Fingerspitzen auf. Der Orgasmus war köstlich und sehr intensiv, der innere Zwiespalt, das freiwillige Nachgeben, steigerte ihn.

Als sie es endlich wagte, die Augen zu öffnen, sah Dean sie dermaßen liebevoll an, dass es in ihre Seele biss. Wieso nur konnte er sie nicht verhöhnen, sie verspotten, den Triumph auskosten? Erneut lag ihr Plan zertrampelt zu ihren Füßen; zusammen mit ihrem Kühlschrank bildete er eine riesige Hürde, zu hoch, um sie jemals zu überwinden.

Gönnerhaft reichte Dean ihr Shorts und ein langärmliges T-Shirt. Ihr Herz klopfte wild, denn er führte sie ins Esszimmer. Viola schmunzelte, als Kim sich hinsetzte und die Sitzfläche ihr einen Schmerzlaut entlockte. *Biest!*

Giotto legte Kim das Haupt auf die Beine und flirtete mit ihr. Er passte hervorragend zu den beiden dunklen Teufeln und dem blonden Verführer, der lächelnd in das Zimmer trat, in den Händen Himbeeren und Joghurt.

„Für dich, Cara." Er stellte es vor Viola ab, und Kim fragte sich, wer hier eigentlich wen dominierte.

Miles ließ Giotto in den Garten, wo der Hund schnurstracks zu dem kleinen Teich lief, den Kopf hineinsteckte, wie ein Walross prustete und hineinsprang. Der Hund stand seinen Besitzern an Verrücktheit in nichts nach.

John sah seine Frau abwartend an. Kim bemerkte die Änderung in seiner Haltung. Ohne sich merklich zu bewegen, wirkte er greifbarer, bedrohlicher und verführerischer. Viola reagierte mit einem süßen Lächeln, das pure Provokation ausdrückte. Sie hielt John stand, schob sich aufreizend einen Löffel mit Himbeeren in den Mund und meinte kauend: „Schade, dass es keine Honigmelone ist."

John sprang von seinem Stuhl und zog die quietschende Viola hoch, die sich nur halbherzig wehrte, als er sie nach nebenan verschleppte.

Dean und Miles saßen entspannt am Tisch, doch sie täuschten Kim nicht – sie warteten darauf, mit ihr das Gleiche zu tun. Die Geräusche, die aus dem Nebenzimmer drangen, trieben ihr die Schamesröte ins Gesicht und Verlangen in ihre Pussy. Sie griff beherzt nach dem Orangensaft und trank einen großen Schluck. Ihre Hände zitterten unübersehbar.

Als Viola und John – drei Toasts, zwei Becher Tee und eine Tasse Kaffe später – ihr Frühstück fortsetzten, wusste Kim nicht, wer von ihnen zufriedener aussah. Sie hatten beide eindeutig das bekommen, worauf sie abzielten. Fast neidete Kim der Freundin die Liebe, die sie und John füreinander empfanden, ersichtlich in jeder Geste. John hatte genauso viel mit Séamus gemeinsam wie ein Heuballen mit einem Misthaufen. Sie warf Dean einen kurzen Blick zu und gestand sich ein, dass der Kerl sie mehr reizte, als gut für sie war. Er lächelte sie an, und das Lächeln erreichte auch

seine Augen. In diesem Moment spürte sie es das erste Mal: ein tiefes Verlangen nach einer Liebe, die nur er zu stillen vermochte.
Sie umfasste die Kaffeetasse, als könne diese ihr Halt schenken.

Viola lief knallrot an, als John ihr zum Abschied etwas ins Ohr flüsterte. Die drei Kerle verabschiedeten sich, um Geschäftsbesuch in der Bibliothek zu empfangen. Kaum hatten sie den Raum verlassen, prustete ihre Freundin, versuchte erfolglos, das Lachen zu bekämpfen. Nach einem Blickwechsel mit Kim gab es allerdings kein Halten mehr: Sie lachten los und konnten nicht mehr aufhören. Kim hielt sich hilflos die Seiten, bemerkte, wie sehr ihr Po schmerzte.

Giotto kam nass und tropfend aus dem Garten gerannt und wollte sich schütteln. Viola packte ihn am Halsband und scheuchte ihn wieder nach draußen.

„Sag nichts, Kim! Ich weiß, die Situation ist … ungewöhnlich."

Sie liefen durch den Park, der in den Herbstsonnenstrahlen leuchtete. Kim vermutete, dass es einer der letzten warmen Tage in diesem Jahr sein würde. Die Nächte waren schon kalt; Vorboten der herannahenden Herbststürme.

„Wie hältst du das aus mit den Dreien?"

Viola sah sie leise seufzend an. „Deine Frage ist doch eine ganz andere, oder? Du möchtest wissen, ob ich Einwände hätte, wenn John dich vögeln möchte."

Kim blieb die Sprache weg, und alles, was sie schaffte, war ein Nicken.

„Am Anfang einer Session weiß ich nie, wie sie ausgeht. John liebt es, mit meinen Sinnen zu spielen. Er dirigiert mich mit viel Spürsinn in Gegenden, die ich vorher nicht kannte." Sie schmunzelte, gefangen in einer Erinnerung. „Doch niemals lässt er mich untergehen oder setzt mich der Gefahr aus, dass ich mich verlaufe. Ich vertraue ihm, Dean und Miles mein Leben an, lege mein Schicksal gerne in ihre fähigen Hände."

Kim versuchte, nicht zu schockiert auszusehen, denn sie wusste, wie gefährlich dieser Weg war. Sally hatte ihn eingeschlagen, und sie war in einem Sumpf gelandet, aus dem ihr niemand herauszuhelfen vermochte. Sie konnte sich nur selbst retten.

„Ist das nicht zu riskant? Hast du keine Angst, er könnte dich zerstören?"

Viola warf einen Ball, und Giotto sprintete mit fliegenden Ohren und Pfoten, die zu einem Löwen gehörten, hinterher.

„Dieses Vertrauen hat John sich verdient. Und auch ich musste mir verdienen, dass John mir vertraut. Ich machte es ihm nicht leicht."

Das verstand Kim nicht, und ihre Miene musste es deutlich zeigen.

„Er trägt bei jeder Session eine große Verantwortung, und ich hätte die Macht, ihn zu verletzen, denn es würde ihn zerbrechen, wenn er etwas tun würde, das mir schadet."

„Glaubst du nicht, dass jeder Dominante dieses ... Lustgefühl in einem erwecken kann?"

Viola schüttelte vehement den Kopf.

„Niemals. John drückt nicht einen Knopf und aktiviert mich. Es sind viele Dinge, die ineinandergreifen: Die Art, wie er mich ansieht, mich hält, wie er mit mir redet und mich schlägt, dabei zärtlich streichelt – all das vermittelt mir eine Sicherheit, die mir nicht jeder x-beliebige Kerl vermitteln könnte. Nur diese Sicherheit gibt mir genug Raum, um mich fallen zu lassen und schlussendlich Lust zu empfinden. Ich hatte dieses Gefühl bei ihm, als ich ihn das erste Mal gesehen habe, und er hat mich nicht enttäuscht."

Kim war nicht überzeugt und plante, es zu testen. Viola hatte ihre Frage nicht klar beantwortet, und ihrem verschmitzten Gesichtsausdruck nach, verweigerte sie die Aussage.

Viola legte den Arm um sie. „Kim, hast du keine Angst, dass dir jemand deine Schimpftiraden auf SM übel nehmen könnte?"

„Hat Dean dir befohlen, dieses Thema anzusprechen?"

Die Freundin sah sie verletzt an, sodass Kim die scharf gesprochenen Worte bereute. „Tut mir leid, ich fühle mich überfordert. Alles ist anders als in meiner Vorstellung."

Viola tätschelte den Kopf von Giotto, der sie verliebt ansah und sein nasses Fell an ihrem Bein rieb. Viola verlor beinahe das Gleichgewicht, und Kim stützte sie. „Der Hund wiegt fast so viel wie du. Er muss euch die Haare vom Kopf fressen."

Viola sah den Vierbeiner liebevoll an, sank auf die Knie und umarmte ihn. Giotto bohrte ihr die Nase in den Hals und man sah ihm an, dass er ihr Quietschen genoss. Wie war das noch - Hunde waren die Spiegelbilder ihrer Besitzer.

„Woher kommen deine ... Ansichten über SM?"

Kim war nicht bereit, mit ihr über dieses Thema zu sprechen, denn ihr war klar, dass Viola es John oder direkt Dean erzählen würde.

Viola lächelte sie traurig an. „Erzähl es mir, wenn du so weit bist, Kim." Dann lachte sie. „Genau die gleichen Worte hat John zu mir gesagt."

Sie sah Kim ernst an. „Als Teenager bin ich dir ausgewichen, als du mich gefragt hast, ob mich etwas belastet. Wärst du jetzt gewillt, die Geschichte zu hören?"

Zehn Minuten später lagen sie sich weinend in den Armen.

„Gott, Viola ich hatte keine Ahnung!"

„Und selbst wenn, was hättest du tun können? Du warst selbst nur ein Kind, das es nicht leicht hatte bei der schrecklichen Großmutter. Sie hat dir die Kindheit zerstört."

Kim saß auf der Terrasse mit einem Buch in der Hand und las zum zehnten Mal den gleichen Satz ohne ihn wahrzunehmen. Giotto saß neben ihr, sein Haupt auf ihren Beinen, und sah sie so lange bezirzend an, bis sie ihm den Kopf kraulte. Er liebte es besonders, wenn sie den Bereich über seinen Augen streichelte. Schnaubend und seufzend fiel er schließlich zu Boden, als ob die Last der Welt auf seinen breiten Schultern lastete, warf sich auf die Seite und fiel schnarchend in tiefe Träume, die Sorgen völlig vergessen, mit sich im Reinen.

Wenn es für sie doch auch so einfach wäre. Sie seufzte genauso laut wie Giotto, überzeugt, dass sie zu Verstand kommen würde, sobald sie die Höhle des Scharfmachers verließe. Genau das war er, eine Peperonischote, die sie um den Schlaf brachte, sie nur anzusehen brauchte, um ihr Blut zu erhitzen wie bei einem Teenager, der sich das erste Mal verliebte. Das Gefühl seiner Berührung verblieb nachhaltig auf der Haut, bahnte sich den Weg in ihr Innerstes, und das Echo hallte jede Sekunde in ihrem Bewusstsein.

Sie betrachtete die Bäume, die im Herbstlaub erstrahlten, ein paar der Blätter fielen vom leichten Wind zu Boden. Dean war ihre erste Liebe gewesen. Sie hatte sich in ihn verliebt, unsicher ihrer selbst und ihrer Gefühle, die ihre Großmutter bei jeder Gelegenheit verurteilt hatte. Wahrscheinlich hatte er nicht geahnt, was in Kim vorgegangen war – sie hatte kaum seinem Beuteschema entsprochen; er und John hatten schon damals zu den heißesten Typen auf ihrer Schule gehört, und jetzt waren sie noch siedender. Mit Wasser allein konnte sie den Steppenbrand, der in ihr wütete, nicht löschen.

Timothy kam lächelnd in die Bibliothek, doch in seiner Mimik lag Sorge. „Was ist los mit euch Sullivans? Ihr zieht Schwierigkeiten ja wirklich an!" Sullivans schloss Miles mit ein. Ihr Vater hatte vor vielen Jahren das Sorgerecht für ihn beantragt und erhalten.

Sie klopften sich zur Begrüßung auf die Schultern, während Frank noch mit offenem Mund da stand. Die Nachricht, dass seine Nachbarin Kim Indigo Blue war, hatte ihn zutiefst überrascht – er glich einem Karpfen, der nach Luft schnappte. „Ich bin öfter mit ihr ausgegangen, da Geena sich in den Kopf gesetzt hatte, wir würden ein hübsches Paar abgeben. Allerdings hat sie auf meine Avancen reagiert wie ein Gletscher."

Dean sah ihn vorwurfsvoll an, von dem Verlangen beherrscht, sie zu verteidigen. Bevor er jedoch ein Wort äußern konnte, hob Frank beschwichtigend die Hände. Dean spürte die Augen der Anwesenden körperlich auf seiner Haut, besonders John verstand sich meisterlich darin, diese Taktik einzusetzen. Miles sah ihn an und erinnerte ihn an einen grinsenden Wolf.

„Jetzt sag nicht, du hast sie geschmolzen?" Frank könnte nicht erstaunter klingen, wenn John ihm offenbart hätte, sich zukünftig für Männer zu interessieren. „Es sei dir gegönnt, Mann, für mich wäre sie nichts." Er grinste John an. „Doch deine kleine Viola, die ist mehr nach meinem Geschmack." John warf ihm einen von diesen Blicken zu, und die Anspannung im Raum löste sich auf.

Miles verteilte Kaffee, und Timothy zog sein schwarzes Notizbuch aus der Tasche. Hartnäckig weigerte er sich, ein elektronisches anzuschaffen.

„Lasst hören, Jungs, was habt ihr auf dem Herzen?"

Timothy hörte sich alles geduldig an, stellte wenige punktgenaue Fragen und klappte schließlich das Notizbuch zu.

„Wir müssen zwei Spuren verfolgen, wobei der Kerl mit dem Fernglas Priorität besitzt. Ich vermute, dass Kims Meinung über SM nichts mit ihm zu tun hat."

Frank richtete sich in seinem Stuhl auf, und Dean sah förmlich, was er dachte. Er sah seine Tochter durch Kims Radiosendung in Gefahr. Dean tat sich schwer, es ihm zu verdenken.

„Sie sollte diese Art der Reportagen sofort unterlassen." Frank sprach die Worte weich, aber schneidend, gleich einem Messer.

Dean erwähnte erst gar nicht die Möglichkeit, dass der Kerl ein Jäger oder Ornithologe sein könnte, er glaubte es nicht. Er kannte Geena zwar nicht, doch reagierten Frauen sensibel auf Bedrohungen und lagen meistens richtig mit ihren Intuitionen.

John sah ihn finster an. „Wenn sie an ihrer Meinung über SM nach ihrem Aufenthalt im Federzirkel festhält, dann ist ihr nicht zu helfen. Ich befürchte, die süße Kim hat die Aufmerksamkeit von Leuten auf sich gezogen, die sie nicht kennenlernen möchte. Und wo wir schon mal beieinander sind, ich habe Neuigkeiten über das *Sadasia,* und sie missfallen mir."

„Wie sicher ist die Quelle?" fragte Timothy.

„Sarah."

Timothy nickte. Sarah besaß ein Dominastudio, das Chili, und eine ihrer neuen Mitarbeiterinnen hatte sich inkognito ins *Sadasia* eingeschlichen.

„Die kleine Domina hat sich fast übergeben, als sie bei Sarah aufgetaucht ist, spielte sogar mit dem Gedanken, ihren Ausflug in die SM-Welt abzu-

~ 82 ~

brechen. Im *Sadasia* finden laut ihr angeblich die Sessions statt, die Kim in *Verruchte Nächte* anspricht. Es soll ein Club der übelsten Sorte sein, jedoch glaube ich die Anschuldigungen nicht. Sollten sie allerdings zutreffen, könnte uns eine Reportage alle ins Verderben ziehen."

Johns Worte waren nicht übertrieben, denn die Gesellschaft hatte Schwierigkeiten, alles, was außerhalb von Vanilla stattfand, zu tolerieren, geschweige denn zu akzeptieren. Eine Reportage über dieses Studio wäre Wasser auf den Mühlen der Skeptiker, und sie würden allesamt auf dem virtuellen Scheiterhaufen landen.

Die Mitglieder des Federzirkels verurteilten Spieler nicht, die die härtere Gangart liebten. Doch so manche Devote geriet in einen Strudel, aus dem sie nur verletzt oder zerstört befreit werden konnte.

„Wir verhalten uns ruhig und beobachten das *Sadasia*. Eventuell sollten wir einen Spieler einschleusen."

John wartete, ob jemand Protest kundtun wollte, doch sie waren sich einig.

„Ich melde mich, sobald ich was rausgefunden habe. Frank, hast du Einwände, wenn ich Geena befrage?" In Timothys blauen Augen lag deutliche Sorge.

„Fahr mir am besten hinterher, sie ist bei Kims Pferden. Je eher du mit ihr redest, desto besser."

Die beiden Männer verließen die Bibliothek.

„Dean, auf ein Wort!"

„Spuck es aus, großer Bruder, äußere deine Bedenken." Dean wusste, dass John aussprechen würde, was ihm selbst im Kopf herumging.

„Dir ist klar, dass sie auch Viola einem Risiko aussetzt." John sagte die Worte sanft, um ihnen die Schärfe zu nehmen, doch Dean erkannte die stahlharte Entschlossenheit dahinter.

„Du weißt, dass ich Viola fast so sehr liebe wie du."

„Das ist mir bewusst, dennoch ist Kims Verhalten gefährlich. Sie hat ihren Widerstand dem Federzirkel gegenüber nicht aufgegeben. Sie plant, dich herauszufordern, und bis wir herausgefunden haben, woher sie ihre eigenartigen Ansichten hat, stellt sie ein Risiko dar." John packte ihn an den Schultern. „Ich will nicht, dass du dich in etwas verrennst, was eventuell keine Zukunft besitzt."

„Ich kann mir nicht helfen, sie ist das Risiko wert."

„Du weißt, wir stehen hinter dir."

Miles starrte entsetzt nach draußen. Vor der Terrassentür stand Giotto, der gesamte Körper mit Schlamm bedeckt, daneben Viola, die fast genauso schlimm aussah, mit einem Ausdruck purer Verzweiflung auf dem Gesicht.

Die Brüder tauschten einen Blick und brachen dann in Lachen aus.

„Manchmal bereue ich, dass wir Giotto gekauft haben", prustete John. Eine größere Lüge hatte Dean niemals gehört.

Kim kam aus der Dusche und hob das schwarze Negligé hoch, das auf dem Bett lag. Sie grinste es an, ließ es dann aber achtlos zu Boden fallen. Heute war ihr letzter Tag im Federzirkel, morgen früh würde sie abreisen. Es war ihr nicht gelungen, Dean aus der Reserve zu locken, stattdessen fühlte sie sich immer stärker zu ihm hingezogen.

„Mach dich zurecht!", hatte er ihr vorhin befohlen. Das konnte er haben.

Entschlossen trat sie ins Esszimmer, drückte die Schultern durch und war froh, dass keiner der Anwesenden ihr Herz hören konnte oder sah, dass ihr Puls raste. Die Einzige, die eine offene Reaktion demonstrierte, war Viola: Sie glich einem Schaf, vor dem plötzlich ein Wolf auftauchte, der in einen Strickpullover mit Bommelmütze gehüllt war. Die Mienen der beiden Maestros bleiben blank gleich einem See, bevor der Sturm einsetzte; die Oberflächen zeigten nicht das geringste Kräuseln.

Kims Oberfläche hingegen bestand aus hohen Wellen und Strudeln, die sie zu verschlingen drohten, weil Dean durch Abwesenheit glänzte. Miles und John sahen sie an, ihre Blicke bohrten sich geschossartig in ihre Haut. Sie gönnten ihrem Outfit eine umfassende Betrachtung, tasteten sie millimeterweise ab, bis sie bebte. Sie schluckte, und die Maestros bemerkten es sofort. Kim sah es ihnen an, sah es in den Augen, die funkelten, in der Haltung, die ihr Konsequenzen versprach. Sie hatte nicht gewusst, dass man Augenbrauen dermaßen weit hochziehen konnte.

Violas Ausdruck sagte ihr deutlich: Wo zum Teufel hast du diese Monstrosität von einem roten ballonseidenen Jogginganzug her? Und dass sie nicht in ihren weißen Tennissocken stecken wollte, die Kims Aufmachung vervollständigten.

Gott verdammt, sie musste sich hinsetzen, sonst drohten ihre Knie nachzugeben. Am besten reagierte sie mit Frechheit.

Ihre Äußerungen blieben allerdings ungesagt, da sie vor John zurückwich, der plötzlich vor ihr stand, als ob er aus dem Stuhl katapultiert worden wäre. Er setzte ihr nach, langsam und bedächtig, bis sie gegen etwas Hartes prallte. Etwas lebendiges Hartes, das sie packte, mit eiserner Kraft.

Ein Arm lag um ihren Hals. Auf ihm befanden sich kyrillische Schriftzeichen. Zu ihrem puren Entsetzen entwich ihr ein Schrei.

Keiner sagte ein Wort, und ihre Kehle versagte den Dienst.

„Von dir habe ich gehört, Sklavin." Die Stimme war dunkel und sanft, absolut bedrohlich. Sie spiegelte die Haltung von John und Miles.

„Du gehst nach nebenan ins Strafzimmer, ziehst dich aus und kniest dich vor den Kamin. Dort wartest du auf deine Bestrafung!" John besaß die Frechheit, sie anzulächeln. Das verdeutlichte ihre Situation, in die sie sich hineinmanövriert hatte. Der Kerl hinter ihr ließ sie los, und sie wäre fast zu Boden gesunken. John bewahrte sie vor diesem Schicksal durch den festen Griff um ihre Taille.

„Wo ist Dean?"

John drehte sie um, packte ihre Haare und zog unerbittlich ihren Kopf in den Nacken. „Du wirst still und gehorsam sein oder ich zwinge dich."

Jetzt war sowieso alles egal. Sie musste endlich aus ihren Fängen entkommen, was nur möglich war, wenn sie ihr wahres Gesicht zeigten. „Leck mich doch!"

„Sei dir sicher, du wirst geleckt werden, bis du wimmerst." Sein grauer Blick bohrte sich weiter in sie, stahl ihr den letzten Rest von Stärke. „Vorher lassen wir dich Schmerzen spüren, die deine Vorstellungskraft sprengen."

Sie verübelte es Viola, dass sie nicht eingriff, sondern in stummer Unbeweglichkeit auf dem Stuhl saß und ihren Teller betrachtete, als ob auf ihm die Erkenntnis lag, warum sich Frauen grundsätzlich zu fett fanden. Überhaupt schien Viola ständig die Teller oder den Boden zu betrachten.

Kim konnte John nicht einschätzen, und sie kämpfte gegen die Panik an, die sie zu überwältigen drohte. An den Haaren zerrte er sie ins Nebenzimmer, bis er die Mitte des Raumes erreicht hatte.

Miles stand vor ihr, unbeeindruckt von ihren Protesten und ihrem Blick, der ihn erdolchen wollte. Er zog ihr die Ballonseidenjacke aus, die bei jeder Bewegung raschelte. Dann befestige er Softmanschetten um ihre Handgelenke.

Seine sanften grünen Augen sahen sie provozierend an, sagten ihr deutlich, wenn sie sich wehrte, während er ihr die Hose auszog, plante er sie über seine Knie zu legen und ihr so lange den Arsch zu versohlen, bis sie heulte.

Sie hasste sich für jedes Beben ihres Körpers und dass es sie verdammt große Überwindung kostete, nicht zu weinen. Und gleichzeitig machte es sie an, die Kraft von ihnen, dass sie es durchzogen. Tief in ihrem Inneren wusste sie, dass ihr Vertrauen nicht vergeudet war. Doch dieses Innere wurde von dem Äußeren verschluckt. Die Softmanschetten waren miteinander verbunden, und Miles befestigte ein Seil, das von der Decke hing, mit der Kette. Sie zogen es an und ließen ihr Spielraum. Sie kniete diesmal zwar nicht nackt vor dem Kamin, doch einem Sieg glich das in keiner Weise. Es war ein Scheißgefühl, mitten im Raum zu stehen.

Der Typ mit dem tätowierten Unterarm trat an sie heran. "Du sollst wissen, wer sich gleich mit dir vergnügt, sich an deinen Schreien erfreut: Ich bin Roger." Seine Karamellaugen funkelten genauso wie seine Glatze. Er umfasste ihr Kinn, hart genug, um sie aufwimmern zu lassen. „Ich hatte noch nie das Vergnügen eine Rothaarige zu ficken, sie zu lecken und sie mit meiner Peitsche zum Singen zu bringen." Er küsste sie auf die Nasenspitze. „Und du wirst schreien, bis deine Stimme versagt."

Sie unterdrückte den Reiz, jetzt schon zu schreien. „Baby, funkel mich ruhig an, ich liebe temperamentvolle Schiavas! Vor allem solche, die so tun, als ob sie kalt und unnahbar seien – das sind die Wildesten."

Die drei Scheißkerle umzingelten sie, und ihr stockte der Atem, als Roger zu einem Sideboard ging und mit einer Peitsche, einem Bambusstab und einer Dressurgerte zurückkam. Er legte die Utensilien vor ihr auf den Boden. Sie wusste, er wollte sie einschüchtern, und er siegte.

„Ich habe mich für eine Schlangenpeitsche entschieden, sie hat einen flexiblen Griff und verursacht eine wunderschöne Zeichnung auf der Haut." Er sah ihr in die Augen. „Ist nur was für Könner."

John stand hinter ihr und legte ihr eine Hand auf die Kehle, fühlte ihren Puls. Trotz ihrer Angst beruhigte es sie. Wo war Dean? Hatte er schon genug von ihr und überließ es nun seinen Brüdern, sie zur Räson zu bringen?

Miles ging vor ihr in die Knie und fesselte einen ihrer Knöchel mit einer Softmanschette an einen in den Boden eingelassenen Ring. Kim zitterte dermaßen, dass sie nicht verhindern konnte, dass er ihre Schenkel in eine gespreizte Haltung zwang, und auch ihr anderes Fußgelenk fixierte.

John steckte ihre Haare hoch und befestigte eine breite weiche Binde über ihren Augen. Ehe sie wusste, wie ihr geschah, schob er Stöpsel in ihre Ohren. So ein verdammtes Schwein!

Wenigstens umfasste er ihre Schultern für einen Moment, presste sich an ihre Rückseite. Sie fühlte sich hilflos wie noch niemals in ihrem Leben. Es war grauenvoll. Durch die geraubten Sinne hatte sie den Eindruck, ihr Herz donnerte in ihrer Brust, bis es stehenblieb, begleitet von dem Blut, das in ihren Adern raste und das sie überlaut hörte.

Sie zitterte so stark, dass sie ihre Lippen zusammenpressen musste, damit ihre Zähne nicht aufeinanderschlugen. Sie wollte gerade in Schreie ausbrechen, als sich sanfte Hände um ihre Wangen legten und jemand sie ganz leicht auf den Mund küsste.

Es war Dean, sie schmeckte ihn. Plötzlich löste sich die entsetzliche Angst auf und wurde ersetzt von ängstlicher Begierde. Die Erkenntnis überwältigte sie, dass sie ihm vertraute und dass sie sich in ihn verliebt hatte. Er ließ sich Zeit mit dem Kuss, kostete ihn aus, bis sie ergeben seufzte.

Bei allem, was ihr heilig war, sie liebte ihn, es war nicht nur Verliebtheit! Sie hatte den grässlichen Anzug in einer Kiste auf dem Dachboden gefunden, ihn nur angezogen, um von ihm köstlich bestraft zu werden, nicht, um ihn aus der Fassung zu bringen, damit er sich vergaß.

„Dean", schluchzte sie, und es war ihr egal, dass sie weinte. Sie weinte Tränen der Hingabe.

Beide Männer lösten sich von ihr, und sie schrie erneut auf, denn etwas Kaltes berührte ihr Schlüsselbein. Eine Klinge. Vergeblich versuchte sie, ruhiger zu atmen, aus Angst, er könnte sie schneiden. Er umfasste mit einer Hand ihren Nacken, hielt sie und zerschnitt die Träger des schwarzen Spitzen-BHs. Bei der Unterwäsche hatte sie etwas Exklusives ausgesucht, das sie in der Schublade in einem der Schlafzimmer gefunden hatte. Er machte sich nicht die Mühe, den Verschluss zu öffnen, stattdessen durchtrennte er den Steg. Der zarte Stoff fiel zu Boden, und Kim wäre ihm gefolgt, wenn das Seil sie nicht auf den Füßen gehalten hätte. Der Mann folgte mit der Klinge den bebenden Konturen ihres Körpers, bis er die Panty erreichte.

Jemand zog sie gegen sich, hielt sie, und die Geste besänftigte sie. Sie vermutete, dass es John war. Jedes Mal, wenn sie eine Grenze erreichte, taten sie etwas, um sie zurückzuholen. Lockten sie mit ihren Handlungen, damit sie bereit war für den nächsten Schritt.

Dean küsste sie auf den Mund, sie schmeckte und roch ihn, ging vor ihr auf die Knie, leckte zärtlich ihren Nabel, dann fuhr er mit dem Messer an die Seite der Panty und zerschnitt sie. Das Gleiche tat er mit der anderen Seite, und kalte Luft berührte ihre nasse Scham. Sie spürte seinen Atem auf ihrem Venushügel, der Reiz durch die fehlenden Sinne intensiviert. Federleicht hauchte er einen Kuss auf ihren Kitzler, spreizte mit den Fingerkuppen die äußeren Schamlippen und saugte an der geschwollenen Spitze.

Sie glaubte, John umfasste ihre Brüste, neckte die pulsierenden Knospen. Für einen Moment verspürte sie Unsicherheit, verglich ihren kleinen Busen mit Violas. Doch die Bedenken verschwanden unter der süßen Tortur.

Sie hörten auf, als ihre Schenkel von ihrer Feuchtigkeit benetzt waren, die Nippel überempfindlich, und sie direkt vor dem Orgasmus stand. Beide lösten sich von ihr, und sie hing bebend in der Fesselung, fühlte sich verwundbar wie niemals zuvor. Zu ihrem Erstaunen verursachte dieses Gefühl ein gieriges Pochen zwischen ihren Schenkeln und bewirkte, dass ihr Herz beschleunigte, ihr der Schweiß aus allen Poren brach. Es zählte nur, dass sie erlöst wurde – durch Schmerz, der ein köstliches Gemisch mit Lust darstellte.

Sie warteten, ließen sie schmoren, und sie schrie auf, als urplötzlich ein Hieb auf ihrer Pobacke explodierte. Sie benötigte einen Moment, bis sie realisierte, dass eine Handfläche das Brennen verursacht hatte. Die Furcht, dass der nächste Schlag die Peitsche sein könnte und sie nicht hören konnte, wie die Schnur auf sie zuzischte, ließ sie in Tränen ausbrechen.

Erleichtert spürte sie Hände auf ihren Schultern, die sie umfassten, Fingerspitzen, die sich unter die Augenbinde schoben und die grässlichen Stöpsel entfernten.

„Ganz ruhig, Kim." Dean stand hinter ihr, lehnte sich beruhigend gegen ihre Rückseite. „Cara. Ich danke dir." Gefühlvoll liebkosten die Worte sie.

Dann löste er sich abrupt von ihr. Sie hörte Roger lachen und das knallende Geräusch der Peitsche. Noch bevor der Schmerz sie erfasste, brüllte Kim so laut, dass es ihr in den Ohren gellte, doch es war keine Peitschenschnur, die sie berührte, sondern mehrere weiche Riemen.

Diese Fieslinge!

Die Schnüre trafen sie überall, auf ihrem Busen, dem Bauch, den Oberschenkeln. Auf dem Po waren die Treffer schärfer. Nur die Nieren und die Wirbelsäule ließ er aus. Bald glühte ihr Körper, als ob sie mit heißem Öl überschüttet worden sei.

„Wie viel ist sechs mal neun?"

Es dauerte, bis sie Johns Frage verstand, und noch länger, ehe sie sich in der Lage fühlte, sie zu beantworten.

„Ich stelle dir eine weitere Frage, höre gut zu, solltest du sie falsch beantworten wird Roger dich mit der Schlangenpeitsche schlagen." Sie hörte, dass er grinste, sah ihn förmlich vor sich mit den glitzernden Augen, begleitet von den spöttisch hochgezogenen Augenbrauen, ein Spiegel seines zwei Jahre jüngeren Bruders.

Er stellte die Frage, während die Riemen ihren Leib in lodernde Pein verwandelten. „Vierzehn mal dreizehn."

Sie keuchte, wusste, dass sie sie nicht beantworten konnte; die Männer wussten es auch.

„Ihr seid gemein!"

„Das war die falsche Antwort, meine Kleine." Deans Stimme hörte sich ebenso amüsiert an wie die seines ekelhaften Bruders.

Das Zischen schnitt in ihr Bewusstsein, stahl ihr einen Schrei. Erst dann traf die Schnur auf ihre Pobacke, schneidend, herrlich und fordernd. Ganz anders als in ihrer Vorstellung. Ein weiteres Zischen. Diesmal wickelte sich das Leder um ihre Hüfte, erfüllte sie mit köstlichem Schmerz.

„Bitte uns, kommen zu dürfen", wisperte Dean direkt vor ihr.

Sie schluchzte die Bitte in den Raum, und Dean küsste sie auf die Nasenspitze, ging vor ihr auf die Knie. Er hatte kaum mit der Zungenspitze ihre Klitoris berührte, als sie schon ihren Höhepunkt erlangte.

„Du hast nicht übertrieben, mein Freund, sie kommt wirklich leicht zum Orgasmus. Eine Zierde für den Federzirkel. Und die Zeichnung der Schläge schmückt die helle Haut besonders", sagte Roger mit sanfter Stimme.

„Ist alles in Ordnung, Kim?", wollte Dean wissen, doch sie war unfähig zu sprechen. Dankbar spürte sie einen Strohhalm an den Lippen und trank gierig den verdünnten Apfelsaft.

Sie hoffte, dass sie ihr jetzt endlich die Binde abnehmen würden, nach allem, was sie erduldet hatte. Sie taten es nicht.

„Halte sie, Dean, ich löse die Fesseln!" John befreite sie zuerst von den Fußmanschetten, ehe er das Seil löste. Ermattet fiel Kim gegen Dean, der sie auf die Arme hob und auf eine gepolsterte Unterlage legte, die sich auf seiner Hüfthöhe befand. Unter sich spürte sie ein großes Handtuch. Wenn sie etwas sehen könnte, hätte sie Löcher in die Zimmerdecke gestarrt.

Sie versuchte, die Augenbinde zu verschieben, doch ihre Handgelenke fanden sich in einem eisernen Griff wieder.

„Das ist verboten, Schiava", sagte Miles betont ruhig. Ihr wurde bewusst, dass die Session noch nicht beendet war. Ihr stand weitere schmerzvolle Lust bevor, dabei fühlte sie sich jetzt schon ausgelaugt. Doch ihr Körper reagierte gegensätzlich zu ihrem Kopf – ihm gefiel die Aussicht auf erneute herrliche Torturen viel zu gut.

Dean hielt ihren Nacken umfasst. „Wird dir schwindelig, wenn du gerade auf einer Unterlage liegst?"

Sie schaffte nur ein Nicken.

„Gib mir eines von den Kissen, Roger."

Mit sanftem Druck führte Miles ihren rechten Arm an die Seite der Unterlage und fixierte ihr Handgelenk in einer Manschette. Dean tat das Gleiche mit ihrem anderen Arm. Sie redeten, daher wusste sie, dass sie es waren. Versuchsweise zog sie an der Fessel und stellte fest, dass sie ihr ein wenig Spielraum ließ. Sie war so mit ihren Armen beschäftigt, dass sie zunächst nicht bemerkte, dass jemand weiches Leder unterhalb ihrer Kniegelenke drapierte. Als sie ihr Bein wegziehen wollte, schlug er ihr auf den Oberschenkel, dermaßen scharf, dass sie aufschrie.

„Halt still!" Johns Tonfall sagte ihr deutlich, dass sie besser tat, was er verlangte. Der Gedanke floss direkt in ihren Schoß. Zusätzliche Riemen wurden um ihre Fußgelenke befestigt, und sie hörte das klirrende Geräusch von Ketten.

„Wir spreizen deine Schenkel, kämpf nicht dagegen an, Schiava!" Deans Stimme klang rau. Ihm gefiel, was sie mit ihr machen. Und sie konnte nichts tun. Sie spannte ihre Muskeln an, aber es war vergeblich.

Sie zogen ihre Schenkel so weit auseinander, dass sie freien Zugriff auf ihre Pussy und auf den angehobenen Po hatten.

„Wie nass und geil du bist. Ich bin mir sicher, du wirst uns weitere Orgasmen schenken, Kim." Dean hörte sich zuversichtlich an.

Kims Gedanken rasten. Sie befand sich in einem Raum mit vier Kerlen, die sie festgeschnallt, gespreizt und erregt hatten, und sie wehrte sich nicht. Stattdessen schrie alles in ihr danach, dass sie endlich fortfahren sollten – mit allem, was sie ihr antun wollten.

„Einer von uns hält dich an den Schultern fest, um dich zu beruhigen. Du darfst dir aussuchen, wer." Deans Tonfall drang tröstlich in ihr Bewusstsein.

„Was tun die anderen?" Sie sagte es so panikerfüllt, dass Dean eine Hand auf ihren Brustkorb legte, direkt über ihrem Herzen. „Einer wird dich bestrafen, die anderen beiden sehen zu."

Sie sammelte ihren ganzen Mut. „Bitte, Dean, bestrafe du mich, und John soll mich halten." Sie brach fast in Tränen aus.

„Wie du möchtest, Schiava." Seine Stimme war eine einzige Liebkosung.

Johns Hände lagen mit besänftigender Wärme auf ihren Schultern. Er beugte sich zu ihr herunter, und sie spürte seinen Atem auf ihrem Gesicht, bevor er sie sanft auf die Stirn küsste. Sie konnte verstehen, dass Viola ihn liebte, doch nur Dean zog sie an wie ein Paar Manolo Blahniks, kombiniert mit einer Guccitasche gefüllt mit Erdbeeren und Sahne.

Was hatten sie vor?

„Könnt ihr mir nicht die Binde …"

„Schweig!" Dean sagte es dermaßen nachdrücklich, dass sie sofort verstummte.

Sie schwor, sie fühlte die Augen der Männer körperlich auf der Haut. Wieder wollte sie protestieren, doch John unterband es, indem er ihr seine Hand auf den Mund legte.

„Du hast Einwände, Sklavin? Es missfällt dir, dass Miles und Roger zwischen deine Schenkel blicken, sehen können, dass du vollständig erregt bist?" Dean lachte leise, es vibrierte über die Innenseite ihres Oberschenkels. „Dass du vor Begierde zitterst und vor Gier, es kaum erwarten kannst, Schmerzen zu spüren, die in dein Bewusstsein vordringen, bis du jammerst und alles um dich herum vergisst?"

Sie hörte ein ratschendes Geräusch und wimmerte gegen Johns Hand.

Ein Streichholz! Wollte er sie verbrennen?

Ihren Versuch, sich aufzubäumen, verhinderte John mit starken Händen; der Spielraum der Fesseln nutzte ihr nichts.

„Stellen wir dein Vertrauen auf eine harte Probe, kleine Schiava?"

Sie schrie, und Hitze landete auf ihrem Bauch, direkt über dem Nabel. Die Hitze verblieb für einen Moment, bevor sie sich abkühlte. Ein erneuter Tropfen landete ein wenig tiefer als der letzte. John nahm seine Hand von ihrem Mund, hielt sie an den Schultern.

„Entspann dich, Kim, nichts kann dir passieren." Er lachte sinnlich. „Dir geschieht nur, was wir für dich planten, um dich in Ekstase zu versetzen. Damit du loslässt, Indigo Blue." Er sagte es nicht höhnisch, sondern verlockend, und sie atmete aus.

Wachs traf sie zwischen den Brüsten, entlockte ihr ein Stöhnen, war das Gefühl doch verstörend wegen der Qual, die sie fast verbrannte, nur um sich in lodernde Lust zu verwandeln. Mehrere Tropfen fielen nacheinander auf die empfindliche Haut ihres Bauches. Kim atmete schneller, denn die Spur führte tiefer, direkt auf ihre gespreizten Beine zu. Er wollte doch nicht das Wachs auf ihre Scham tropfen, womöglich auf ihre Klitoris?

Jemand stand neben ihr, sie spürte es. Im nächsten Moment geschahen zwei Dinge gleichzeitig: Ein Schwall traf ihre Scham, und ein Tropfen landete auf ihrem rechten Nippel. Sie schrie gellend und wartete auf die sengende Pein auf ihrem Geschlecht, es war jedoch Kühle, die sie dort berührt hatte.

Wasser!

Nur ihre Nippel waren von einem Tropfen Wachs getroffen worden.

„Du mieses Schwein!" Die Worte entschlüpften ihr und gingen in ein Stöhnen über, als erneut glühende Seide ihren Nippel erfasste und Kälte ihre Klitoris – in Form eines Eiswürfels.

Es war Miles, der ihre Nippel bearbeitete, denn er räusperte sich. „Du siehst absolut geil aus, Kim. Ich werde nachher meinen Schwanz in dir vergraben."

Sie konnte nicht protestieren, denn Dean schob den eisigen Eindringling kurz in ihr Geschlecht und weitere sengende Pein traf ihre Brüste. Die Kälte auf ihrer Klitoris verwandelte sich in Hitze, als Dean an der geschwollenen Perle saugte, und Kim bäumte sich in den Fesseln auf. Die Hitze auf ihrem Nippel wandelte sich in Kälte, denn nun rieb Miles die Eiswürfel über die heiße Haut.

„Du kommst jetzt sofort, Kim!" Mehr Aufforderung brauchte sie nicht. Sie schrie Deans Namen, als sie kam.

John löste die Binde von Kims Augen und ging aus dem Zimmer, um Viola zu holen. Er hatte sie dort zurückgelassen, mit blankem Po, über einen Stuhl gefesselt, hatte wiederholt zu ihr geschaut, um zu sehen, ob es ihr gut ging. Sie ließen niemals eine fixierte Schiava unbeaufsichtigt.

Dean lächelte, als er das klatschende Geräusch hörte und Violas Wutschreie. Dann widmete er seine Aufmerksamkeit wieder seinem eigenen bebenden Opfer. Er drang langsam in ihr pulsierendes heißes Geschlecht, fickte sie bedächtig, kostete es aus. Sie sah hinreißend aus, die Haut gerötet, die Wangen benetzt von ihren Tränen, pures Verlangen in den blauen Augen, die ihn an einen See unter der Mittagssonne erinnerten. Ihr Arsch leuchtete von den Schlägen mit der weichen Riemenpeitsche, unterbrochen von den beiden Peitschenhieben, die ihren Leib deutlich zeichneten. Er sah ihr direkt in die Augen, und sie zögerte nicht, seinen Blick zu erwidern. Er verstand nicht, dass es viele Dominante gab, die ihren Sklavinnen verboten, sie anzusehen. Sie versagten sich eine Menge.

In diesem Moment kam John mit Viola in den Raum: Sie hing über seiner Schulter, und er warf sie auf das Bett. Roger eilte ihm zu Hilfe und hielt sie an gestreckten Armen fest, während John auf ihren Oberschenkeln saß und ihren prachtvollen Po versohlte. Dean verstand es, auch er liebte es, Violas Hintern zu bearbeiten. Der gesamte Federzirkel liebte es. Manchmal konnte sie einem leidtun. Doch meistens behielt John sie für sich selbst.

Kim bot Dean mit ihrem kleinen Knackarsch ohnehin genügend Anregung. Sie bäumte sich auf, und er schob ihr einen Finger in den Po, ihre Nässe bereitete ihm leichtes Spiel. Dean sah in ihren Augen, wie sehr es ihr gefiel.

John hatte ihm einmal berichtet, dass er den Moment gespürt hatte, als er sich in Viola verliebte, gefangen in ihren grünen Augen. Jetzt begriff Dean es. Er vögelte Kim, bis sie fast so weit war, und es kostete ihn äußerste Mühe, sich zurückzuhalten.

Er nickte Miles zu, und sie lösten die Fesseln. Ehe Kim reagieren konnte, war sie schon auf allen Vieren neben Viola, die gerade Roger den Schwanz lutschte, während John sie von hinten fickte und einen Aufliegevibrator auf ihre Klitoris legte.

Miles stellte sich neben Roger, und Kim tat, was von ihr erwartet wurde, ohne zu zögern: Sie nahm den Phallus zwischen ihre Lippen. Sein Freund und Bruder keuchte auf, umfasste liebevoll ihre Wangen.

Dean platzierte sich hinter ihr, rieb seine Erektion mit Gleitgel ein und versenkte sich in ihrem Anus. Sie schrie, als er den Vibrator gegen ihre Perle drückte, presste ihm den Po entgegen. Er hielt sich zurück, bis Miles seine Lust in ihren Mund spritzte, erst dann ließ er sich gehen. Doch auch Dean konnte der heißen Enge nicht lange standhalten und ergoss sich in ihr. Entfernt hörte er, dass Viola Johns Namen stammelte, erstickt durch den Schwanz in ihrem Mund.

Er drehte Kim um und zog sie vorsichtig in seine Arme. Manchmal reagierten Schiavas nach so einem Ereignis mit Tränenausbrüchen, überwältigt von den ganzen Eindrücken. Viola tat es oft, seine Brüder und er liebten ihre Tränen, denn sie vertraute ihnen bedingungslos, wusste, dass sie bei ihnen absolut sicher war. Bis Kim ihm so vertraute, gab es noch eine Menge zu tun. Und er wusste nicht, wie es ab morgen weitergehen sollte, wenn sie den Federzirkel verlassen und in ihren Alltag eintauchen würde.

Miles und Roger bedankten sich bei den Frauen, ehe sie den Raum verließen. Dean und John verbissen sich das Lachen, denn diesmal zierte Rogers Arsch kein Bissabdruck von Kate, seiner geliebten kleinen Hexe, die er in drei Monaten heiraten wollte, sondern eine ganze Reihe davon, fein säuberlich aufgereiht, gleich einer Perlenschnur.

Kim weinte nicht, stattdessen sah sie ihn an, und dieses Mal konnte er nicht deuten, was sie fühlte. Vielleicht wusste sie es selbst nicht.

Viola richtete sich auf, streckte ihm den nackten Po entgegen, lachte viel zu frech, als er ihr einen Klaps gab, und erhob sich mit Hilfe von John ächzend auf die Füße. „Können wir jetzt endlich zu Abend essen? Ich verhungere!"

Sie äußerte es dermaßen vorwurfsvoll, dass sie alle in Lachen ausbrachen.

Kapitel 8

Dean trug die Tasche zu ihrem Micra und küsste Kim zum Abschied auf die Nasenspitze. „Du findest meine Nummer in deinem Mobiltelefon."

Mehr sagte er nicht, die Fahrertür schlug mit einem Geräusch der Endgültigkeit zu. Kim seufzte halb erleichtert, halb enttäuscht, dass er sich nicht direkt mit ihr verabredet oder ihr wenigstens versprochen hatte, sie anzurufen. War es das jetzt? Durchgenudelt und abgeschoben. Was war aus ihren Racheplänen geworden, ihrem aberwitzigen Vorhaben, ihn in die Knie zu zwingen? Tatsächlich hatte er sie auf die Knie gebracht, freiwillig, bebend vor Lust, alles andere um sich herum vergessend. Anstatt sie zu zerstören, wie Séamus es bei Sally getan hatte, schenkte er ihr das genaue Gegenteil. Sie fühlte sich nicht zerbrochen, sondern sie war erstarkt, hatte Seiten an sich kennengelernt, von denen sie nichts geahnt hatte. Wie sollte sie nach diesen Erfahrungen jemals wieder Freude an *normalem* Sex empfinden? Und waren die Erlebnisse mit Dean unnormal? Vor einer Woche hätte sie ihre Ansichten noch vehement verteidigt, jetzt nicht mehr.

Sie stoppte kurz am Tor, sah zurück und erschrak vor dem Gefühl des Verlustes, das sie beschlich, als sie auf die Straße einbog.

Sie hielt nach einigen Hundert Metern an und brach in Tränen aus, heulte wie noch nie, wollte nicht wahrhaben, wieso. Kim war dem dunklen Verführer verfallen. Allein die Vorstellung, ihn nicht mehr zu sehen, schmerzte wie Sandkörner auf verbrannter Haut.

Sie wusste nicht, wie lange sie auf dem kleinen Waldparkplatz gestanden hatte, bevor sie in der Lage war weiterzufahren. Zu Hause angekommen, sah sie zuerst nach den Pferden, die friedlich grasend auf der Weide standen und bei Kims Anblick wieherten. Das gab ihr den Rest. Sie umklammerte die Hälse beider Stuten und spürte einen Schmerz in ihrem Herzen, den sie nicht für möglich gehalten hätte. Zur Hölle mit Dean Sullivan! Er hatte es erneut getan: Sie zurückgelassen mit einem gebrochenen Herzen.

Im Haus pfefferte sie ihre Tasche in die Ecke, ging schnurstracks in die Küche, kramte eine Packung Joghurteis aus dem Tiefkühlfach und schaltete den Fernseher ein. Nach wenigen Minuten gab sie der Versuchung nach, öffnete wütend den Reißverschluss ihrer Tasche und kramte das T-Shirt hervor, das sie ihm gestohlen hatte. Es roch nach ihm, und sie vergrub ihr Gesicht darin.

Was für eine großartige Leistung! Und noch großartiger, dass sie das rote T-Shirt auch noch überzog und sich in ihrem Bett verkroch, eingehüllt in seinen Duft und die Erinnerung an seine starken Hände, gepaart mit seinem verführerischen Lächeln. An den Schmerz und die Lust, die er ihr verschafft hatte. Die Art seines Blickes, der ausreichte, um ein Beben und Wünsche in ihr hervorzurufen, von denen sie nicht einmal gewusst hatte, dass sie in ihr schlummerten. Sie war verloren.

Dean hielt sich mühsam zurück, und John legte ihm eine Hand auf den Arm. „Lass sie! Sie braucht ein wenig Zeit für sich, um zur Ruhe zu kommen."

Dean warf ihm einen dunklen Blick zu, wollte ihm gerade an den Kopf werfen, dass er Viola keine Ruhe gelassen hatte, als Kim vom Parklatz fuhr.

„Hast du Viola von unseren Befürchtungen erzählt?"

John verneinte, seine Hände packten das Lenkrad fester. „Ich möchte sie nicht damit belasten, die Sache mit Cormit setzt ihr noch zu." John sah ihn kurz an, bevor er seine Aufmerksamkeit der Straße widmete. „Sie hat nach wie vor Albträume, auch wenn sie seltener werden."

Seine Fingerknöchel zeichneten sich deutlich ab. Dean berührte ihn beruhigend am Arm. Sie hatten Viola damals vor einem schlimmen Schicksal bewahrt: Parker Cormit hatte sie entführen, foltern und vergewaltigen wollen. Der Federzirkel hatte sich der Angelegenheit angenommen, und nun stellte das Dreckschwein für niemanden mehr eine Gefahr dar.

John seufzte. „Ich habe versucht, sie zu überreden, Kim nicht mehr zu sehen, solange sie den Tenor ihrer *Verruchten Nächte* nicht ändert."

Dean schloss sich dem Seufzen an. „Deine Bemühungen scheinen nicht von Erfolg gekrönt zu sein."

Die Knöchel traten noch weißer hervor. „Sie hat vorgeschlagen, ich solle mir diese Idee in den Arsch schieben, zusammen mit einer Burka."

„Hat sie das?" Dean konnte ein Prusten nicht zurückhalten.

„Das hat sie."

Dean befürchtete, John würde das Lenkrad zerbrechen. „Deswegen hast du vorhin diese neue Peitsche bestellt und den Edelstahlplug?"

„Nicht ich bekomme etwas in den Arsch gesteckt."

Sie trafen sich mit Timothy in dem Wäldchen, das an Kims Weide angrenzte. Ihr Freund schüttelte den Kopf. „Keine Vorkommnisse, der Kerl ist nicht aufgetaucht."

„Meinst du, er hat Lunte gerochen?", fragte Dean.

„Schwer zu sagen. Vielleicht hat er erfahren, was er wissen wollte. Ich habe inzwischen die Wanzen in ihren Telefonen angebracht, mehr können wir im Moment nicht tun."

Kim seufzte, als sie in den Spiegel sah: Das Grauen starrte ihr entgegen. Ihr Aussehen entsprach ihren Gefühlen, sie glich einer Egge, die benutzt wurde, um ein Feld zu pflügen. Erleichterung versprach nur, ihr Haupt vom Körper zu trennen und ihr einen neuen, vernünftigen Kopf aufzuschrauben.

Eine Woche war es her, dass sie zurück war. Sie wunderte sich, dass ihr Mobiltelefon nicht die Flucht ergriff, sobald sie es packte und wütend anstarrte. *Master Dean*, so stand er in dem Verzeichnis. Sie kannte die Nummer inzwischen auswendig.

Sie schlurfte in die Küche und warf dem Wasserkocher einen missmutigen Blick zu, bevor sie ihn einschaltete. Noch ein Pad in die Kaffeemaschine – der Beginn eines weiteren grässlichen Tages ohne Dean. Lustlos biss sie in ein aufgebackenes Brötchen und kaute frustriert darauf herum.

Es war deprimierend, allein zu essen. Kim starrte das Mobiltelefon an, das vor ihr auf dem großen Küchentisch lag. Sonst genoss sie die gemütliche Atmosphäre der Küche, bestückt mit weißen Möbeln im Landhausstil. Aber nicht heute. Eine sterile Hochglanzküche entsprach mehr ihrer Stimmung.

Das tust du nicht, zischte sie sich zu. Sie würde ihn nicht anrufen. Genervt stellte sie fest, dass ein gebrochenes Herz sich mit Anfang dreißig genauso schrecklich anfühlte wie im Teenageralter.

Neben dem Mobiltelefon lag eine nutzlose Liste mit Namen von Bauunternehmern. Sie hatte nicht einen Einzigen angerufen, und sie wusste, wieso. Es machte sie rasend. Sie dachte jede Sekunde an Dean, konnte nicht mehr schlafen, ertappte sich dabei, dass sie einfach in der Gegend herumstarrte, ihn vor sich sah, ihn roch und spürte, ihn herbeisehnte.

Es war hoffnungslos.

Sie öffnete den Hochschrank, um zwei Tassen herauszuholen, und blinzelte, da sie ihren Augen nicht traute. Das Geschirr stand nicht an den richtigen Plätzen. Merkwürdig! Hatte Geena ihren Küchenschrank umgeräumt? Der Gedanke war absurd. Plötzlich erdrückte sie das große Landhaus mit den überzähligen Zimmern.

Sie griff nach dem Mobiltelefon und hämmerte auf die Kurzwahltaste. Dean meldete sich nach dem ersten Klingeln. Die Wärme in seiner Stimme verletzte und erfreute sie zugleich.

„Dean, können du und John nachher vorbeikommen, um mein Haus anzusehen? Ich möchte euch gerne den Auftrag geben, es in ein kleines Hotel umzubauen."

Ich vermisse dich.

„Kim, ist alles in Ordnung?"

Ich liebe dich.

Für einen Sekundenbruchteil spielte sie mit der Idee, ihm von dem Geschirr zu erzählen, doch sie verwarf sie wieder. Er sollte nicht auf den Gedanken kommen, dass sie irgendwelche Geschichten erfand, nur um ihn zu sehen.

Ich halte es nicht aus ohne dich.

„Ja, alles bestens. Wann könnt ihr es einrichten?" Sie legte Kühle in ihre Stimme, nur um ein wenig Sicherheit zu gewinnen.

„Wir sind zurzeit unterwegs und kommen erst morgen zurück. Gegen neunzehn Uhr können wir bei dir sein." Seine Stimme war ebenso kühl, und er unterbrach die Verbindung, ehe sie die Gelegenheit dazu bekam, das Gespräch zu beenden.

So, sie hatte es getan und ihn angerufen. Sie klappte ihr Notebook auf und sah auf die Liste von SM-Foren, die sie in ihre Favoriten gepackt hatte. Sie war heute bereit, Risiken einzugehen, und sie musste es wissen – nur so konnte sie ihm entkommen.

Sie schrieb eine Nachricht an Dominator, bat ihn um eine Verabredung. Wenn sie das hinter sich brachte, würde sie im Bilde darüber sein, ob nur Dean diese entsetzliche Anziehung auf sie ausübte, oder ob ihre neu gewonnene Leidenschaft für Schmerz nicht bei jedem Dominus Befriedigung fand. Vielleicht war es egal, wer die Peitsche führte.

Sie ging in den Stall, um die Boxen auszumisten und die Stuten zu versorgen. Doch jedes Mal, wenn sie einen der Striegel in die Hand nahm, überwältigten sie die Erinnerungen. Die Gerten hatte sie ohnehin schon unter der Haferkiste versteckt, sie konnte den Anblick nicht ertragen.

Ein Räuspern riss sie aus ihrer Tätigkeit.

„Kim." Die Stimme von Frank McCarthy beförderte sie aus der Endlosschleife namens Dean. Er kam lächelnd auf sie zu, mit funkelnden braunen Augen, und irgendwie wirkte er anders als sonst. Er trat dicht an sie heran, so dicht, dass sie seinen leichten Aftershaveduft nach Sandelholz wahrnahm. Hatte er schon immer so gut ausgesehen? Seine Körperhaltung erinnerte sie an Dean.

Jetzt drehte sie vollkommen durch! Frank besaß genauso viel Dominanz wie ein Schaf. Er sah auf sie herab, ein leises Lächeln umspielte die schmalen Lippen, verstärkte die Lachfalten, die um seine Augen lagen. Sie hatte noch nie bemerkt, dass er dermaßen muskulöse Unterarme besaß. Sie trat zurück, beiläufig, und hob den Eimer hoch.

„Ist alles in Ordnung, Kim?"

Noch immer verfügte er über diese befremdliche Wirkung. Verfluchter Dean, das war alles seine Schuld!

~ 97 ~

Vorsichtshalber trat sie einen weiteren Schritt zur Seite, doch Frank stand wieder direkt vor ihr, legte seine Hand auf ihre und zwang sie, den Eimer abzustellen.

Er tat es nicht mit Gewalt, presste nur leicht auf ihre Hand, und sie gab nach. Er umfasste ihre Schultern.

„Etwas bedrückt dich. Geena hat mir von dem Typen mit dem Fernglas erzählt. Hast du ihn erneut gesehen?"

Das war los mit ihm! Er hatte Angst um seine Tochter, reagierte daher überbesorgt.

„Nein." Sie widerstand der Versuchung, aus seinem Halt zu brechen, denn dann würde seine Geste bedrohlich wirken. Seine braunen Augen blickten tief. Sie hatte nie zuvor bemerkt, wie eindringlich sein Blick sein konnte.

„Frank, darf ich jetzt weiter die Box einstreuen und Hafer in die Futtertröge füllen oder willst du mich verhören?" Sie sagte die Worte schärfer als beabsichtigt, doch sie verspürte keine Lust auf dieses Machogehabe. Davon hatte sie wahrlich genug gehabt in der letzten Zeit.

Silk wählte diesen Moment, um in den Stall zu laufen. Sie stupste Frank an, denn sie war verfressen und ständig auf der Suche nach Möhren, und er brachte ihr immer welche mit. Das nannte Kim weibliche Intuition!

Ihr Nachbar ließ sie los und holte eine Möhre aus der Jackentasche, die Mimik vertraut und sanft. „Ich wollte dich nicht erschrecken, Kim. Ich mache mir nur Sorgen."

Plötzlich empfand sie die eigene Reaktion als übertrieben und legte ihm eine Hand auf den Arm. „Ich verstehe dich. Falls ich den Kerl sehe, sage ich es dir. Ich schwöre dir, ich habe ihn nicht bemerkt."

„Du weißt, du kannst zu mir kommen, wenn du Kummer hast."

Kim unterdrückte ein hysterisches Lachen.

Oh ja, bitte hilf mir, Frank, ich habe da so einen Typen kennengelernt, der mir den Arsch versohlt. Ich liebe ihn, bin pervers und unfähig, einen klaren Gedanken zu fassen. Frank, bitte schnapp dir eine von den Gerten und besorg es mir so richtig damit, sodass ich den Verführer vergesse.

Frank warf ihr einen seltsamen Blick zu, klopfte Silk den Hals und verließ mit einem letzten Winken den Stall. Silk verfolgte ihn wie ein Hund.

Kim fegte noch den Boden und realisierte, dass sie hungrig war. Sollte sie Viola anrufen und sich mit ihr zum Abendessen verabreden? Sie verwarf den Gedanken, besser war es, erst Dean wiederzusehen.

Sie sah in ihr E-Mail-Fach und freute sich, eine Nachricht vom Dominator vorzufinden, der im wahren Leben Andy Flemming hieß. Er schlug ihr vor, sich heute Abend in einem Restaurant zu treffen, dem *Boiling Rose*, um sich zu beschnuppern. Ihr gefiel, dass er nicht sofort mit der Tür ins Haus fiel und sie in seine Folterhöhle verschleppte.

Sie sagte freudig zu. Das Timing war perfekt. Eventuell konnte sie morgen Dean gegenübertreten und die geheimnisvolle Macht, die er auf sie ausübte, wäre verflogen, davongejagt von den Verführungskünsten eines anderen Dominus. Sie wollte auf jeden Fall eine Session mit diesem Andy, es sei denn, er glich Freddy Krüger.

Sie betrachtete ihren Kleiderschrank. Es war grausig, sie hatte nichts anzuziehen! Sie warf einen Blick auf die Uhr: Die Zeit rannte davon, und sie musste eine Entscheidung treffen. Schlussendlich schlüpfte sie in Jeans, kombiniert mit einer taillierten dunkelblauen Tunika, unter der sie ein helles Top anzog. Bei der Unterwäsche brauchte sie nicht lange zu grübeln, der weiße Spitzen-BH und die passende Panty schmeichelten ihren Formen. Hoffentlich zerschnitt er sie nicht! Sie spürte einen Anflug von Aufregung.

Der Kellner lächelte sie bei ihrem Eintreten an und führte sie zu dem Tisch. Andy war schon anwesend und stand zur Begrüßung auf. Er sah ganz passabel aus, ungefähr einsachtzig, zwar nicht so groß wie Dean mit seinen einsfünfundneunzig, aber immerhin fünf Zentimeter größer als sie. Seine dunklen Haare trug er kurz. Sie bemerkte sofort, dass ihm Deans Ausstrahlung fehlte, und trat sich virtuell für den Vergleich in den Hintern. Sie sah auf seine Hände. Gott, er besaß Wurstfinger.

Andy musterte sie selbstgefällig nickend. „Du bist ganz zufriedenstellend, mit uns könnte es etwas werden. Ich möchte, dass du mich mit *Herr* anredest, wenn niemand anwesend ist."

Kim trank einen Schluck aus dem Weinglas und unterdrückte das Verlangen, ihm den Inhalt ins Gesicht zu schütten. Aber sie musste ihn benutzen, um Gewissheit zu erlangen, also biss sie die Zähne zusammen und lächelte ihm zu. „Wie du wünschst, Herr."

Wie du wünschst, Herr Zwerg.

„Du darfst mich nicht direkt ansehen, es sei denn, ich erlaube es dir."

War vielleicht auch besser so, seine Augen sprangen umher wie Flummis. Badete er in Aftershave? Der penetrante Geruch erinnerte an einen Teststreifen aus der Parfümerie, er kroch in ihre Atemwege. Sie trank einen weiteren Schluck Wein.

Der Kellner trat an den Tisch und reichte ihr die Speisekarte.

„Ist nicht nötig, ich suche für uns aus", sagte Andy, und sie schob die Hände unter ihr Gesäß, um sich davon abzuhalten, ihm die Karte aus den Raupenfingern zu reißen. Geflissentlich ignorierte sie den Blick, den ihr der Kellner zuwarf.

Ihr Date bestellte zwei Steaks, medium, und Salat. Kim hasste Steaks, doch sie biss sich tapfer auf die Zunge. Sie ertrug das hier, um Freiheit zu erlangen. Außerdem lieferte ihr das Erlebnis Material für *Verruchte Nächte*. Der Dominator besaß eine andere Vorgehensweise verglichen mit dem Federzirkel. Was wollte sie mehr? Genau danach hatte sie gesucht.

„Du könntest das Fleisch wenigstens aufessen, du bist zu dünn."

Sie vergaß, dass sie ihn nicht ansehen sollte, und starrte fassungslos auf seine rasiermesserdünnen Lippen.

„Aber immer noch besser als zu fett", fügte er hinzu.

Sie ballte die Hände zu Fäusten, und ihre Gedanken wanderten zu Dean. Dann wich ihr das Blut aus dem Gesicht: Roger und seine Freundin Kate betraten das Restaurant. Das durfte nicht wahr sein! Sie trank hastig einen Schluck Wein. Vielleicht würden die beiden sie nicht bemerken!

Doch die wuschelköpfige Elfe und Roger kamen direkt auf sie zu. Scheiße, Scheiße, Scheiße!

„Kim." Rogers tiefe Stimme zerrte an ihren Nerven. Er ragte über ihnen auf, sah auf sie herab. Mit Vehemenz überfiel die Erinnerung sie, wie er sie gepeitscht hatte. „Willst du uns nicht deinem Freund vorstellen?"

„Andy Flemming, das sind Kate und Roger." Sie kannte nicht einmal ihre Nachnamen.

Andy sah aus, als ob der Terminator auf ihn herabsah. Nervös erhob er sich und schüttelte Kate die Hand. Er wimmerte, als Roger seine Hand drückte, und erbleichte um drei Nuancen. Wenn er noch blasser würde, könnte er als Vampir durchgehen. Doch Roger ließ ihn nicht los, sondern zog ihn dichter zu sich heran.

„Kim ist eine gute Freundin, behandle sie also vernünftig!" Roger versuchte erst gar nicht, freundlich zu klingen, der drohende Tonfall verschärfte das Gesagte.

Nun reichte es ihr! Nicht genug, dass Dean ihren Kopf beherrschte, Tag und Nacht, jetzt terrorisierte einer seiner Lakaien auch noch ihr Date. Sie stand auf, heftiger als geplant, und warf beinahe den Stuhl um. Augenblicklich besaß sie Rogers ungeteilte Aufmerksamkeit, doch ihr blieben die Worte im Hals stecken, denn sein Blick erinnerte sie so sehr an Dean, dass Schwindel und Verlorenheit sie erfassten. Ihr Zorn stieg, und sie legte den Arm um Andy.

„Andy ist ein lieber Freund von mir. Ich befinde mich bei ihm in fähigen Händen, fähiger als in manch anderen." Sie sagte es in ihrer besten Kühlschrankmanier.

Kate sprach zum ersten Mal. „Bist du dir sicher, Kim? Ich hatte nicht das Gefühl, dass du B-Movies faszinierend findest." Sie lächelte unschuldig, doch Kim sah in ihren Augen, dass sie es faustdick hinten den kleinen Ohren hatte. „Machs gut, Kim, ich grüße Viola von dir."

Sie hakte sich bei Roger unter, und sie schlenderten zu ihrem Tisch. Roger saß so, dass er sie im Blickfeld hatte, und das raubte ihr den letzten Nerv.

Nach wenigen Minuten stand Roger auf und ging zu den Waschräumen. Er beherrschte den Raubtiergang vortrefflich – mehrere Frauen sahen ihm hinterher.

Andy starrte Kim wütend an, klirrend landete das Besteck auf dem Teller. „Steh auf, Sklavin! Du wirst für das Verhalten deiner Freunde büßen."

Er beherrschte das Spiel mit der Stimme in keiner Weise. Die Worte wirkten lächerlich aus seinem Mund. Dennoch, sie musste es durchziehen.

Das Mobiltelefon klingelte kaum, da betätigte Dean auch schon die Rufannahmetaste. John warf ihm einen trockenen Blick zu.

„Der Typ, mit dem sie sich trifft, dieser Dominator", Roger prustete ins Telefon, „der stellt definitiv keine Bedrohung dar."

Dean ersparte sich die Frage, ob er sicher sei. „Was will sie mit ihm?"

Er verspüre das Verlangen, ins *Boiling Rose* zu stürzen, dabei der Wut in sich nachzugeben. John legte ihm warnend eine Hand auf den Arm, sah ihn durchdringend an. Dean rollte mit den Augen und erinnerte sich daran, wie ihr Plan aussah.

Dennoch …

„Du weißt, was sie vorhat. Sie will einen anderen Dom ausprobieren, um herauszufinden, ob er die gleiche Wirkung auf sie ausübt wie du."

„Er ist nicht aus dem *Sadasia*?"

Rogers brüllendes Gelächter schallte aus der Freisprechanlage. „Höchstens aus dem Mimosia."

Sie unterbrachen die Verbindung, denn in diesem Moment kam Dominator begleitet von Kim aus dem Restaurant. Kim sah angefressen aus, ärgerte sich definitiv über Roger und war wild entschlossen, sich von dieser Kröte den Arsch versohlen zu lassen.

„Sei ruhig und halt die Füße still!" Johns Augen bohrten sich in seine Haut.

„Ich gönne ihr die Erfahrung, aber morgen Abend wird sie dafür bezahlen." Und wie sie das würde! Sie würde schreien, bis ihre Stimme als Wimmern aus ihrer Kehle kam, während sie sich unter seinen Händen wand. Ihr Stall eignete sich hervorragend, um eine tief gehende Züchtigung durchzuführen.

„Dir ist klar, dass du dich in sie verliebt hast?", tönte Miles' Stimme vom Rücksitz. Dean verkniff sich eine Antwort, denn die beiden wussten es, ebenso wie er selbst.

John schaltete den Motor ein, und sie folgten in einigem Abstand dem BMW von diesem Arschloch, der ihn an einen schmollmündigen Frosch erinnerte. In Kims E-Mails hatten sie zwar jede Menge Drohmails und Beleidigungen gefunden, aber nichts Ernstes – außer einem Typen, der Steven Kinsley hieß. Timothys Alarmglocken hatten sofort glockenhell geläutet, umso mehr, weil er nicht herausfinden konnte, wo die Nachrichten herkamen.

Sie hielten vor einem nichtssagenden Gebäude an. Der Typ öffnete Kim nicht einmal die Wagentür, stützte sie nicht auf dem Weg zur Eingangstür.

„Ich weiß, was wir besprochen haben, doch sollte sie nicht in spätestens zwanzig Minuten aus der Tür kommen, gehe ich rein."

Miles und John widersprachen nicht, sie erkannten seine Entschlossenheit.

Kim folgte Andy gehorsam wie ein Hündchen zur Wohnungstür und unterdrückte innerlich den Reiz, ihm in den Arsch zu beißen. Er sprach kein Wort, sah sie nicht an, spielte nicht mit ihren Sinnen. Wenigstens war das Haus aufgeräumt, auch wenn die Einrichtung nicht ihrem Geschmack entsprach; zu altbacken. Gott, er besaß eine gemusterte Cordcouch, kombiniert mit einer Schrankwand aus Eiche.

Er führte sie geradewegs in sein Schlafzimmer und befahl ihr, die Kleidung abzulegen.

„Du besitzt Erfahrung mit Schlägen?"

Sie nickte stumm, traute ihrer Stimme nicht, denn sie könnte ihren Unmut verraten. Kim zog sich aus und warf ihm einen Blick zu.

„Du sollst mich nicht ansehen!"

Die Worte prallten an ihr ab wie Wassertropfen auf einem prallen Popo. Sie schmunzelte über den Vergleich und starrte auf den beigefarbenen Teppich. Sie hasste Teppiche, ein Relikt aus den 1980ern. Sie stellte fest, dass sie genauso viel Spannung und ängstliche Erregung verspürte wie bei einer Tupperparty.

„Knie dich aufs Bett und halt still!"

Er berührte sie nicht, sondern legte sofort los: Die weichen Riemen einer kurzen Peitsche trafen sie. Er schlug nicht hart zu, variierte die Schläge nicht, und nach wenigen Augenblicken hörte er schon wieder auf. Vielleicht konnte er wenigstens besser ficken?

Konnte er nicht, stellte sie zwei Minuten später fest.

Keine Viertelstunde danach stürmte Kim aus der Haustür.

„Du verdammtes Arschloch, ich soll mir die Titten machen lassen?" Sie warf den Kopf zurück, nur um lauthals zu lachen. „Du solltest dir dein Gehirn machen lassen, und wenn du schon dabei bist, könntest du dieses Gürkchen, welches noch nicht einmal als Cornichon durchgeht, vergrößern, verbreitern und aufpumpen lassen, Sackgesicht. Ich wusste gar nicht, dass es Kondome in dieser winzigen Größe gibt. Wo hast du die her? Von den Hobbits?" Sie brüllte aus voller Kehle und das Licht im Nachbarhaus ging an.

„Verzieh dich, dürre Ziege!"

John legte Dean die Hand auf den Oberschenkel. „Nicht, Dean. Wenn du aus dem Auto steigst und dem Wicht die Visage polierst, verzeiht sie dir das niemals. Lass sie." Er grinste Dean an. „Der kleine Kerl tut dir einen Riesengefallen. Besser könnte es für dich nicht laufen."

Mit Mühe entspannte Dean seine Muskeln und entfernte die Finger vom Türgriff, wusste er doch, dass Johns Worte wahr waren.

„Dürre Ziege?!" Ihre Stimme erhöhte sich um drei Oktaven. „Du erkennst nicht einmal den Unterschied zwischen einer Frau und einer Gummipuppe."

Sie kramte in ihrer Tasche und holte ihr Mobiltelefon heraus. „Ich könnte noch nicht einmal sagen, hey, noch zwei Minuten und ich hätte es auch geschafft. Du hast keine zwei durchgehalten." Sie brüllte nicht mehr, sondern sagte es mit eisiger Ruhe. Dann drehte sie sich um und trat einen Schritt auf den Dominator zu.

Dean, Miles und John schnaubten gleichzeitig, weil der Feigling zusammenzuckte und die Tür zuschlug, als ob die Rachegöttin persönlich vor seiner Tür lauerte.

Kim murmelte etwas, hämmerte auf ihr Mobiltelefon ein, stand verloren am Straßenrand und wartete auf das Taxi. Sie würde bestimmt nie wieder ohne ihren eigenen Wagen zu einem Blind Date auftauchen. Überhaupt war ihr Verhalten von Dummheit geprägt: Dominator hätte der falsche Kerl sein können, einer von den Gefährlichen.

Wenn es nach Dean ginge, wäre das ohnehin ihr letztes Blind Date für eine verflucht lange Zeit gewesen. Er biss die Zähne aufeinander, spürte im Geiste ihren Knackpo unter seiner Hand, ihre rosigen Nippel zwischen den Fingerspitzen, den aufmüpfigen Blick auf der Haut. Er würde seine Handfläche so lange auf ihrem Arsch tanzen lassen, bis sie nicht mehr bis zehn zählen konnte.

Das Taxi hielt in diesem Moment, und Kim stieg ein.

„Verdammt." Mehr brauchte John nicht zu sagen. Wenige Meter hinter dem Taxi startete ein Motor, und der Wagen scherte in einigem Abstand hinter dem Taxi ein.

„Wir sind nicht die Einzigen, die sie beobachten." Dean wurde es eiskalt.

Der andere PKW folgte ihr nicht bis nach Hause, sondern bog vorher auf den Motorway ein. John rief Timothy an und gab ihm das Kennzeichen durch.

Einer von Timothys Leuten, Robert, ein ehemaliger Söldner, hielt heute Wache bei Kims Haus. Bei einer flüchtigen Begutachtung wirkte er ungefährlich. Aber nur auf den ersten Blick – der Typ war knallhart, die lässige Haltung zeigte es deutlich. Dean erzählte ihm von ihren Beobachtungen. Robert nickte, notierte sich die Adresse von Andy und versicherte ihnen, dass niemand Kims Grundstück betreten hatte, mit Ausnahme des Postboten.

Er grinste sie an. „Der arme Kerl hat sich fast in die Hosen gemacht, als ich ihn befragt habe." Seine Augen funkelten und nahmen ihm etwas von der Härte, die tief in den Pupillen lauerte.

Was für ein Reinfall!

Kim schrubbte ihre Haut unter der Dusche. Das eklige Aftershave klebte überall an ihr, und sie wünschte, sie könnte ihre Atemwege von innen ausspülen.

Ihr Magen knurrte, sie war halb verhungert, hatte sie doch das Steak nicht angerührt. Der kleine Salat hatte höchstens gereicht, um ihren Appetit zu steigern. Gottverdammt! Schlagartig wurde ihr bewusst, dass sie nur Dean wollte und ihn vermisste. Sie wusste jetzt definitiv, dass Viola recht gehabt hatte. Nur der Richtige versetzte einen in die passende Stimmung. Und nicht nur das, Liebe gehörte wirklich dazu.

Shit! Shit! Shit!

Natürlich würde Roger Dean brühwarm von der Begegnung berichten, allerdings würde Dean nie erfahren, was für eine Nulpe der Dominator gewesen war. Lieber liefe sie nackt über den Piccadilly Circus. Stattdessen legte sie sich im Geist eine Lügengeschichte zu diesem Treffen zurecht, die sie ausschmückte, bis sich die Balken bogen – und genau das würde sie Dean erzählen, wenn er danach fragte.

Kapitel 9

ie lange konnte ein Tag sein? Der heutige schien aus sechsunddreißig Stunden zu bestehen. Velvet und Silk glänzten wie lebendige Diamanten, weil Kim sie geputzt hatte, bis sie erbost schnaubten. Selbst Kims Kleiderschrank war nicht verschont geblieben, sie hatte ihn aufgeräumt, nur um sich abzulenken. Dennoch klebte der Sekundenzeiger, als ob jemand ihn mit Honig eingeschmiert hätte.

Zudem zog Kim sich gefühlte zwanzig Mal um. Sie sah verzweifelt in den Spiegel. Ihre Lieblingsjeans kombiniert mit dem kobaltblauen Shirt mit den langen Ärmeln stand ihr.

Oder nicht? Wieso nur war sie nicht so makellos wie Iris? Sie zog ein paar Sneakers an und ging mit klopfendem Herzen in den Stall. Für den Abend war heftiger Regen angesagt, und sie sperrte die Pferde in die Boxen.

Kim plante, im Stall auf die Brüder zu warten, sie ertrug es nicht, allein zu sein. Ob die Sullivans pünktlich erscheinen würden? Was, wenn sie erst später kamen oder gar nicht? Vielleicht hatte Dean genug von ihr, hatte bekommen, was er begehrte, und fand sie langweilig und zickig. Fand sie zu dünn, zu groß, zu rothaarig, zu schwierig, zu kühl. Und wenn er wütend war, weil Roger ihm von Andy erzählt hatte?

Sie pustete in die Nüster von Silk, die ergeben den Kopf hängen ließ, die Ohren entspannt zur Hälfte angelegt. Als die Stuten die Ohren spitzten und aufgeregt schnaubten, wusste sie, dass Dean da war.

Sofort tat ihr Körper, was er wollte: Ihr Herzschlag beschleunigte, die Finger zitterten, und sie ballte sie zusammen. Sie zwang sich, nicht zu lächeln, nicht auszusehen, als ob sie sich über alle Maßen freute, ihn wiederzutreffen. Kim konnte sich kaum davon abhalten, ihm entgegenzurennen und ihn zu bitten, ihr den Arsch zu versohlen, sie zärtlich zu küssen, sie zu halten.

Er hatte das Licht im Stall gesehen und trat durch die Tür. Gott, der Kerl konnte sie mit seinem Blick in die Knie zwingen. Er verharrte im Türrahmen, die Haltung entspannt, und wirkte umso gefährlicher. Wenn ihr Herz gerade noch schnell geschlagen hatte, dann blieb es jetzt fast stehen. Kim musste sich an der Boxentür anlehnen, suchte dort Halt.

„Komm her, Kim!" Er sprach die Worte nicht einfach. Sie spürte sie körperlich, nachhallend und unwiderstehlich, ein Versprechen, dass, wenn sie zu ihm kam, er ihre Hingabe erwartete, nachdem er sie gezähmt hatte. Sie sammelte ihren Mut, schluckte ihre Bedenken hinunter und hob stolz den Kopf. Als sie näher kam, sah sie in seinen Augen, dass er sich auf das Spiel freute, dass es ihn anmachte.

Hitze breitete sich in Kim aus, unauslöschlich und verführerisch. Ihr innerer Kühlschrank gehörte endgültig der Vergangenheit an.

„Bleib stehen!"

Sie gehorchte, ohne nachzudenken, verharrte drei Schritte von ihm entfernt.

Er sah ihr direkt in die Augen. „Ausziehen! Und wag es nicht, wegzusehen."

„Denkst du, ich besitze Röntgenaugen, oder wie soll ich deine Bitte erfüllen, wenn ich mir das Shirt über den Kopf ziehe?"

Das gefährliche Lächeln, das sich in der Körperhaltung widerspiegelte, verursachte ein Zittern. „Zittere, Schiava, diese Reaktion werde ich nutzen und verstärken."

Sie zog das Shirt aus, es landete auf dem Boden. Sie schaffte es nicht, den Verschluss des BHs zu lösen.

„Bitte hilf mir, Maestro."

Er trat an sie heran, fasste um sie herum und löste mit ruhigen Händen die kleinen Haken. Gott, er roch gut, und seine Körperwärme sickerte durch das langärmlige schwarze Hemd. Dean trat zwei Schritte zurück, forderte sie stumm auf, fortzufahren. Sie streifte die Sneakers von den Füßen und wollte gerade die Socken ausziehen, als er sie überraschte. „Nicht, Kim, der Boden ist eiskalt."

In diesem Moment fing es an zu regnen, und die Atmosphäre, die zwischen ihnen herrschte, wurde dichter. Dean wirkte auf sie wie prasselnder Regen auf nackter Haut, von dem sie erzitterte und gleichzeitig erglühte. Sie streifte die Jeans ab, verfing sich in den Hosenbeinen und fand sich in seinen Armen wieder.

„Ich versohle dir ordentlich den Arsch, während du mir über deinen Ungehorsam berichtest."

Ihr war klar, was er damit meinte. Und sie erschrak vor dem Stahl in seiner Stimme, der sie schrecklich erregte. Die Gewissheit, dass er vor nichts zurückschrecken würde, ließ sie aufkeuchen.

„Mir scheint, kleine Sklavin, allein der Gedanke, meiner Gnade ausgeliefert zu sein, macht dich an."

Er half ihr aus der Hose und zog ihr den weißen Slip herunter. „Ich erwarte, dass du feucht bist. Zeig es mir!"

Dean stand drei Schritte vor ihr, mit leicht gegrätschten Beinen, und seine ganze Haltung demonstrierte ihr, dass er wusste, dass sie gehorchen würde. Falls sie es wagte, störrisch zu sein, würde er sie dazu bringen, Folge zu leisten. Für einen Sekundenbruchteil forderte sie von sich, aufzubegehren, doch sie ahnte, dass es sinnlos war. Sie wollte es, sie wollte, dass er sie nahm. Alles in ihr verlangte nach dem köstlichen Schmerz, den nur er ihr zufügen konnte. Sie fasste zwischen ihre Schenkel, spürte die cremige Feuchtigkeit, die sie benetzte. Kim zeigte ihm die nassen Fingerspitzen.

„Du gehst in die Sattelkammer und holst ein angemessenes Werkzeug. Enttäusche mich nicht."

Der kurze Weg zur Kammer schien länger zu sein als sonst. Mit jedem Schritt drohte der Fluchtreflex überhandzunehmen.

„Trau dich, Kim! Falls du versuchst, mir zu entkommen, suche ich ein Werkzeug aus und verdopple die Anzahl der Schläge."

Sie stand in der Sattelkammer und alles, was dort hing, war eine Bedrohung, selbst die Sattelgurte. Doch in seinen Fingern wandelte sich jedes Utensil in ein Instrument der Lust.

„Ich zähle bis zehn, bis dahin stehst du vor mir."

Sie hörte das Amüsement in seiner Stimme, durchzogen von Erregung. Sie starrte die Peitschen an, unterdrückte den Reflex, danach zu greifen, obwohl sie wissen wollte, wie es sich anfühlte, wenn Dean sie damit in Ekstase versetzte – denn das würde er.

„Zehn!"

Dean verharrte hinter ihr, bis sie anfing zu zittern.

„Beug dich vor, umfass deine Fußgelenke, die Schenkel leicht gespreizt. Und wag es nicht, den Kopf zu drehen."

Kim vernahm ein Rascheln, und zu ihrem Entsetzen erklangen Schritte, die sich der Sattelkammer näherten. Sie wollte sich aufrichten, da traf sie ein schneidender Hieb auf die rechte Backe. Kim keuchte vor Schmerz, unfähig, die Position länger zu halten. Dean umklammerte ihren Nacken.

„Bleib in der Haltung oder du bereust es!" Deans Stimme war eine einzige lockende Gefahr. „Ich führe die Bestrafung aus. Und wenn du dich noch einmal bewegst, fessle ich dich, und du wirst den Schwanz unseres Zuschauers lutschen, während dir die Tränen über deine Wangen laufen und ich deinen Arsch mit lodernder Pein überziehe."

Meinte er es ernst? Ihr fehlte der Mut, es herauszufinden.

„Und jetzt erzählst du uns von deiner kleinen Liaison."

Alles in ihr warnte sie davor, ihn anzulügen, doch sie tat es. „Er hat mich gefickt wie niemals jemand zuvor, nachdem er mich mit einem Riemen zum Schreien gebracht hat."

Sie hörte ein belustigtes Geräusch. Der Klang hing noch in der Luft, als Schmerz sie traf. Unnachgiebig setzte Dean ihren Po in Flammen. Kim konnte es nicht verhindern, sie richtete sich auf in dem Bestreben, dem nächsten Schlag auszuweichen. Sie starrte direkt in das Gesicht von Miles, und reine Dominanz schlug ihr entgegen. Er schaffte es, gleichzeitig sanft und stählern auszusehen. Es trug zu seiner Ausstrahlung bei.

Schock durchfuhr ihre Glieder, doch ehe sie Gelegenheit bekam zu reagieren, lag sie schon auf einem Heuballen, spürte die kratzenden Halme auf der nackten Haut. Miles drehte ihr den Arm auf den Rücken und hielt sie in Schach.

Ihre empörten Schreie gingen in Schmerzensschreie über, denn die Gerte prasselte auf ihren Po, bis Tränen ihre Wangen herunterliefen, ihr Hintern dermaßen brannte, dass sie nicht einmal mehr das pikende Heu bemerkte.

Endlich hörte Dean auf und blieb vor ihr stehen. „Ich gebe dir die Möglichkeit, deine Lüge zu korrigieren." Der Tonfall war eine einzige Genugtuung.

Miles rieb ihren Po. „Ihr Arsch ist richtig heiß, so wie sie es verdient." Er wanderte mit der Hand weiter, fasste zwischen ihre Schenkel, führte einen Finger in ihr Geschlecht und umkreiste mit dem Daumen die Klitoris.

„Sieh mich an, Kim, und antworte!"

Sie legte den Kopf in den Nacken, sah zu Dean hoch. Seine Mimik war nachdenklich, er hielt die schwarze Springgerte, streichelte über die Spitze.

„Es war scheiße."

Beide Männer schnaubten. Miles schob einen zweiten Finger in sie, lachte maskulin, entlockte ihr ein Stöhnen. Die Verbindung ihres brennenden Arsches mit der demütigenden Haltung und die Stimulation, ausgeführt von Miles' Fingerspitzen, die sie ebenso erregten wie der Ausdruck auf Deans Gesicht, veranlassten sie, das Becken zu kreisen und den Po hoch-zudrücken, um die Reizung zu erhöhen. Dean nahm die Einladung an. Noch während Miles ihre Klitoris rieb, die Finger krümmte und ihren G-Punkt traf, knallte die Gerte auf ihren Po. Die gegensätzlichen Reize ver-mischten sich, die Pein verwandelte sich in Lust.

Sie kam heftig, hielt ihren Schrei nicht zurück. Die Wellen des Orgasmus liefen noch durch ihre Vagina, als Miles sie in eine kniende Position zwang und seinen Schwanz zwischen ihre Lippen schob. Miles roch nach Seife und schmeckte sauber. Sie sah zu ihm hoch. Er umfasste liebevoll ihre Wangen und strich ihr ein paar Haare aus der Stirn. Dean packte sie an den Hüften, vergrub mit einem Stoß seinen herrlichen Phallus in ihr. Sie be-herrschten das Spiel perfekt: Strenge, Schmerzen und Sanftheit, aus-gewogen und unwiderstehlich.

Dean stieß tief in sie hinein, sie fickten Kim von beiden Seiten, benutzten sie, wie es ihnen gefiel. Sie ahnte, dass Miles in ihren Mund spritzen, sich nicht zurückhalten würde. Der Gedanke jagte ein Schaudern über ihre Wirbelsäule, Gier durch ihren Leib. Dean knetete ihre Brüste, kniff mit köstlicher Härte in die empfindlichen Spitzen, bis sie schrie, die Lautstärke erstickt von dem prachtvollen Schwanz in ihrem Mund. In dem Moment, als Miles sich in ihr ergoss, kam sie erneut zum Höhepunkt, erfasste kaum, dass Dean ihre Hüften packte und sich ebenfalls in ihr entlud.

Sie schloss ihre Lider, als könnte sie das aus der Situation retten. Sie war nicht bereit, die Häme in den Gesichtern zu sehen. Dean und Miles hatten sich genommen, was sie wollten, und sie hatte ihnen nicht nur ihren Körper gegeben. Zumindest Dean bekam mehr von ihr, und das ängstigte sie.

Sanfte Hände stellten sie auf die Füße, hielten sie fest, bis sie sicher stand.

„Sieh mich an, Kim!" Dean legte eine Menge Gefühl in seine Stimme, doch unterschwellig hörte sie die Dominanz, die dahintersteckte und die ihr so gut gefiel. Miles drapierte ihr seine Jacke um die Schultern. Sie öffnete die Augen und schluckte hart.

Sie war verloren, denn das, was sie in Deans Blick sah, hatte genauso viel mit Häme zu tun wie Tiramisu mit einer Diät.

Er lächelte sie an. „War das auch scheiße?"

Dann umfasste er ihr Kinn, berührte fast mit seiner Nasenspitze ihre. „Du weißt, dass der Typ hätte gefährlich sein können."

„Ich kann auf mich selbst aufpassen."

War Dean etwa eifersüchtig?

Miles legte seine Hände auf ihre Schultern.

„Du solltest eine gut gemeinte Warnung annehmen und nicht bockig auf sie reagieren." Miles' Hände wogen schwer, genauso wie Deans Ausdruck.

Dean festigte den Griff. „Mach das nicht noch einmal."

Sie verspürte den kindischen Drang, ihm gegen das Schienbein zu treten. Was nahm er sich raus? „Du hast mir gar nichts zu verbieten."

„Nicht?" Er grinste sie selbstsicher an. „Teste mich!" Ungetrübte Dominanz schlug ihr entgegen. Es machte sie rasend, und sie spürte das Verlangen, mit dem Feuer zu spielen, ihn herauszufordern, ihn zu reizen, da er voller Überraschungen steckte.

Sein Lächeln wurde gefährlicher. „Glaubst du, es ist eine gute Idee, was sich da in deinem hübschen Köpfchen zusammenbraut?"

Sie starrte kämpferisch in seine Augen, und aus reinem Trotz beschloss sie, eine weitere Verabredung zu akzeptieren, eine härtere Gangart einzulegen. Denn bislang wollte sie nicht aufgeben und sich eingestehen, dass ausschließlich Dean und seine Federzirkelfreunde diesen Effekt auf sie ausübten.

Sie dachte an Violas Worte, dass John immer dabei sein musste, und weigerte sich, das Gleiche für Dean zu empfinden. Ihr war bewusst, dass sie sich dumm und albern verhielt. Doch Sally lungerte noch am Rand ihres Bewusstseins.

Das Schnauben der Pferde, der prasselnde Regen, der Geruch nach Heu, der Geschmack von Miles auf ihrer Zunge und der Duft von Dean in ihrer Nase zwangen sie fast in die Knie. Ihr Körper summte vor Schmerz gepaart mit Lust. Die beiden Männer merkten es. Dean zog sie gegen sich, hielt sie an sich gepresst, küsste sie sanft auf den Scheitel.

Ein Räuspern vom Stalltor riss sie aus der Starre. Es war John. Verlegen spürte sie ihre Nacktheit, auch wenn Miles' Jacke um ihre Schultern lag. Sie registrierte eine unendliche Erleichterung, dass John nicht an ihrer Bestrafung teilgenommen hatte, egal was Viola gesagt hatte. Sie konnte nicht einfach mit dem Gatten ihrer Freundin schlafen.

John schmunzelte, als er sie ansah, trat dicht an sie heran und legte die Handfläche auf ihren Po.

„Es hat dir gefallen, Kim. Sag mir, wie sehr!"

Viola hatte ihr von dem Interview erzählt und dass John es genoss, sie auszufragen. Unfähig zu antworten presste sie ihr Gesicht gegen Deans Brust. Gott, sie liebte diese Härte und Masse an ihm, verstand nicht, was Frauen an dürren Knilchen fanden.

John griff in ihr Haar und zog ihren Kopf zurück, zwang sie, ihn anzusehen, direkt in das Antlitz der Gefahr. Er sagte nichts, auch Dean und Miles blieben stumm.

Sie wollte sich nicht einschüchtern lassen, nicht das Erlebnis in Worte fassen, doch sie rangen sie nieder, allein durch ihre Präsenz, die sie seidengleich umhüllte. Kim musste reden, andernfalls würden sie sich Maßnahmen einfallen lassen, die sie in den Gehorsam zwangen.

„Ich genieße den Zwiespalt meines inneren Kampfes, dass ihr mich dazu bringt, die Barrieren zu durchbrechen. Ihr gebt mir das Gefühl, dass ich es freiwillig tue." Sie flüsterte mehr, als dass sie sprach, die Stimme genauso kraftlos wie ihr Körper.

„Du tust es freiwillig, Kim. Nichts von all dem wäre geschehen, wenn du es nicht gewollt hättest." Dean sagte die Worte mit selbstsicherer Ruhe, nicht triumphierend oder prahlerisch.

Sie atmete erleichtert auf, froh, dass sie geantwortet hatte und sich nicht weiterhin in ihrer Schlinge befand.

„Was ist an uns so anders als an deinem Möchtegerndom, Kim?" Diesmal hörte sie das Amüsement klar in Deans Tonfall. John hielt sie noch immer so, dass sie in seine Augen sehen musste, sie glitzerten vor Vergnügen.

Von wegen nicht mehr in der Schlinge! Sie kam da erst raus, wenn die Männer sie ließen, und so wie sie aussahen, würde das nicht so bald sein.

„Er hat nicht mit meinen Sinnen gespielt, sondern mich wie eine Ware behandelt."

„Leg dich auf die Heuballen, während du weiterredest." Deans Stimme war ein sinnliches Versprechen, dass die Session noch nicht beendet war. Denn sie war ungehorsam gewesen und hatte die Strafe verdient.

Miles zog ihr die Jacke von den Schultern, und auch John legte seine auf die vier Heuballen, die Miles angerichtet hatte, jeweils zwei neben- und hintereinander.

Sie klammerte sich an Dean in der Annahme, dass John sie ficken wollte, denn er war der Einzige, der dazu fähig war; Dean und Miles konnten nicht erneut bereit sein.

„Wie weit geht dein Vertrauen, Kim?", fragte Miles weich.

Dean schob sie rückwärts auf die Ballen zu, langsam, unerbittlich. Verdammt, sie wollte nicht, dass John sie vögelte, wenn Viola nicht dabei war. Dessen ungeachtet spürte sie Erregung. Deans gesamter Ausdruck zeigte ihr deutlich, dass er es wusste, ebenso seine Brüder. Ihre Kniekehlen berührten die Kante, und schon lag sie auf dem Rücken. Miles packte ihre Handgelenke, zog ihre Arme über den Kopf, hielt sie nicht schmerzhaft, doch gegen seine Kraft kam sie nicht an. Dean hockte neben ihr und legte eine Hand auf ihren Bauch.

„Spreiz deine Beine, sodass mein Bruder sich mit dir vergnügen kann!"

Alles in ihr rebellierte, gleichwohl öffnete sie ihre Schenkel und schloss die Augenlider.

„Das ist verboten." Deans Tonfall war unerbittlich. „Du wirst John die ganze Zeit ansehen. Wenn du es nicht tust, drehen wir dich um und ich züchtige dich mit der Dressurgerte – so lange, bis du gehorchst."

Sie riss die Lider auf in Erwartung, dass John bereit war, sie zu vögeln, doch er schob ihr lächelnd einen gekrümmten weichen Vibrator ins Geschlecht. Sie alle sahen, wie mühelos er es konnte, dass es sie anmachte. In seine Augen zu sehen gab ihr den Rest, sie keuchte auf, pure Dominanz und Lust schlugen ihr entgegen. Ihm gefiel, in welcher Lage sie sich befand.

„Du bist außerordentlich leicht erregbar, und deine Orgasmen kommen schnell." Er schaltete das Sextoy ein und schmunzelte, als sie ihm das Becken entgegenschob. „Oh ja, kleine Indigo Blue, deine Fassade liegt zerbröckelt zu unseren Füßen."

Dean wanderte mit den Handflächen nach oben, bis er ihre Brüste erreichte, zupfte an den Spitzen, sanft und verführerisch.

„Erzähl uns, wie er dich gefickt hat. Bist du gekommen?"

Sie fühlte sich außerstande zu reden und beantwortete Deans Frage mit einem Schütteln des Kopfes. John schlug ihr hart auf den Oberschenkel, unterbrach den Augenkontakt nicht für eine Sekunde. Miles hielt ihre Handgelenke mit einer Hand und legte seine Handfläche auf ihre Kehle.

Die Geste war nicht bedrohlich, sondern steigerte ihre Erregung, denn sie unterstrich die Lage, in der sie sich befand. Kim war ihnen ausgeliefert. Sie könnten alles mit ihr anstellen, was ihnen in den Sinn kam, auch mit Gewalt, aber das würden sie nicht tun. Das machte die Maestros umso gefährlicher.

„Er hat mich nicht stimuliert, weder vorher noch währenddessen. Ich lag über einem Kissen, und er fickte mich, als ob sein lächerlicher Schwanz Stimulation genug wäre."

Dean zupfte an ihren Nippeln, diesmal so fest, dass sie den Rücken durchbog.

„Möchtest du, dass John dich vögelt?" Dean erwartete eine ehrliche Antwort.

„Ich weiß es nicht." Sie schrie es in den Stall. Ehrlichere Worte hatte sie niemals gesprochen. John bewegte den Vibrator an ihrem G-Punkt entlang, benetzte die Fingerkuppen mit Speichel und rieb ihren Kitzler.

„Wie lange hat der Kerl dich gefickt?"

„Keine zwei Minuten."

Der Orgasmus packte zu, sie bäumte sich auf, fühlte die Blicke der drei Männer auf sich, bemerkte, dass sie Deans Namen stammelte. Sie schloss die Augen, unfähig, den zusätzlichen Reiz zu ertragen.

Dean spürte die harten Nippel zwischen den Fingerkuppen. Er fühlte Stolz und Zufriedenheit, dass sie sich ihnen derart vertrauensvoll hingab. Sie sah hinreißend aus, die Wangen vor Begierde gerötet, der Rücken durchgedrückt, und sie besaß keine Hemmungen, sich vollständig gehen zu lassen. John würde sie nicht ficken, wenn Viola nicht dabei war. Kim hätte es zugelassen und sich hinterher dafür gehasst. Ein wenig Strafe musste allerdings sein. Falls sie es wagte, sich erneut mit einem Dom zu treffen, würde er sie eine ganze Nacht behandeln, ihre Lust auf jemand anderen aus ihrem Gehirn vögeln und züchtigen.

Sie schrie seinen Namen. Er kam nicht gegen das Grinsen an, das sich auf sein Gesicht schlich. Sie stimulierten Kim bis über den Orgasmus hinaus, wollten austesten, ob sie einen multiplen Höhepunkt erreichen konnte. Sie versuchte vergeblich, sich aus ihren Händen zu befreien, doch John spreizte ihre Schenkel weiter. Dean verteilte Gleitgel auf ihrem Anus und schob einen Analplug hinein. Sie keuchte auf, denn er war groß, füllte sie aus, intensivierte die Reizung auf ihrer Klitoris und in ihrem Geschlecht.

„Sieh mich an, Kim!" Sie drehte den Kopf, die blauen Augen ein Spiegel der Lust, die sie fühlte. Für nichts auf der Welt wollte er diesen Anblick verpassen. Frauen sahen unglaublich geil aus, wenn sie Begierde empfanden und nicht die Lider schlossen. Bei den meisten wirkte die zusätzliche Stimulation, gesetzt den Fall, dass man wusste, sie zu nutzen. Er griff nach den Nippeln, reizte die harten Knospen. Miles erhöhte ein wenig den Druck auf ihrem Hals, und diesmal liefen Tränen aus ihren Augenwinkeln, als sie kam. Er hatte es gewusst. Sie war fähig zu multiplen Orgasmen. Er lächelte bei der Erinnerung an Violas Worte.

Seine Brüder gingen ins Haus hinüber und ließen sie allein, damit Kim Gelegenheit hatte, zur Ruhe zu kommen.

Vorsichtig entfernte er die Sextoys und zog Kim in eine sitzende Position. Sie lehnte sich in die Umarmung, und er drapierte erneut Miles' Jacke um ihre Schultern.

Kim blieb still, verunsichert. Er vermutete, dass sie versuchte, einen Teil ihres eisigen Panzers wiederaufzubauen. Er holte ihre Jeans und ihr Shirt und half ihr beim Anziehen. Da sie auf den Boden starrte, legte er seine Handfläche unter ihr Kinn.

„Ich verstehe dich nicht, Dean."

Die Worte überraschten ihn. „Was meinst du damit?"

„Wieso zwingst du mich nicht einfach, deinen Willen zu erfüllen und nimmst mir jedes Recht auf eine eigene Meinung?"

Hinter der Frage steckte eine Menge. Er setzte sich auf die Heuballen und zog sie auf seinen Schoß. „Du machst mir ein großartiges Geschenk, indem du mir erlaubst, meinen Sadismus an dir auszuleben. Doch es bereitet mir nur Freude, wenn du nicht wie eine trainierte Marionette reagierst."

Er küsste sie auf die Nasenspitze. „Ich will keine Schiava, die den Mund hält, die denkt, Augen zu und durch, egal, was ich ihr antue, egal, ob sie es genießt oder nicht."

Kim runzelte die Stirn. „Das hört sich so an, als ob meine Gefühle und Bedürfnisse für dich wichtiger sind als deine eigenen." Pures Misstrauen klang aus ihrer Stimme und zeigte sich in der Körperhaltung.

„Die Unversehrtheit der devoten Personen liegt dem Federzirkel am Herzen. Wir vermeiden schwere Verletzungen am Körper und jegliche Verletzungen in der Psyche."

Wieder starrte sie auf den Boden, ehe sie den Mut fand, ihn anzusehen. „Ich habe Angst, dass du mich zerstörst."

„Dann werde ich etwas gegen deine Furcht unternehmen. Geh mit mir am Samstag zum Essen aus."

Für einen Moment befürchtete er, sie würde ablehnen, doch sie nickte. Das warme Gefühl, das er in ihrer Nähe verspürte, nahm zu.

Dean zog sie hoch. „Jetzt zeig uns dein Haus."

Kim lehnte sich in Deans Umarmung, genoss es viel zu sehr, dass sein Arm sie mit sicherer Wärme umfasste. Der Duft seines Körpers hing in den Fasern seiner Jacke, steigerte ihre Verwirrung.

John und Miles saßen gemütlich in ihrer Küche, tranken Tee und aßen Apfelkuchen, den sie heute Morgen gebacken hatte. Die beiden Männer grinsten bei ihrem Eintreten, und sie zwang sich, den Blicken nicht auszuweichen. Gegen die Hitze, die ihr Gesicht erfasste, war sie jedoch machtlos.

Wie hielt Viola es bloß aus, dass die drei Kerle sie täglich konfrontierten? Jederzeit mit einem Überfall rechnen zu müssen, mit Verführungen und Bestrafungen? Nie zu wissen, was als Nächstes geschah, beim Spiel der Zähmung und Hingabe. Sie erinnerte sich an Violas Gemälde *Schmetterlingserwachen*. Genauso fühlte sie sich, zerbrechlich wie ein Schmetterling, der aus einem Kokon schlüpfte und noch nicht ahnte, was die Welt für ihn bereithielt. Sie stürzte kopfüber und ungebremst in ein neues Universum. Dean war der Stern, der sie anzog, unwiderstehlich und unausweichlich. Sie drohte aufzuschlagen und war sich sicher, dass er sie auffangen würde.

So ein verdammter Mist.

„Setz dich, Kim!", sagte Miles.

Fast wäre sie störrisch stehen geblieben, doch ihre Beine liefen Gefahr, unter ihr nachzugeben. Außerdem wusste sie nicht, was ihr blühte, wenn sie nicht gehorchte. Benahm sie sich wie Sally?

„Bitte, Kim", sagte Miles sanft.

Mit einem Seufzen ordnete sie sich unter, ächzte auf, als ihr Po die Sitzfläche berührte. Das maskuline Schmunzeln der drei Kerle erhitzte ihre Wangen zusätzlich – noch ein bisschen heißer und es wäre möglich, Kastanien auf ihrem Gesicht zu rösten.

John goss ihr eine Tasse Tee ein, und Dean stellte ein Stück Apfelkuchen vor sie. Gott, sie hatten sogar Sahne geschlagen. Es verwirrte sie.

„Wir möchten dir ans Herz legen, in deinen *Verruchten Nächten* ein wenig Balance in die Beiträge zu bringen."

Deans Worte trafen ins Schwarze. Guten Gewissens könnte sie nicht mehr über SM herziehen. Dazu beeinflussten die Mitglieder des Federzirkels sie zu nachhaltig.

„Du hast mit Sicherheit eine Menge Doms verärgert. Es liegt in ihrer Natur, so was nicht so ohne weiteres zu schlucken."

Sie trank von dem vorzüglichen Tee, spürte die Augen der Männer auf ihrer Haut. John griff nach ihrer Hand, bemerkte, dass sie bebte, und lächelte sie beruhigend an. „Wir wissen, dass Dominante existieren, die deine Hasstiraden verdienen. Allerdings gebe ich dir persönlich den Rat, dich zu zügeln."

Sie versuchte, ihm die Hand zu entreißen, doch er ließ sich nicht davon beirren. Im Gegenteil, er intensivierte den Halt.

„Sei vorsichtig mit den Verabredungen, die du triffst", sagte Dean und fasste nach ihrer anderen Hand. „Ich weiß, dass du dich nur aus Trotz mit einem weiteren Dom treffen möchtest und ausprobieren willst, ob er die gleiche Wirkung auf dich ausübt wie ich." Die Worte klangen arrogant, doch er äußerte sie nicht mit Arroganz, sondern mit Bestimmtheit. Sein Blick jagte durch sie hindurch, beschleunigte ihren Herzschlag. „Ich kann es dir nicht verbieten."

Das wäre ja noch schöner.

„Aber ich lege dir nah, deine Handlungen zu überdenken." Dean küsste sie auf die Innenseite ihres Handgelenkes, und sie reagierte mit einer Gänsehaut.

„Begib dich nicht in Gefahr, nur um mir zu imponieren und mich zu ver-ärgern." Er lächelte verführerisch, erotisierend. „Verstimme mich nicht."

Johns Haltung änderte sich, jetzt wirkte er auf eine andere Weise bedroh-lich. „Bring Viola nicht in Gefahr." Seine Augen waren ein einziges Ver-sprechen – wenn sie etwas tat, das seine Frau gefährdete, würde sie es be-reuen. Als ob sie ein Signal ausgetauscht hätten, ließen sie ihre Hände los.

„Was können wir als *In Love with Vintage* für dich tun?" Deans Tonfall war rein geschäftlich, der Maestro trat in den Hintergrund, jederzeit bereit an die Oberfläche zu brechen. Sie wusste es, und sie liebte es.

Sie führte die Maestros durch das Haus. Die anfängliche Verunsicherung verschwand unter der professionellen Ausstrahlung. Wenn sie es nicht besser wüsste, würde sie glauben, dass sie sie ausschließlich auf freund-schaftlicher Ebene kannte. Sie erklärte ihnen das Konzept, das sie sich vorstellte: Ein Romantikhotel mit wenigen Räumen, der Privatbereich ab-getrennt vom Hotel.

„Wie sieht deine Zielgruppe aus?" Deans Frage klang harmlos, doch sie hatte das Gefühl, es steckte mehr dahinter.

„Das Durchschnittspärchen auf der Suche nach einem erholsamen Wochenende."

„Warum spezialisierst du dich nicht? Bietest Themenzimmer an, die den Paaren Möglichkeit geben, ihren Horizont zu erweitern?"

Die Idee gefiel ihr, doch Zimmer gefüllt mit Folterinstrumenten lehnte sie ab.

Die Brüder lachten über ihren Gesichtsausdruck, und Dean wackelte mit den Augenbrauen. „Wir dachten an etwas Geschmackvolles, das nichts mit deinen schmuddeligen Vorstellungen zu tun hat."

An der Haustür drehte Dean sich zu ihr, nachdem John und Miles sich brüderlich von ihr verabschiedet hatten. Unvermittelt war er der Maestro.

„Wenn ich dich am Samstag abhole, erwarte ich, dass du ein Kleid trägst, selbstverständlich ohne Slip." Er beugte sich näher. „Du wirst zugänglich sein, egal wo ich meine Finger in deine gierige Pussy hineinschieben möchte."

Er küsste sie leidenschaftlich, bis sie zerschmolz.

Sie hörte ihn lachen, als sie die Tür zuschlug. Zum Glück konnte er nicht sehen, dass sie sich mit dem Rücken dagegenlehnen musste, da sie sich unfähig fühlte, aus eigener Kraft zu stehen. Verwirrt sah sie auf die Wand des großzügigen Flurs, betrachtete die cremefarbenen Wände, die dringend einen Anstrich benötigten. Etwas war falsch. Die drei Landschaftsdrucke hingen in einer anderen Reihenfolge an der Wand. Hatten die Männer sich einen Spaß erlaubt?

Sie brauchte einen Drink. Einen großen.

Kapitel 10

Dean hörte die wütende Stimme von Viola. Sie sprach nicht laut, doch das minderte nicht den Zorn, der in den Worten klang. Er schmunzelte bei seinem Eintreten in die Bibliothek. John drängte seine Frau an den Schreibtisch. Sie funkelte ihn an, über einen Kopf kleiner als er, doch sie hielt ihm stand. Sie stupste mit einem Finger gegen seinen Brustkorb, und in ihrem Blick stand klar, dass sie mit dem Gedanken spielte, John zu treten.

Sie tat es, doch John schenkte dem Angriff genauso viel Aufmerksamkeit, als wäre ein Wattebausch nach ihm geworfen worden. Das vergrößerte ihre Wut. „Ich weiß selbst, was für mich am besten ist."

John machte ein Geräusch, das ihre Wut schürte. Sie schubste ihn. Nicht, dass es ihr etwas genutzt hätte – John rührte sich nicht einen Millimeter und starrte auf sie herab, mit so viel Glut, dass Viola die Röte ins Gesicht stieg.

„Du kannst mir nicht verbieten, mit Kim zusammen zu sein."

Darum ging es also.

„Kann ich nicht?", knurrte sein Bruder und beugte sich zu ihr herunter, sodass sie fast auf dem Schreibtisch lag.

„Wage es ja nicht", quietschte sie, die Stimme nicht mehr ganz so gefestigt.

„Was soll ich nicht wagen?" John hielt ihre Handgelenke über ihrem Kopf fest.

Erst jetzt bemerkte Viola Dean, und sie funkelte ihn an. „Ihr wisst etwas und wollt es mir nicht sagen." Ihre Mimik war ein reiner Vorwurf. Sie hatten sich dagegen entschieden, Viola einzuweihen, denn sie würde sich nicht davon abhalten lassen, Kim alles brühwarm zu erzählen. Dean hatte schon die nächste Sendung der *Verruchten Nächte* im Ohr: *Der* Federzirkel *spioniert mich aus, ihre Macht reicht bis in die höchsten Regierungsebenen, und sie planen einen Putsch.*

Dean stellte sich hinter den Schreibtisch, packte Violas Handgelenke, weidete sich an dem zornigen Ausdruck und der Lust, die dahinter schimmerte.

„Wir können es dir nicht verbieten, Viola, aber an deinen gesunden Menschenverstand appellieren." Auch Dean beugte sich zu ihr herunter. „Wenn du dich in Gefahr begibst, lernst du uns auf eine Weise kennen, die du nicht möchtest."

Die kleine Hexe lächelte sie frech an, und ihr Blick schrie deutlich: *Ihr könnt mich mal!*

~ 117 ~

Er sah John an. Seinen Bruder als angepisst zu bezeichnen, wäre eine Untertreibung gewesen. Befände Dean sich an Violas Stelle, hätte er die Worte hinuntergeschluckt, doch sie besaß keine Bedenken. „Ihr verdammten Berggorillas könnt mich mal kreuzweise."

Weiter kam sie nicht, denn John packte sie und drehte sie um, forderte ihn mit einer Geste auf, sie festzuhalten. Dann schob John ihr sehr langsam die Jeanshose einschließlich des Höschens nach unten, zog noch langsamer den Gürtel aus der Hose, knebelte sie mit einem Tuch und versohlte ihr den Arsch. Er hörte erst auf, als ihre wütenden Schreie in ein Schluchzen übergingen und sie willig auf dem Tisch lag. Sie krallte sich in Deans Hände, als John einen Orgasmus von ihr einforderte und sie danach fickte.

„Schläft sie?"

Sein Bruder griff nickend nach dem Whiskyglas, das er ihm reichte.

„Ich weiß, was in ihrem hübschen Köpfchen vorgeht. Sie plant, mit Kim ein SM-Studio aufzusuchen, als ihre Begleiterin und Absicherung." John kippte den Inhalt in einem Schluck hinunter und hielt ihm das leere Glas vor die Nase. „Wenn sie das durchzieht, drehe ich ihr den kleinen Hals um."

Dean grinste ihn an, wusste er doch genau, dass sein Bruder Viola niemals aus Bosheit oder gar Wut Schmerzen zufügen würde. Miles hob prostend sein Glas, und in einvernehmlichem Schweigen tranken sie den Scotch.

„Timothy bekommt jede E-Mail, die Kim erhält", sagte Dean. Es verblieb allerdings ein Restrisiko, sie wussten es. Frauen konnte man nicht kontrollieren, und Viola schon gar nicht. Sie verstand sich darauf, einem Esel Konkurrenz zu machen, und Kim – er schnaubte mental – war ein Thesaurus für das Wort stur. Die beiden ergänzten sich in dieser Hinsicht perfekt.

Zu allem Übel spukte sie auch noch ständig in seinem Kopf herum. Sein Herz hatte wie verrückt geschlagen, als sie endlich angerufen hatte. Sogar geträumt hatte er von ihr, von der hellen Haut, ihrem kleinen Arsch und den kecken Nippeln, dem Funkeln in ihren Augen, dem Zwiespalt auf ihrem Gesicht. Er mochte alles an ihr, und es verlangte ihm nach mehr.

Schweigend nippten sie an der goldenen Flüssigkeit, nur das leise Klimpern der Eiswürfel und das Knistern des Kaminfeuers unterbrach die Stille. Gott, wie sie wohl nackt vor dem Feuer aussähe, gefesselt, mit gespreizten Armen und Beinen, während das Licht der tanzenden Flammen auf ihrem Körper spielte, während er ihr mit einer weichen kurzen Peitsche Hitze auf die Haut lockte? Er bereitete dem Scotch ein schnelles

Ende. Schon die Vorstellung erregte ihn, zwang ihn, die Sitzposition zu verändern, da die Erektion schmerzhaft gegen seine Boxershorts presste.

„Bereit?" Miles riss ihn aus den Gedanken. John warf Dean einen Blick zu und spiegelte seine eigene Emotion. Dafür konnte man nicht bereit sein.

„Spiel es schon ab!"

John füllte erneut ihre Gläser, sie tranken einträchtig einen großzügigen Schluck. Miles drückte auf den Link, und Kims sexy Stimme ertönte.

Liebe Hörer, ich habe mich intensiv mit dem Thema SM beschäftigt und Erkenntnisse am eigenen Leib erfahren. Inzwischen glaube ich nicht mehr, dass es nur eine Kategorie von Dominanten gibt, vielmehr existieren jede Menge Unterkategorien.

Ich weiß nicht, wer von ihnen am besorgniserregendsten ist: Die, die sich nicht verstellen und über ihre Beute mit Grausamkeit herfallen, sie zerbrechen, egoistisch ihren Bedürfnissen nachgehen und nur ein Ziel vor Augen haben – Macht über einen Mensch zu erlangen, und es ihn jede Sekunde spüren zu lassen? Oder sind die anderen gefährlicher? Die ihre Opfer durchaus zärtlich behandeln, sie verwirren und dann Sadismus zeigen?

Ich weiß es nicht, doch sind meine Recherchen noch nicht am Ende, und Angst erfüllt mich, denn das Ziel meiner Reise ist mir unbekannt. Ich mache erst einmal Sendepause und lasse von mir hören, wenn ich weiß, was ich will.

Eure Indigo Blue.

Erstaunen spiegelte sich auf den Gesichtern seiner Brüder.

„Sie ist völlig aus dem Gleichgewicht. Die Sendung hörte sich fast wie ein Hilfeschrei an."

John sah ihn ernst an. „Du triffst dich am Samstag mit ihr. Vielleicht vertraut sie dir endlich an, was sie dermaßen beunruhigt."

Dean glaubte nicht daran. Es war noch zu früh.

Kapitel 11

*D*ean stand vor ihr und sah auf sie herab, durchaus belustigt, doch hinter dem Amüsement lauerte stahlharte Unnachgiebigkeit. Unsicher bemerkte sie, dass sie innerlich nachgab, und das versetzte sie in Zorn und gleichzeitig in Erregung. Sie fasste es nicht, es machte sie an! Und seinem Grinsen nach zu urteilen, wusste er es.

„Entweder ziehst du ein Kleid an oder ich gehe."

Dann geh doch, verlangte der Trotzkopf in ihr, ihm entgegenzuschreien. Ungeachtet dessen beharrte der Rest von ihr auf dem Standpunkt, dass sie ihn wollte – seine Aufmerksamkeit, seine Hände und den Lustschmerz, den nur er ihr verschaffen konnte. Und seine Liebe. Außerdem sah er heiß aus in der schwarzen Hose und dem lilafarbenen Hemd. Der dunkle Ausdruck erhitzte sie zusätzlich, als ob das noch nötig wäre. Gebannt starrte sie auf seine starken Hände, die fähig waren, alles mit ihr anzustellen.

Wortlos drehte sie sich um, ging ins Schlafzimmer zurück und holte ein rotes Kleid aus dem Schrank. Es lag am Oberkörper eng an und wurde nach unten hin weiter. Nicht bereit, vollständig nachzugeben, ließ sie den Slip an. Sie sah an sich herunter, ihre Nippel pressten gegen das weiche Material, genossen die Freiheit ohne BH. Das Kleid war nicht tief ausgeschnitten, damit konnte sie leben.

Kämpferisch kam sie zurück ins Wohnzimmer, innerlich darauf eingestellt, dass er überprüfen würde, ob sie ein Höschen trug, doch er tat es nicht. Galant half er ihr in den Mantel, ungeachtet dessen, dass er ihr gerade seinen Willen aufgezwungen hatte.

„Du siehst hinreißend aus." Er küsste sie liebevoll auf die Stirn und führte sie zu seinem Wagen. Höflich öffnete er ihr die Beifahrertür des PT-Cruisers und sah sie einen Augenblick unergründlich an, bevor er die Tür zuschlug.

Wieder fühlte sie sich unfähig, den Blick von seinen Händen zu nehmen, als er den Zündschlüssel umdrehte, und sich vorzustellen, was er mit ihnen tun könnte.

„Ich hoffe, du magst italienisches Essen."

„Ja, sehr gern."

Er lächelte ihr zu und richtete seine Aufmerksamkeit auf die Straße. Sie war so nervös. Gott, er ging nur mit ihr essen, da konnte ihr nichts passieren. Erst hinterher. Ihr war bewusst, dass sie für ihn schwärmte wie ein Teenager.

Sie hoffte, er nähme sie mit in den Federzirkel, oder er könnte ihr auch in ihrem Zuhause den Arsch versohlen und bis zum Morgen bleiben, ihr das Vergnügen schenken, neben ihm aufzuwachen.

Gestern hatte sie das unangenehme Gefühl heimgesucht, dass eine fremde Person in ihrem Haus gewesen war, als sie von ihrem Ausritt zurückgekommen war. Doch sie hatte keine Beweise, nur den albernen Verdacht, dass jemand ihre Unterwäsche durchwühlt hatte. Vielleicht sollte sie sich endlich einen Hund anschaffen.

Verwundert stellte sie fest, dass sie nicht in die Stadt fuhren, sondern tiefer aufs Land.

„Erzähl mir von deinem Exmann."

„Da gibt es nicht viel zu berichten. Wir haben uns auseinandergelebt und passten nicht mehr zusammen."

„Das ist alles?"

Nein, es war nicht alles, Gary hatte es gehasst, dass sie so kalt war. „Gary mochte meine kühle Art nicht."

„Kühle Art?" Er lachte maskulin. „Unter meinen Händen bist du alles andere als kühl. Und ich habe noch eine Menge an dir zu entfesseln." Er legte eine Hand auf ihr Bein, die Wärme der Berührung drang durch das Material.

Überall zugänglich.

Ein Hitzeschauder lief über ihren Körper bei dem Gedanken, dass er sie an einem öffentlichen Ort ficken könnte. Sie traute es ihm durchaus zu.

Die Fahrt dauerte eine halbe Stunde, und endlich hielten sie vor einem alten Landgut. Der Parkplatz war gut besucht.

Ein Italiener begrüßte sie im Eingangsbereich.

„Ricardo!" Er und Dean schlugen sich auf die Schultern. War das der Besitzer? Er war gut aussehend mit dem klassisch römischen Profil und den kurzen schwarzen Haaren. Er war fast genauso groß wie Dean, eins neunzig, schätzte sie. Er musterte sie unverblümt, küsste sie auf beide Wangen und ließ sich nicht davon abhalten, dass sie es nicht mochte, von Fremden angefasst zu werden. Überdies umarmte er sie länger als angebracht.

Ihre Nervosität stieg, und sie erinnerte sich daran, dass es nur ein Restaurant war, ein öffentlicher Ort, an dem Dean nicht seine Spielchen spielen konnte. Dazu hatten sie nachher Zeit, wenn sie allein waren.

Die Halle war im klassisch italienischen Dekor eingerichtet, und Fackeln erhellten den dahinterliegenden Garten. Sie erhaschte einen Blick auf Statuen, die im Garten verteilt standen. Zudem hing eins von Violas Gemälden im Entree, der Stil war unverwechselbar. Sie hatte eine der Skulpturen gemalt: Die obere Hälfte war lebendig, die untere aus Stein. Die

Frau stand an einem Teich und sah verträumt auf das Wasser, die Glieder hübsch gerundet.

„Darf ich dir den Mantel abnehmen?" Ricardo stellte sich hinter sie, um ihr aus dem Kleidungsstück zu helfen. Irgendwie schaffte er es, die Geste intim aussehen zu lassen.

Dean beobachtete sie, die Mimik undurchdringlich. Dann fasste er ihren Ellenbogen und schob sie in das Restaurant. Kim vermutete, dass ein Hotel in dem Haus untergebracht war, und wunderte sich, dass sie noch nie von ihm gehört hatte. Vielleicht würde Dean hier die Nacht mit ihr verbringen? Aber das wäre nicht angemessen, denn leise würden sie nicht sein. Zudem konnte er seine Utensilien kaum in der hüftlangen Lederjacke verstaut haben, die neben ihrem Mantel an der Garderobe hing.

Ricardo führte sie an einen Tisch im hinteren Bereich. Gedämpftes Licht empfing sie, überhaupt besaß das Restaurant eine intime Atmosphäre. Die Tische standen nicht dicht beieinander, überall gab es Kübel mit Pflanzen und verträumte Nischen.

„Möchtest du Wein, Kim?"

„Ja, einen lieblichen, und Wasser, bitte."

Ricardo reichte ihnen die Karten und verschwand. Intensiv studierte sie die Auswahl. Es war eine kleine Karte, und sie entschied sich für Nudeln mit Scampi und Austernpilzen.

Ricardo stellte die Getränke auf den Tisch, und Kim trank einen Schluck der eiskalten Köstlichkeit. Der Wein schmeckte herrlich und beruhigte ihre aufgebrachten Nerven.

„Zieh dein Höschen aus!"

Was? Sie blinzelte und starrte Dean an. Er trank lächelnd den Wein und sah ihr direkt in die Augen.

„Ich wiederhole mich nicht gern, Kim." Er sprach laut genug, dass die Gäste an den Nachbartischen die Worte hören konnten.

Sie fühlte, dass ihre Wangen sich erhitzten.

„Das werde ich nicht." Sie umklammerte das Wasserglas, um Halt zu finden.

„Du widersetzt dich mir? Weigerst dich, gefügig und zugänglich zu sein, so wie ich es von dir verlange?"

Kim spürte die Augen der Gäste auf sich und heiße Wut kroch unerbittlich wie Lava in ihr hoch.

Gut, wenn sie sowieso die Aufmerksamkeit der Anwesenden besaß, dann konnte sie ihnen auch ein Schauspiel bieten. Sie schüttete Dean das Wasser in die dämlich grinsende Visage. Gerade wollte sie aufspringen, als stählerne Hände ihre Schultern umfassten. Dean tupfte sich demonstrativ langsam mit der Serviette das Gesicht trocken. Wieso blieben die anderen Gäste so ruhig?

„Lass mich sofort los!"

„Ich denke nicht, Schiava." Ricardos dominanter Tonfall prasselte auf Kim ein, veranschaulichte die Situation, in der sie sich befand. Ricardo festigte den Griff.

Verdammt noch mal, die Erkenntnis schlug meteoritengleich ein: Das hier war kein normales Restaurant! Heißkalte Schauder erfassten sie bei dem Gedanken, was Dean und sein Gehilfe an diesem Ort mit ihr anstellen könnten. Dennoch, das wollte sie sich nicht gefallen lassen. Ehe sie allerdings ein Wort äußern konnte, donnerte Deans Stimme in ihren Ohren, nicht weil er brüllte, sondern da er betont leise sprach: „Schweig! Oder ich zwinge dich."

Dean stand auf. Er und Ricardo zwangen sie auf die Füße. Sie besaßen die Aufmerksamkeit aller Gäste, die sie offen ansahen; sie fühlte es körperlich. Angst summte in ihren Adern, weil sie nicht die geringste Ahnung hatte, was Dean mit ihr vorhatte.

Ricardo legte einen Arm um ihren Hals und hielt sie so, dass sie sich nicht bewegen konnte.

Sie spielte mit dem Gedanken, Dean zu treten, falls er es wagen sollte, ihr das Höschen auszuziehen, denn genau das plante er. Sie sah es ihm an.

„Trau dich, Kim!"

Wie seine Augen funkelten! Sie versprachen ihr Konsequenzen, wenn sie es versuchte.

Er schob ihr Kleid hoch, entblößte ihre Beine und fasste an den Bund ihrer schwarzen Spitzenpantys.

Das würde er nicht wirklich tun! Sprachlos erfasste sie, dass er es tat. Er zog das Höschen nach unten, und endlich erlangte sie ihre Stimme wieder. Doch bevor sie die Beschimpfung äußern konnte, trat ein weiterer Kellner an sie heran und knebelte sie.

„Du hast die Wahl, Kim. Du legst dich jetzt freiwillig über den Tisch und erhältst ein paar Schläge mit dem Gürtel von mir, oder ich ziehe dich ganz aus, versohle dir allerdings in diesem Fall den Arsch mit einem Rohrstock, während ein Gast meiner Wahl dich festhält und sich hinterher vor den Anwesenden mit dir vergnügt."

Sie stammelte etwas in den Knebel. Dean umfasste zärtlich ihr Kinn, sah sie sanft an. „Du willst protestieren, dir vormachen, dass es dich nicht anmacht? Soll ich zwischen deine Schenkel fassen, um mich zu überzeugen, dass du feucht und willig bist, so wie ich es voraussetze?"

Er tat es, spreizte die äußeren Schamlippen und führte einen Finger in ihr Geschlecht. „Ich denke, damit haben wir alle Bedenken beseitigt. Du bist erregt, auch wenn du es nicht zugeben möchtest. Also leg dich über den Tisch und empfange meine Züchtigung."

Hilfe suchend blickte sie umher, doch die gierigen Mienen zeigten ihr, dass sie keine Gnade erwarten konnte.

Ricardo ließ sie los. Kim beugte sich über den Tisch, und Dean schob das Kleid nach oben, entblößte ihren Po. Erregung ergriff sie gleich einem Schwall heißen Wassers, entlockte ihr ein Schaudern. Die ganze unwirkliche Situation überforderte sie.

„Halt sie fest."

Ricardo nahm ihre Handgelenke und umfasste sie – wahnwitzigerweise schenkte ihr das Sicherheit.

„Zehn Strafschläge sollten reichen für den Anfang." Dean legte seine Hand auf ihren Po und tat erst einmal gar nichts.

Ihr Verstand rebellierte, doch ihr Körper sprach seine eigene Sprache, klar, deutlich und unüberwindbar. Ihre Cousine erschien am Horizont ihres Bewusstseins, wurde jedoch von ihrer wild pochenden Pussy vertrieben. Kim hatte nicht gewusst, dass Empfindungen dermaßen intensiv sein konnten, dabei hatte Dean bislang noch nicht mal angefangen. Er ließ sie schmoren, und sie hielt es kaum mehr aus. Niemand sagte ein Wort, die Stille drückte schwer auf sie, sorgte dafür, dass ihr Herz so hart schlug, dass sie glaubte, die Tischplatte müsste vibrieren.

Sie öffnete ihre Lider, blickte direkt in Ricardos Toffeeaugen, die Kim schmelzen ließen. Dean löste den Knebel, küsste sie auf den Nacken, und sein Atem vibrierte über ihre Haut.

„Bitte mich darum, Kim." Samtweich floss Deans Stimme in ihr Bewusstsein, das Gesagte klebte an ihr wie Honig. Wollte sie das wirklich? Sollte sie nicht aufbegehren? Noch während sie das dachte, sprach sie die Worte. Zu ihrem Verdruss kamen sie recht stolpernd aus ihrem Mund.

Sie sah sich selbst auf dem Tisch liegen, der Po frei zugänglich, wie sie zitterte, dass sie feucht zwischen den Schenkeln war. Ob die anderen es sehen konnten?

„Spreiz deine Beine, sodass die Gäste mehr von dir sehen können!" Dieser verdammte Arsch! Konnte er Gedanken lesen?

„Ich bitte dich nicht erneut."

Oh, diese Gewissheit in der Stimme! Er wusste, dass sie es tun würde, willig und bereit für die Session. Sie gehorchte, jedoch reichte ihm ihr Entgegenkommen nicht. Er half mit den Füßen nach, und jetzt lag sie so, dass nichts der Fantasie überlassen blieb. Sie verspürte die Furcht, dass er sie vor allen bespielte, sie zu einem Orgasmus zwang, während die Besucher Kartoffelgratin und Mousse au Chocolat aßen.

Dean trat von ihr zurück, schätzte den Abstand ein, und der erste Hieb zischte auf ihre Pobacken. Sie wollte nicht schreien, den Anwesenden kein größeres Schauspiel bieten. Es fiel ihr aber schwer, war doch der Schlag unerwartet scharf. Er hatte nicht übertrieben, als er von Strafschlägen gesprochen hatte.

Dean wusste, was er tat. Mit Präzision überzog er ihre Kehrseite mit Schmerz. Die Schläge waren so hart, dass sie es gerade ertragen konnte. Punktgenau deckte er den gesamten Po ab, setzte ihn in Flammen und stellte sicher, dass sie es bis in die letzte Körperzelle spürte.

Beim dritten Schlag schrie sie, ab dem sechsten Treffer weinte sie, beim zehnten Hieb brach sie den Augenkontakt mit Ricardo ab. Und trotz der schneidenden Pein liebte sie es, denn jeder Hieb erregte sie, forderte sie, demonstrierte ihr, dass sie Dean vertraute.

Oh ja, sie fiel, doch er gab acht, dass sie geborgen in seinen Armen landete. Er richtete sie auf, sodass sie ihn umklammerte, und es war ihr egal, wie es wirkte.

Er betrachtete sie ernst. Dankbar nahm sie zur Kenntnis, dass der Geräuschpegel zunahm. Niemand lachte oder gab eine anzügliche Bemerkung von sich.

Mit sanften Händen ordnete Dean ihr Kleid und strich ihre Haare glatt. Ricardo reichte ihr ein Taschentuch.

„Damit das klar ist, Kim, wenn ich dir einen Befehl gebe, erwarte ich, dass du mir Folge leistest, es sei denn, du begründest, warum du etwas nicht möchtest."

Er lächelte sinnlich und drückte sie auf den Stuhl. „Ich lasse mir nicht von einer Schiava überflüssige Wünsche aufzwingen." Das sinnliche Lächeln war gepaart mit Gefahr. „Ich liebe deinen Trotz und hoffe auf mehr."

Dieses Schwein! Er hatte alles geplant, und sie reagierte genauso, wie er es vorausgesehen hatte. Sein Grinsen wurde breiter, es machte ihn immens sexy. „Funkle mich ruhig an, Kim, das wirst du heute Abend noch öfters tun." Er nahm ihre Hand und hauchte ihr einen Kuss aufs Handgelenk. „Das, was dein kleiner Arsch jetzt spürt, ist nichts im Vergleich zu dem, was dich erwartet."

Sie griff nach dem Weinglas und schüttete den Inhalt in einem Schluck hinunter, wusste sie doch, dass er es ernst meinte. Dean äußerte keine leeren Drohungen.

„Hat es dir ausnahmsweise die Sprache verschlagen, Schiava?"

Ihr Po brannte unglaublich, ihre Pussy war nass, und sie sah ihm frech ins Gesicht. „Mal sehen, ob du zu deinen Worten stehst, Meister. Ich kann es kaum erwarten, dass du mich fickst, nachdem mein Körper unter deinen Händen zerschmilzt."

Sein gesamter Ausdruck versprach ihr, dass er zu dem Gesagten stand und dass sie in dieser Nacht vor Lust vergehen würde. Zuerst jedoch erwartete sie herrlicher Schmerz. Er fasste unter ihr Kinn, zeichnete mit den Fingerspitzen schrecklich zärtlich an ihren Lippen entlang.

„Du wirst für mich schreien, Kleines, wie noch nie zuvor." Die Fingerspitzen erreichten den Ausschnitt des Kleides, und er ließ sie weiterwandern, bis er die zarte Knospe berührte und sie viel zu sanft zupfte. „Ich werde jeden Schrei von dir genießen, jedes Beben deines Leibes, jede Träne, die du der Zeichnung, die ich auf dir hinterlasse, schenkst."

Sie presste sich an die Rückenlehne des Stuhles, fasziniert von seinen Worten.

„Du kannst nichts vor mir verbergen, und falls du es versuchst, verfüge ich über das nötige Fingerspitzengefühl, deinen Kühlschrank in die Wüste zu schicken."

Alles, was sie ihm an den Kopf werfen wollte, blieb ungesagt, denn es wären nur Lügen gewesen. Wozu etwas versuchen, das von Anfang an zum Scheitern verurteilt war? Sie sah keinen Sinn mehr darin. Stumm starrte sie ihn an.

„Ich danke dir, Kim, und ich enttäusche dein Vertrauen nicht."

Und wenn doch? Die Bedenken äußerte sie so sacht, dass sie in ihrem Inneren verhallten.

Sie griff nach dem Weinglas, um erneut einen Schluck zu trinken. Dean hielt ihre Hand fest.

„Ich riskiere es nicht erneut, dass du eine Session abbrichst, indem du einschläfst." Ein Lachen umzuckte seine Mundwinkel. „Ist nicht gerade gut für mein Ego."

Die unterdrückten Gefühle blubberten an die Oberfläche, und Kim brach in lautes Lachen aus, fiel fast vom Stuhl, und jedes Mal, wenn sie dachte, sie könnte aufhören, sah sie ihn an, sodass es von vorn anfing.

„Brauchst du Hilfe, Dean? Mir scheint, deine Schiava ist ungezügelt."

Ricardo lächelte sie verführerisch an, und das intensivierte seine südländische Ausstrahlung. Er stellte die Teller mit dem Essen vor ihnen ab. „Deine Schreie haben den Gästen gut gefallen, und ich freue mich auf die Fortsetzung." Er küsste sie auf den Nacken. „Das *Salt* liebt Sklavinnen, die sich nicht in ihrer Lust zurückhalten."

Viola hatte ihr von ihrer Session im *Salt* erzählt, und Kim war fest entschlossen, sich nicht verunsichern zu lassen. Falls Dean glaubte, dass er ihre Augen verbinden könnte und die bloße Anwesenheit mehrerer Männer sie irritierte, dann irrte er sich gewaltig.

Sie sah zu Ricardo hoch, wie sie hoffte selbstsicher und herausfordernd. „Ich werde dich nicht enttäuschen."

Dean sah sie auf eine Weise an, die ihre mutigen Worte wie Feuer unter ihre Haut katapultierte.

Mist, er verunsicherte sie bereits jetzt.

Das restliche Essen verlief harmonisch, und Dean schenkte ihr wertvolle Zeit, um durchzuatmen. Er spielte mit ihren Sinnen. Im Moment spürte sie ausschließlich Zuneigung und Interesse an ihrer Person. Sie verliebte sich ein Stück weiter in ihn.

„Darf ich das Dessert für dich bestellen?" Er lächelte sie spitzbübisch an, und sie nickte.

„Schokoladeneis. Das *Salt* stellt es selbst her. Es wird als *Violas Sizzling Dream* auf der Speisekarte angeboten." Sie sparte sich die Frage, denn er leckte über seine Lippen, und sie konnte sich durchaus vorstellen, was Viola durch den Kopf gegangen war. Ihre Freundin war ein lüsternes, verruchtes Luder, mit jeder Zelle ihres kleinen, kurvigen Körpers.

Kim stellte erstaunt fest, wie humorvoll Dean war. Nichts an ihm stimmte mit dem griesgrämigen Bild überein, das sie mit einem Dom in Verbindung brachte.

Er griff nach ihrer Hand. „Es tut mir leid, was damals am See passiert ist."

Sie verschluckte sich am Eis. „Du hast mich erkannt! Warum hast du nichts gesagt?"

„Aus deinem hübschen Mund kam auch kein Wort darüber."

„Anscheinend findest du mich jetzt attraktiver als damals."

Er sah sie an, als ob sie etwas außerordentlich Dummes gesagt hätte. „Ich fand dich schon damals attraktiv. Ich bin nicht nur einmal mit einem Ständer wegen dir aufgewacht."

Jetzt sah sie ihn an, als ob er etwas außerordentlich Dummes gesagt hätte. „Du hast meine Kleidung zusammengesammelt und mir an den Kopf geworfen, dass du nicht auf weiße Rüben stehst, die mehr einer Bohnenstange ähneln."

„Ah, daran erinnerst du dich. Doch deine Arroganz und dass du mich in der Klasse vor versammelter Mannschaft beleidigt hast, scheint deinem Gedächtnis entfallen zu sein."

Sie wusste nicht, was er meinte.

„Ich wollte mich mit dir verabreden, Kim, und du hast gelacht."

„Gott, Dean. Meine Großmutter hätte mich umgebracht, wenn ich mich mit dir verabredet hätte. Sie hätte mir die wenigen Freiheiten genommen, die ich mir so hart erkämpft hatte." Er forderte sie stumm auf, weiterzureden. „Es war die Hölle auf Erden! Sie war eine schreckliche Frau, die meine Kindheit mit ihrem religiösen Fanatismus zerstörte. Als sie starb, stellte ich ihr die schönsten Blumen aufs Grab, die ich zu finden vermochte, und zwar nicht aus Trauer, sondern aus Freude, dass diese boshafte Person endlich niemanden mehr mit ihrer Aura vergiften konnte."

„Hätten wir damals miteinander geredet, wäre das Missverständnis nie entstanden."

Sie wusste, das war nicht nur auf die Vergangenheit bezogen, doch es widerstrebte ihr, die angenehme Atmosphäre mit Séamus und Sally zu verderben. Außerdem brauchte sie weitere Erfahrungen, um ihm vorbehaltlos ihre schlimmsten Gedanken anzuvertrauen, denn diese wollte sie ausschließlich ihrem Partner anvertrauen. Die Vorstellung, dass Dean ihr Lebensgefährte wäre, gefiel ihr viel zu gut. Und wäre sie überhaupt imstande es auszuhalten, wenn er ständig um sie herum wäre? Gehorsam von ihr einforderte, auch wenn sie nicht bereit war? Würde er es überhaupt tun, ihr jederzeit seinen Willen aufpressen?

Dean lehnte sich im Stuhl zurück und beobachtete, wie sie den letzten Bissen des vorzüglichen Eises vom Löffel schleckte. Es war mit Himbeermark durchzogen, und sie hatte niemals ein köstlicheres Eis gegessen.

Kim rechnete damit, dass Dean sie jetzt packen und in eines der Zimmer verfrachten würde, um mit der Session anzufangen. Lediglich die Angst, er könnte sie nochmals im Restaurant bestrafen, ließ sie ihre Ungeduld hinunterschlucken.

Seine Augen glitzerten. „So begierig, meine Hände auf dem Körper zu spüren, Schiava?" Die Stimme und die Haltung waren eine einzige Provokation. „Es ist Zeit für deine Hingabe. Erhebe dich!"

Er half ihr aus dem Stuhl, umfasste zärtlich ihre Taille und führte sie aus dem Restaurant. Stolz hob sie den Kopf, ignorierte geflissentlich die Köpfe, die sich ihr zudrehten.

Schließlich blieb er vor einer Tür im Eingangsbereich stehen. „Mach dich ein wenig frisch. Und wenn du möchtest, dass dein Kleid den heutigen Abend übersteht, rate ich dir, nackt aus dem Badezimmer zu treten."

„Wie du es wünschst, Maestro."

Sie lehnte sich kurz an die geschlossene Tür, ehe sie sich in der Lage fühlte, die zitternden Hände dazu zu bewegen, das Kleid auszuziehen. Die Nasszelle blitzte vor Sauberkeit. Ihr gefiel das orangefarbene Dekor, das die weißen Fliesen unterbrach.

Sie war froh, sich waschen zu können, weil es sie beruhigte und ihr Sicherheit vermittelte. Alles stand bereit, was sie benötigen könnte, sogar neue Zahnbürsten befanden sich auf der Ablage. Die Maestros überließen kein Detail dem Zufall.

Sie dachte nicht daran, sich in das Handtuch zu wickeln, es würde ihre Strafe intensivieren und sie hegte das Gefühl, sie würde ohnehin nachdrücklich sein.

Dean lehnte an der Wand und unterhielt sich angeregt mit Tom, als sie heraustrat. Der Hüne musterte sie lächelnd.

„Komm her, Kim!" Deans Ausdruck war undurchdringlich.

Sie drückte die Schultern durch und lief auf die Männer zu, erfreut über die Fußbodenheizung. Wenn sie so nervös war wie jetzt, fror sie.

„Ich werde Dean assistieren", sagte Tom und küsste sie mitten auf den Mund, legte seine Handfläche auf ihren Po. Gott, er besaß riesige Hände. „Dein Arsch wird meine Zeichnung tragen."

Er lachte, denn sie keuchte und zitterte stärker, obwohl sie es ihrem Körper untersagte. Wahrscheinlich war es angenehmer, eine Peitsche auf den Pobacken zu spüren, im Vergleich zu diesen Pranken.

„Die Arme nach hinten." Dean stand hinter ihr und half nach, da sie sich außerstande sah, seinen Befehl in die Tat umzusetzen. Ihre Glieder waren kraftlos, und Tom stützte sie lächelnd an der Taille, äußerst zufrieden mit ihrer Reaktion.

Dean umwickelte ihre Handgelenke mit einer Softmanschette und überprüfte den Sitz. „Falls es dich einschnürt, verlange ich, dass du dich sofort meldest."

Die breite Augenbinde folgte. Alles entsprach ihrer Vorstellung. Er wollte mit ihrer Beschämung spielen und würde ihr vormachen, dass wer weiß wie viele Kerle sie umzingelten. Dabei würden nur er und Tom sie bespaßen. Damit konnte sie leben.

Beide fassten sie an den Ellenbogen, um sie aus dem Raum zu führen. Kim spürte Parkettboden unter den Füßen. Männliches Stimmengemurmel drang an ihre Ohren, das in ihr erste Unsicherheit bewirkte. Dann schalt sie sich. Mit dieser Situation hatte sie gerechnet, es gehörte zu Deans Plan. Kim vermutete, dass die Männer sie in die Mitte des Zimmers brachten.

Dean stand vor ihr. „Du fühlst dich wohl, Kim?"

Sie nickte nur, denn sie misstraute ihrer Stimme, fühlte sich längst nicht so sicher, wie sie gerne gewesen wäre.

Ein leichter Kuss auf die Stirn, und die beruhigende Wärme seines Körpers verschwand. Es herrschte absolute Stille, nur ihr eigenes beschleunigtes Atmen erreichte ihr Bewusstsein im Rhythmus ihres pochenden Herzens. Sie würde nicht betteln und weinen, doch es war nervenzehrend, schutzlos zu verharren, nicht wissend, wer sie ansah und was sie ihr antun würden.

Nach einer gefühlten Ewigkeit durchbrach Deans Stimme die Lautlosigkeit. Gegen das Zusammenzucken war sie machtlos.

„Im Raum befinden sich außer mir sieben Männer. Lauf los und such dir einen aus. Er nimmt an der Session teil."

Widerstand breitete sich in ihr aus. Drei Männer! Wollte sie hier und jetzt von drei Kerlen genommen werden? Und wenn sie einfach stehenblieb?

„Glaubst du, das ist eine gute Idee, Schiava? Falls du dich nicht in Bewegung setzt, zwinge ich dich mithilfe einer Gerte dazu."

„Ich könnte mich verletzen." Sie hatte panische Angst zu stolpern und vor ein Möbel zu rennen.

„Ich gehe nicht achtlos mit dir um, Kim. Der Raum ist leer, und ich passe auf, dass du ausschließlich durch uns Schmerz verspürst."

Sie schrie auf, als er plötzlich ihre Schultern umfasste, sie im Kreis drehte. Sie verharrte einen Moment, bis der Schwindel nachließ. Orientierungslos setzte sie zögerlich einen Schritt nach vorn und fasste einen Entschluss. Im Grunde war es egal, auf wen sie traf. Alle gehörten zum Federzirkel, unterlagen dem Kodex und waren so gefährlich wie verführerisch. Sie setzte einen Fuß vor den anderen, bis jemand sie an den Hüften fasste und mit ruhigen Händen festhielt.

„Es wird mir eine Ehre sein, Kim, dich zu bestrafen und anschließend zu ficken."

Als sie die Stimme vernahm, sank sie fast zu Boden. Frank McCarthy! Oh bitte, nein!

Dean und Frank unterdrückten das Grinsen nicht. Die kleine Kim hatte geglaubt, sie wüsste, was er vorhatte. Jetzt war sie aus dem Gleichgewicht, wie er es beabsichtigt hatte. Sie versuchte, Franks Griff zu durchbrechen, und Dean stellte sich hinter sie, atmete in ihren Nacken, spürte, dass sie vor Wut und Erregung zitterte.

„Du bist still, ich verlange es!"

Natürlich würde sie nicht still sein. „Das wagt ihr nicht! Frank, falls du mich anrührst ..."

Dean schnitt ihre Worte ab, indem er eine Hand auf ihren Mund presste. „Ich würde dir ungern einen Knebelball zwischen deine hübschen Lippen schieben. Aber wenn du mir nicht gehorchst, tue ich es."

Wie verabredet zog Frank die Binde von ihren Augen und holte den roten Knebelball hervor, um ihn vor ihrer Nase tanzen zu lassen. Die meisten Schiavas verabscheuten dieses Utensil, und auch bei Kim zeigte es Wirkung. Frank starrte belustigt mit braunen funkelnden Augen auf sie herab. Kim streckte den Rücken durch, indes verriet das schnelle Atmen ihre wahren Gefühle.

Dean nahm betont langsam die Hand von ihren Lippen, legte sie stattdessen leicht auf ihre Kehle und zwang sie, den Kopf in den Nacken zu legen.

„Ich verspreche dir, dass dir gefällt, was wir mit dir vorhaben. Lass dich darauf ein!"

Wenn sie zu viel Widerwillen zeigte, würden sie ihre SM-Reise hier und jetzt beenden, doch das sagte er ihr nicht. Er wollte austesten, wie sehr sie ihm vertraute.

Ihre blauen Augen wirkten durch die Verunsicherung sanft – und das, obwohl sie versuchte, es zu unterdrücken. Ein kaum merkliches Nicken, welches ihr eine Menge abverlangte.

„Ich danke dir, Kim." Er verharrte einen Augenblick hinter ihr und wartete, bis sie ruhiger atmete. Erst dann löste er die Handgelenksmanschette, massierte sacht ihre Handgelenke, als er sie umdrehte.

Sie erinnerte ihn nicht an eine in die Ecke gedrängte Frau, sondern an eine Amazone, die sich auf die Auseinandersetzung freute. Ihr Blick ging ihm durch und durch, pure Provokation und die Versicherung, dass sie es ihm nicht leicht machen würde.

Scheiße, in diesem Moment verliebte er sich ein Stück mehr in seine renitente Beute. Sie musste etwas in seinem Ausdruck erkannt haben, denn sie sah ihn sonderbar an, furchtbar verletzlich, ummantelt mit ihrem Eispanzer, den er mit einer Geste zum Zerbersten bringen konnte. Sie wusste es, und er auch.

Er legte die Handflächen um ihre Wangen, blickte tief in ihre Augen. „Geh mit mir auf die Reise, Kim! Ich lasse dich nicht hilflos und allein am Bahnhof zurück. Ich verspreche es."

Er küsste sie auf die Nasenspitze und sah ihr an, dass sie versuchte ihn einzuschätzen, zu analysieren, ob er es ernst meinte. Seine Worte könnten leer sein und doch gleichzeitig mit Lügen gefüllt. Davor hatte sie Angst, und er wusste nach wie vor nicht, wieso. Ihr Mann Gary hatte versagt, was ihre Natur anging, doch Dean war sich sicher, dass er sie niemals geschlagen oder grob behandelt hatte. Dazu redete sie zu respektvoll von ihm und schob nicht ausschließlich ihm die Schuld für das Scheitern der Beziehung zu. Wahrscheinlich liebte ihr Mann sie bis heute – sie waren eines dieser seltenen Paare, die sich in Freundschaft getrennt hatten. Es musste jemand anderes in ihrem Umfeld sein, der für ihre Angst verantwortlich war.

Er hoffte, dass sie es bald herausfinden würden, denn instinktiv spürte er, dass davon eine Bedrohung ausging. Und dann war da noch dieser E-Mail-Kontakt, den Timothy gestern aufgespürt hatte. Als John die Mail gelesen hatte, hatte Dean ihn gerade noch davon abhalten können, nach oben zu stürmen und Viola den Arsch zu versohlen. Er hatte ihm eine alternative Vorgehensweise vorgeschlagen, die seinem Bruder sehr gefiel. Ihm auch, wenn er ehrlich war.

Der Gedanke an die Mail erweckte seine sadistische Ader, und er sah ihr an, dass sie es bemerkte. „Wir fesseln dich mitten im Raum, Schiava. So bist du von allen Seiten frei zugänglich, bereit, unsere Aufmerksamkeiten aufzunehmen."

Ihre Augen weiteten sich und steigerten die Erregung der Männer. Dean liebte es, jegliche Art von Reaktion aus seinen Schiavas hervorzurufen, und bei Kim lockte ein besonderer Genuss. John hatte ihm davon berichtet, wie es bei Viola war, und jetzt verstand Dean ihn.

Halbherzig versuchte Kim, sich zu widersetzen. Doch mit Leichtigkeit befestigten sie ihre Handgelenke in den Manschetten und zogen die Ketten an.

„Spreiz deine Schenkel!"

Sie presste die Beine zusammen, schenkte ihm einen trotzigen Blick.

Kleines Biest.

„Frank, bist du so nett und holst den Schenkelspreizer?"

Dean berührte ihren Venushügel, der ihn mit Nässe und Hitze begrüßte, wie er es erwartet hatte. Er verteilte die cremige Feuchtigkeit auf der Klitoris, stimulierte sie mit dem Daumen, während er mit der anderen Hand ihren Nacken umfasste.

Oh ja, sie versuchte zu widerstehen, doch sie schaffte es nicht, ihm stand-zuhalten. Sie schloss die Augen und verlor sich in dem Reiz. Frank brachte mühelos den Schenkelspreizer an, wusste genau, wie weit er sie öffnen konnte, ohne ihr wehzutun. Erst dann zog Frank die Kette an.

Dean entzog Kim die Stimulation, und sie keuchte enttäuscht auf. Die Frau kam wirklich leicht zum Orgasmus!

Frank und er betrachteten das Werk. Sie sah fantastisch aus. Die herr-lichen Beine gespreizt, die vor Erregung nasse Scham frisch rasiert, die Schamlippen geschwollen, gekrönt von der erigierten Klitoris. Ihre harten Nippel zierten die kleinen wohlgeformten Brüste. Die helle Haut wirkte fast alabasterhaft in dem gedämpften Licht. Aber am meisten kostete er ihren Blick aus, der mit widerspenstigem Stolz lockte.

Er ging zum Sideboard und holte die zwanzig Zentimeter langen, stark flexiblen Nippelsticks aus Fiberglas. Langsam trat er auf sie zu. Frank stand hinter ihr und reizte die Brustwarzen.

Kim brauchte einen Augenblick, um zu begreifen, was er da in den Händen hielt – es entriss ihr ein furchtsames Keuchen. Sie kannte diese Dinger. Sie erinnerte sich an Sallys Erzählung, wie Séamus ihre Zunge damit eingeklemmt hatte. Doch bei ihrer Cousine waren die Sticks aus Holz gewesen, das Arschloch hatte sie offensichtlich selbst angefertigt.

„Dean, bitte nicht!" Sie starrte auf seine Hand, als ob er ein Messer hielte, das er ihr gleich zwischen die Rippen jagen wollte. Dann presste sie die Lippen aufeinander.

„Kim." Er sagte ihren Namen derart zärtlich, dass sie fast in Tränen ausbrach. „Sie sind für deine Nippel, weniger beißend im Vergleich zu Nippelklemmen. Ich kann sie exakt justieren. Zudem verursachen sie keine Pein, wenn sie entfernt werden." Dean strich über ihre Unterlippe. „Schenk mir dein Vertrauen, kleine Sub."

Ihre Knospen pulsierten unter Franks gekonnten Fingerspitzen, erregt und geschwollen, warteten darauf, von der süßen Folter bedacht zu werden.

Dean legte die beiden Stäbe um die rechte Brustwarze und verschob die Justierungen. Er merkte genau, wie viel er ihr zumuten konnte, schob sie so weit zusammen, bis ihr Nippel erregend pochte, die Qual pure Lust. Sie stöhnte auf, und Dean lachte maskulin.

„Wusste ich es doch. Du magst es."

Er saugte an dem zweiten Nippel, so hart, dass sie aufstöhnte. Als er den zweiten Stick anbrachte, fasste Frank von hinten zwischen ihre gespreizten Beine und platzierte den Daumen auf ihrem Kitzler, führte einen Finger in ihr Geschlecht. Sein Lachen vibrierte gegen ihren Nacken.

„Du bist genauso heiß, wie ich es mir vorgestellt habe."

Dean justierte die Klemme, und der leichte Schmerz vermischte sich köstlich mit der Stimulation durch Frank.

„Soll ich sie den Höhepunkt erreichen lassen, Dean?"

Das trieb es auf die Spitze. Ihr Widerwille, dass es ausgerechnet Frank war, verursachte ein Gefühlschaos, und noch während er es sagte, spülte der Orgasmus sie fort. Mit Entsetzen erkannte Kim, dass es sie anmachte, auf diese Weise Demütigung zu erfahren.

Dean packte ihr Kinn. „Dafür wirst du die Peitsche spüren! Einfach zu kommen, obwohl ich es dir untersagt hatte!"

Sie sah ihm an, wie sehr er es liebte, sie genau in dieser Situation zu sehen, dass er sie wissentlich hineinmanövriert hatte und sie der Stimulation hilflos gegenüberstand.

Frank löste sich von ihr, nur um zufrieden lächelnd vor ihr stehenzubleiben. Die Dominanz, die sie im Stall an ihm unterschwellig bemerkt hatte, lag jetzt klar an der Oberfläche, und sie verstand nicht, wie er es geschafft hatte, sie so lange vor ihr zu verbergen.

„Möchtest du protestieren, Kim?" Gönnerhaft umfasste Dean ihren Nacken. Sie biss sich auf die Zunge und funkelte ihn an. Er quittierte es mit einem heißen Blick.

Frank ging zu der Kommode und kam mit einer Peitsche zurück. Der Anblick ließ ihr den Schweiß aus den Poren strömen.

„Ich beobachte dich genau, Kim. Ich weiß, wie viel du aushalten kannst. Dennoch gebe ich dir ein Safeword und gnade dir Gott, falls du es nicht rechtzeitig benutzt, nur um mir etwas zu beweisen." Dean küsste sie leicht auf den Mund. „Dein Wort lautet: Stopp."

Frank entrollte die dunkelbraune Schnur des handgefertigten Lustbringers. Sie schaffte es nicht, die Augen zu schließen. Verdammt, wenn sie es darauf anlegten, könnten sie ihr mit dem Ding die Haut in Streifen vom Rücken schlagen. Panisch beschleunigte sich ihre Atmung, die Begierde beinahe verdrängt von der Furcht. Das ungewollte Bild von Sallys Verwundungen drohte, an die Oberfläche zu brechen. Das Safeword wäre ihr fast entschlüpft, doch genau in diesem Moment ging Dean vor ihr auf die Knie, spreizte mit den Fingerkuppen ihre Schamlippen und saugte an ihrer Klitoris, neckte sie, bis sie ihre Angst vergaß. Der Kerl wusste, wie man eine Frau leckte. Die Nippelsticks intensivierten die Reizungen der Zunge und der saugenden Lippen. Frank schnippte mit dem Finger sacht gegen die Brustwarzen und entlockte ihr ein Keuchen. Sie drängte Dean das Becken entgegen, so weit die Fesselung es zuließ.

Frank trat von ihr zurück, und ehe sie erfasste, wie ihr geschah, sauste eine Gerte auf ihren Po und auf die Rückseite ihrer Oberschenkel. Sie konnte sich nicht auf den Schmerz konzentrieren, denn Dean biss in die empfindliche Knospe, wusste ihre gespreizten Schenkel zu nutzen, gewährten sie ihm doch leichten Zugriff. Er führte zwei Finger ein, dann einen dritten.

Ein besonders scharfer Hieb traf ihren ungeschützten Po, sodass sie nach vorn ruckte. Dean saugte hart an der geschwollenen Perle, und sie schrie seinen Namen, gefangen in ihrem erneuten Orgasmus. Irritiert bemerkte Kim, dass sie weinte, bekam nicht mit, dass Frank den Schenkelspreizer löste und die Ketten nachgaben. Sie wäre gefallen, wenn Dean sie nicht gehalten hätte, doch sie landete in seinen Armen. Er trug ihren brennenden Körper, der die Nachwehen des intensiven Höhepunktes spürte, zu dem Bett, das in der Ecke thronte.

„Knie dich hin und sieh mich an!"

Dean stand vor ihr, hielt ihre Wangen zärtlich umfangen. Frank kniete hinter ihr, vergrub sich mit einem Stoß in ihrem Geschlecht. Dean schob ihr seinen Schwanz zwischen die Lippen, bis sie fast würgte, packte ihre Haare und fickte ihren Mund. Frank rieb währenddessen über ihren in

Flammen stehenden Po und nahm sie so fest, dass die heiße Härte von Dean tiefer in ihre Mundhöhle drang. Bevor es zu viel wurde, löste Dean den Griff, führte den Phallus bedächtig vor und zurück. Sie wusste nicht, wie er es anstellte, aber jedes Mal, wenn sie die Grenze erreichte, spürte er ihre Empfindungen. Und wie er sie ansah, der Blick besitzergreifend und gleichzeitig unendlich liebevoll.

Frank umfasste ihre Hüften stärker, entlud keuchend seine Lust in ihr. Dean ließ sich Zeit, variierte die Geschwindigkeit. Sie tastete vorsichtig nach seinen Hoden und berührte sie sanft, streichelte an ihnen entlang. Ihre Zunge leckte über die Eichel, und sie schmeckte ihn. Schließlich entzog Dean ihr seinen Schwanz und spritzte seinen Samen auf ihren Rücken. Ermattet lehnte sie die Wangen gegen seinen Oberschenkel und atmete seinen Duft ein.

Frank tätschelte ihren Po und lachte, als sie zusammenzuckte. „Halt still", flüsterte er. Er rieb ihren Po, der unglaublich erregend brannte.

Ob die Session schon vorbei war? Kim war müde, doch sie verlangte nach mehr. Obwohl ihr die Peitsche Angst einjagte, war sie enttäuscht, dass sie ihr diesen Schmerz vorenthielten, denn er versprach eine Erfüllung, die bis an ihre Grenzen ging. Ob sie Dean und Frank darum bitten durfte?

Dean sah auf sie herab, berührte ihren Kopf und ließ die Handfläche darauf liegen. Viola hatte ihr von den Berührungen erzählt, wie wichtig sie nach einer Session waren, um die Schiava zu beruhigen, sie zu beschützen. Bis jetzt steckte in jedem Wort von Viola ein profundes Wissen, das Kim vorher nicht hatte glauben wollen. Wie sollte ein Streicheln, ein zärtlich geflüstertes Wort ein leidendes menschliches Wesen quasi belohnen, ausgeführt durch den Menschen, der sie gerade gequält hatte? Jetzt verstand sie es. Sie halfen ihr auf die Knie und stützten sie, rahmten sie mit warmer Fürsorge ein. Zu ihrem Entsetzen brach sie in Tränen aus und wusste nicht, warum. Jahrelang hatte sie Weinen mit Schwäche gleichgesetzt, doch sie kam sich nicht schwach vor, sondern irrwitzigerweise gestärkt.

„Du warst großartig, meine kleine Mrs. Renitent."

Dean zog sie rittlings auf seinen Schoß und streichelte ihr über den Rücken, redete beruhigend auf sie ein. Langsam gewann sie ihre Fassung zurück, und die Leere, die sie sonst spürte, wenn sie weinte, blieb aus.

„Deine Tränen ehren uns, Kim", sagte Frank. Er legte die Hände auf ihre Schultern. „Ich ahnte, dass diese leidenschaftliche Person in dir steckt, doch ich konnte sie nicht freilegen. Das hat Dean geschafft. Diese Kim steht dir gut, und du solltest sie nicht mehr verstecken."

Zärtlich wischte Dean ihr mit einem Tuch die Tränenspuren von den Wangen. Kim fühlte sich geborgen und gleichzeitig zerbrechlich wie ein Stück feinstes Porzellan.

Dean sah sie prüfend an und lachte, als sie die Nasenspitze in seiner Halsbeuge vergrub.

„Es ist Zeit für Entspannung", sagte er zwinkernd.

Entspannung? Würde sie jetzt die Peitsche zu spüren bekommen?

„Angst vor der eigenen Courage, Schiava? Tief in deinem Inneren sehnst du den Kuss der Lederschnur herbei."

Frank zog sie in diesem Moment von Dean weg. Die Dominanz in Deans Augen entlockte ihr ein Schaudern, das ihr heiß den Rücken entlanglief. Er sah so sexy aus, denn das Feuer in seinem Blick spiegelte sich in der Körperhaltung. Sie schaffte noch ein Quietschen, ehe die beiden Männer sie packten und wie eine Beute den Gang hinunterschleppten. Sie lachten bei jedem Strampeln, bei ihrer Empörung, war sie doch schutzlos den Augen der Gäste ausgeliefert, die ihnen begegneten.

Sie öffneten die Tür zu einem Badezimmer, in dessen Ecke ein Whirlpool blubberte.

„Wir fesseln dich an den Handgelenken, damit wir dich waschen können, bevor wir in die Wanne gehen."

Frank legte ihr lächelnd die Manschetten um, und Dean zog das Seil ein Stück an, nur so weit, dass sie sich ein wenig hilflos fühlte.

„Schließ die Augen, Kim", flüsterte Dean in ihr Ohr. „So ist die Erfahrung intensiver, denn du wirst nicht wissen, wer dich wo berührt."

Er biss leicht in ihre Schulter. „Solltest du nicht gehorchen, züchtige ich dich ganz so, wie es mir gefällt." Wie Schmetterlingsflügel lagen seine Lippen auf ihren, zuerst zart, dann forderten sie einen leidenschaftlichen Kuss von ihr, ehe er sich von ihr löste. Ergeben schloss sie die Lider, und heißes Wasser prasselte auf sie herab. Starke Hände fassten sie an, schäumten sie mit duftender Seife ein, die nach Honig und Mandeln roch. Sanft massierten sie ihre Brüste, ihre Schenkel, und es war, als ob unzählige Hände sie liebkosten. Kim ergab sich den Reizen, verlor sich in vollkommener Hingabe, die sich in Ekstase verwandelte.

„Leg deinen Kopf zurück", flüsterte Dean rau. Vorsichtig wusch er ihre Haare, während Frank den Schaum aus ihrer Scham spülte.

„Lass die Augen geschlossen."

Es fiel ihr schwer, zumal die Männer darauf warteten, dass sie dem übermächtigen Drang nachgab. Kim krampfte die Finger zusammen, stand unter dem warmen Wasser und musste sich damit begnügen zu hören, wie sich die Männer anschließend selbst einschäumten.

„Erzähl uns, was du dir vorstellst."

Deans Stimme glich einer einzigen gefährlichen Verführung, und sie erkannte, dass sie hilflos in seinem Netz hing.

„Ihr verteilt die Seife zuerst auf euren ansehnlichen Oberkörpern. Muskeln und Stärke, die ich nicht besitze, reizen mich. Denn wenn ihr wollt, könnt ihr mit mir machen, was ihr begehrt."

Dean küsste sie auf die Nasenspitze, erreichte ihren Hals, lachte, als sie seufzte, war es doch ein anregender Kontrast zu den Schmerzen, die er auszuführen vermochte. Er trat zurück, und sie verstand die stumme Aufforderung.

„Eure Handflächen, die viel rauer und größer sind als meine, gleiten tiefer." Sie lächelte. „Ich liebe es, wie sie sich auf meiner Haut anfühlen, kann es kaum erwarten, dass ihr mich berührt."

Sie wünschte, sie könnte ihre eigenen Nippel stimulieren. „Eure Schwänze sind steif, und ihr verteilt den Schaum darauf, massiert ihn leicht ein, stellt euch vor, dass ich sie wasche. Euch anschließend einen ersten Vorgeschmack darauf gebe, wie ich die Hitze lecke und sauge. Zuerst behutsam, dann härter, ganz so, wie ihr es braucht."

„Das stellst du dir also vor, du kleines geiles Luder." Sie hörte an Deans Tonlage, dass er grinste. Überhaupt lachte er viel, das hatte er schon als Teenager getan. Ihre Vorstellung, dass jeder Dominante wie Séamus sei, könnte nicht falscher sein. Séamus war ein Spezialfall, wahrscheinlich zerspränge das Gesicht der Bestie, falls er versuchte zu lachen.

Dean umfasste Kims Schultern, und Frank löste die Fesseln. Mit sanftem Druck und dem Befehl, die Augen zu öffnen, schob er sie auf den Whirlpool zu.

„Hast du Kreislaufschwierigkeiten? Eine Session ist anstrengend, vor allem für den devoten Part. Heißes Wasser verträgt nicht jede Sub."

Musste er das tun? Mit seiner Fürsorge noch zu ihrer Verwirrung beitragen? „Ich bin kräftiger, als du denkst."

Sie spürte, dass ihre Augen sich mit Tränen füllten, weil ihre Emotionen wie Hagelkörner auf sie einschlugen. Sie liebte ihn und hatte keine Ahnung, ob er das Gefühl erwiderte. Er wollte sie nicht zerbrechen, sondern hatte sie ermutigt, Seiten an sich freizulegen, die unbemerkt in ihr geschlummert hatten, doch wie sollte es weitergehen? Und wäre es nicht besser, wenn diese Wünsche weiterhin schliefen? Sie schob die störenden Gedanken fort, denn Dean küsste sie zart auf den Mund. Frank Lippen streichelten ihren Nacken, sodass sie eine Gänsehaut bekam.

Dean half ihr mit sicheren Händen in den Pool, und das Wasser erweckte das herrliche Brennen auf ihrem Po zu neuem Leben. Warm umfloss es ihre Haut, erreichte ihre Muskeln, bis das besänftigende Gefühl die Bedenken vertrieb. Das Feuer in den Augen der Maestros ließ sie schlucken. Seufzend legte Kim ergeben den Kopf zurück. Einvernehmlich genossen sie den entspannenden Moment.

„Bereit für weitere Orgasmen, Kim?"

Sie liebte den Klang von Deans Stimme, die mit Verführungen lockte. Sie war mehr als bereit und wusste nicht, welche Art von Schmerz sie auf dem Weg begleiten würde. Dean beherrschte es meisterlich, sie immer wieder zu betören.

Dean hielt ein Schmunzeln zurück, sah er doch den inneren Zwiespalt deutlich auf Kims Gesicht. Frank spiegelte seinen Gesichtsausdruck, er presste die Lippen aufeinander. Dean zügelte seinen Sadismus, obwohl er wusste, dass sie für härteren Schmerz aufgeschlossen war. Es war zu früh. Er erkannte, dass ihr Verstand sie zerriss. Eine devote Neigung zu akzeptieren und mit dem Intellekt dahinterzustehen, beinhaltete eine gewaltige Aufgabe.

Diesmal würde er sie mit Zärtlichkeit verführen. Er war ehrlich genug zuzugeben, dass dies eine besondere Art der Grausamkeit darstellte, denn es würde zu ihrer Verwirrung beitragen und Kim weiter in seine Arme treiben. Aber einfach sollte es für Indigo Blue auch nicht sein – ganz vergessen hatte er ihre Worte nicht. In seinen Armen war sie am besten aufgehoben. Dean hatte sich Hals über Kopf verliebt und wusste nicht, wo ihn diese Reise hinführen würde. Sollte Kim ihn ablehnen, bliebe er allein am Bahnhof zurück.

Der Gedanke schmerzte.

Mit einem Lächeln zog er sie in die Arme, sodass sie rücklings auf seinem Schoß saß. Er küsste sie, und sie gab sich dem Kuss hin. Sie war eine sehr willige Beute, und sie schmeckte herrlich. Er genoss das Gefühl ihrer weichen Lippen, wie verletzlich sie sich anfühlte.

Frank umfasste ihre Brüste, neckte die rosigen Nippel. Sie machte ein Geräusch, das direkt in seinen Schritt fuhr, und er musste sich zusammenreißen, hätte sie fast genommen. Doch er wollte das Spiel der Zähmung und Hingabe auskosten. Einen Snack hatte er nicht im Sinn, eher ein Viergängemenü. Kim bot ein köstliches Mahl, zu schade, um es gierig zu verschlingen.

„Nicht so hastig, meine Kleine."

Sie sah ihn dermaßen enttäuscht an, dass er diesmal das Schmunzeln nicht zurückhielt.

„Du wirst Frank lecken, während ich deine Pussy koste. Ich werde mir Zeit lassen, einen schnellen Orgasmus verdienst du nicht." Er umfasste ihren Nacken und rieb seinen Schwanz an ihrem Geschlecht. „Solltest du es wagen, unerlaubt zu kommen, halte ich mir die Option einer intensiven Züchtigung offen."

Sie würde kommen, unerlaubt, gerade der Reiz steigerte den Höhepunkt. Dean wollte sie mehrere Male hintereinander zum Orgasmus bringen. Doch von all dem las sie nichts in seinen Zügen, stattdessen kämpfte sie schon jetzt mit der Vorstellung, wie sie ihm widerstehen wollte. Perfekt! Gott, sie war so heiß und nass, er spürte es selbst in dem blubbernden warmen Wasser. Wieder machte sie dieses Geräusch, tief in ihrer Kehle, und Frank sah ihm an, dass er sich kaum im Zaum halten konnte. Er zog Kim von seinem Schoß, drehte sie herum, sodass Dean ihre Schenkel auf seinen Schultern ablegen konnte. Die Position gewährte ihm freie Sicht auf den knackigen Arsch, und ihre geschwollene Pussy verströmte einen unwiderstehlichen Duft.

Kim versank in dem siedenden Blick von Frank, noch mehr, weil Deans Kopf zwischen ihren gespreizten Schenkeln ruhte. Frank saß auf dem gemauerten Rand der Wanne, und sein Schwanz reckte sich ihr einladend entgegen. Dean spreizte mit einer Hand ihre Schamlippen, züngelte über ihre pochende Klitoris, genau in dem Moment, als sie Franks Fülle zwischen die Lippen nahm. Frank blieb passiv und überließ ihr stöhnend die Kontrolle. Er umfasste vorsichtig ihren Nacken, die Berührung war kaum spürbar, und doch intensivierte es den Reiz, sich den Männern hinzugeben. Sie wusste, dass sie verloren war und gegen die Erfüllung, die sie lockte, nicht ankam. Das Verbot steigerte die Versuchung so sehr, dass ein leichter Orgasmus durch ihren Unterleib rann.

Bemerkte Dean es?

„Sie ist ungehorsam!", stöhnte Frank. Er hatte es wohl bemerkt, da sie ihn fester saugte und es in ihre Augen geschrieben stand.

Was würde Dean tun? Sie sofort bestrafen?

Nein. Stattdessen lutschte er an ihrer Klitoris und führte zwei Finger in ihr Geschlecht, krümmte die Finger und fand ihren G-Punkt. Sie wimmerte lustvoll, das Geräusch von Franks heißem Schwanz erstickt.

„Wenn du schon ungehorsam bist, verlange ich einen stärkeren Höhepunkt. Lass dich fallen, Kim."

Frank massierte ihre Brüste, stimulierte die harten Knospen zwischen Daumen und Zeigefinger. Dean leckte energisch an ihrer Perle, bewegte die Fingerkuppen an der verborgenen Stelle. Sie biss beinahe in Franks Phallus, als der heftige Orgasmus durch ihren Körper fuhr, und er sich in ihrem Mund ergoss.

Frank hielt sie, als Dean von hinten in sie eindrang, sie behutsam mit tiefen und langsamen Stößen fickte. Frank nahm den Rhythmus mit den Fingerspitzen auf, neckte abwechselnd ihre Nippel und ihre Klitoris. Sie versank in seinem Blick, bis Dean sich in ihr entlud, gefolgt von einem leichten Orgasmus, der ihren Unterleib erfasste. Anschließend sackte sie völlig fertig in Franks Arme. Er hielt sie einen Augenblick, küsste sie sanft auf die Lippen.

„Es war wunderschön, Kim." Er sah sie ernst an. „Zerbrich dir nicht den hübschen Kopf, wie du mit der Situation umgehen sollst, wenn du mich das nächste Mal siehst."

Frank verließ grinsend den Raum. Sie sank auf Dean, verbot sich, an irgendetwas anderes zu denken, um den überwältigenden Moment nicht zu zerstören.

„Du bekommst Schwimmhäute zwischen den Zehen." Dean lächelte auf sie herab.

Sie griff kichernd nach seinen Füßen und stellte fest, dass nicht nur sie empfindliche Füße besaß. Er versuchte lachend, ihr die Zehen zu entziehen. Sie leckte über die Fußfläche und genoss sein Strampeln. Doch leider war er sehr viel stärker als sie, und ehe sie sich versah, hatte er ihre Handgelenke an einen Ring gefesselt.

Wieso nur hatte sie die Halterung vorher nicht bemerkt? Sie kreischte, als er ihre Sohlen kitzelte und an den Zehen lutschte. Ihr heimzahlte, was sie ihm angetan hatte, und erst aufhörte, als sie ihn um Gnade anflehte. Unendlich behutsam küsste er ihre Handgelenke und half ihr aus dem Wasser, lachte, denn sie schwankte, kaum fähig, auf den Beinen zu stehen.

„Stütz dich mit den Handflächen an der Wand ab, während ich dich abtrockne."

Seine Fürsorge berührte sie tief, tiefer als bei jedem anderen Mann. Der Kontrast zwischen der Dominanz und der Sanftheit verwirrte sie und zog sie unwiderstehlich an.

Er rubbelte sie trocken und hüllte sie in einen kuscheligen Morgenmantel. „Die Session ist nicht beendet, Schiava."

Das konnte er nicht ernst meinen. Sie war am Ende ihrer Kräfte angelangt, unfähig, weiteren Reiz zu ertragen.

Er legte eine große Hand um ihren Nacken und zog sie dicht zu sich heran. „Deine Haut bedarf einiger *Pflege*. Wir bleiben über Nacht hier. So wie ich Ricardo kenne, steht alles in unserem Zimmer bereit."

Was meinte er mit Pflege? Zusätzliche Schläge? Und das Zimmer strotzte bestimmt vor Möbelstücken und Fesselvorrichtungen, die sie in den Gehorsam zwangen. Bevor sie ihren Protest kundtun konnte, sah er sie streng an, ganz der Maestro, der er war.

„Du wirst still sein, weil ich es verlange, und alles erdulden, was ich dir noch antun möchte!"

Erneut dieser schnelle Wechsel zwischen hart und zart. Kim war zu erschöpft, um sich zu wehren. Dean griff nach dem Gürtel des Morgenmantels und nahm die beiden Enden in die Hand. Er lächelte ihr spitzbübisch zu, ehe er sie abführte.

„Mach die Augen zu!", befahl er ihr.

Er zog sie in einen Raum, entkleidete sie behutsam, küsste eine Spur an ihrem Körper entlang und hauchte einen leichten Kuss auf ihren Venushügel. Dann schob er sie rückwärts, bis ihre Kniekehlen an das Bett stießen, und warf sie auf die Matratze.

„Hatte ich dir nicht befohlen, die Augen zu schließen, Sklavin?" Er sah sie dermaßen liebevoll an, dass es schmerzte.

Erstaunt sah sie sich um, entsprach der Raum doch gar nicht ihrer Vorstellung. Fesselvorrichtungen suchte sie vergeblich in dem hellgrauen Polsterbett mit den lilafarbenen Bettlaken. Auf einem Tisch standen klein geschnittene Honigmelone und ein Sektkübel. Schokolade rundete das Mahl ab.

Dean reichte ihr ein Glas, und sie trank einen großen Schluck, lutschte an seinen Fingern, als er ihr ein Stück der nach Himbeeren duftenden Schokolade in den Mund steckte.

Dean breitete ein Handtuch auf dem Bett aus. „Leg dich auf den Bauch, Schiava. Deine Haut schreit nach Pflege."

Er wackelte mit den Augenbrauen, und sie brach in Lachen aus. Mit einem Seufzen legte sie sich auf die Unterlage, die leicht nach Rosen duftete. Dean cremte ihren Körper mit Aloe-Vera-Lotion ein. Er setzte sich rittlings auf ihre Unterschenkel, unterband ihre Bemühungen, ihm die Füße zu entziehen. Mit einem sadistischen Geräusch bedachte er die Zwischenräume ihrer Zehen.

Mistkerl!

Sie liebte jede Sekunde, liebte das Gefühl auf ihrem Leib, egal was er ihr antat.

Er drehte sich zu ihr, stützte sich mit den Händen neben ihrem Kopf ab und lächelte sie sexy an. Sie war sich sicher, wäre sie ein Eisberg, würde sie jetzt schmelzen.

„Darf ich dich auch eincremen? Du siehst verschrumpelt aus."

„Glaubst du, das ist die richtige Wortwahl, um mit deinem Maestro zu sprechen, Schiava?" Er versuchte, die Worte drohend zu sagen, doch das Funkeln in den Augen und die zitternden Mundwinkel verrieten ihn. Lachend rollten sie auf dem Bett herum, und Kim gewann das Duell um das Aloe Vera, da Dean ihren glitschigen Körper nicht zu fassen bekam. Keuchend setzte sie sich auf seinen Schritt und tropfte die Lotion auf seinen Brustkorb, markierte eine Spur bis zu seinem Penis, lachte, als er den Bauch einzog, um den kalten Tropfen zu entkommen.

~ 141 ~

„Halt still, sonst muss ich mir Maßnahmen für dich ausdenken." Sie verteilte das duftende Gel auf seinem Bauch. „Ich liebe es, dass du nicht so dürr bist."

Er sah sie indigniert an. „Du findest mich fett?"

Gespielt schockiert riss er die Augen auf.

„Nein, du besitzt eine Teflonschutzschicht."

Er sah sie drohend an, und sie wusste nicht, wie er es schaffte, aber im nächsten Moment fand sie sich über seinem Schoß liegend wieder.

„Teflonschutzschicht! Schiava, du spielst mit dem Feuer."

Sie rechnete mit Schlägen, stattdessen knetete er ihren Po.

„Findest du mich zu dünn?"

„Wie kommst du auf diese abstruse Idee, Kim?" Er beförderte sie auf das Bett und sah ihr in die Augen.

„Ich bin kaum so schön wie Iris, und Viola hat diesen üppigen Po ..." Den Busen erwähnte sie am besten gar nicht erst.

„Was habt ihr Frauen nur immer! Viola findet sich zu fett, Kate denkt, sie ist zu klein, Iris ist verunsichert durch die eigene Schönheit, und du denkst, du bist nicht weiblich genug?"

Er legte eine Hand auf ihren Bauch. „Ich mag dich genau so, wie du bist."

Etwas Besseres hatte noch nie ein Mann zu ihr gesagt.

Sie fütterten sich gegenseitig mit Melone und Schokolade, tranken den Sekt, alberten herum und tauschten Kindheitserinnerungen aus. Irgendwann schlief Dean ein.

Kim hingegen kam nicht zur Ruhe, beunruhigt durch den Gedanken, dass sie ihm verfallen war. Er hatte bekommen, was er verlangte, und dass sie es ebenso wollte, bereitete ihr Unbehagen. Wie sollte sie da nur wieder rauskommen? Und wollte sie es? Ihr gefiel der Gedanke, mit Dean eine Beziehung einzugehen, viel zu sehr.

Ricardo küsste sie brüderlich auf beide Wangen. „Ich hoffe, dich bald wiederzusehen, Kim. Es war mir ein Vergnügen."

Hitze erfasste sie beim Gedanken an die Art dieses Wiedersehens und entlockte ihr ein Stirnrunzeln. Diese ganze SM-Geschichte wurde zu einem Teil ihres Lebens, und das missfiel ihr. Sie war eine unabhängige moderne Frau und kein willenloses Objekt!

Ihr war natürlich bewusst, dass Dean sie nicht wie ein Objekt behandelte, dass er sich um sie sorgte wie kein Mann zuvor. Doch wie weit sollte es noch gehen? Würde sie ihm gänzlich verfallen und nach immer größerem Schmerz dürsten? Konnte sie dann keinen *normalen* Sex mehr haben? Was war normal? Konfus sah sie durch die Frontscheibe, betrachtete die Land-

~ 142 ~

schaft, ohne sie wahrzunehmen. War es nicht so, dass alle Devoten gestörte Persönlichkeiten besaßen?

Und als ob dies nicht genug wäre, hatte die gestrige Nacht sie geängstigt. Dean hatte ihr eine andere Seite von sich gezeigt, indem er nicht nur ihre demütige Ader beim Liebesspiel verlangt hatte, sondern auch Zärtlichkeit. Vielleicht tat er es, um sie zu umgarnen und in Sicherheit zu wiegen.

Sie konnte keinen klaren Gedanken fassen, gab es auf, dem Karussell der Gefühle hinterherzujagen. Eines wusste sie: Nicht Dean machte ihr Angst, denn er würde nicht zu weit gehen. Kim verspürte vielmehr eine tief gehende Furcht vor sich selbst, sie war unberechenbar.

Dean legte eine Hand auf ihren Oberschenkel. „Du grübelst zu viel und hinterfragst deine Reaktionen etwas zu kritisch."

Sein warmes Lächeln traf sie. „Vertraust du dir selbst so wenig? Lass dir doch ein bisschen Spielraum."

Für ihn stand fest, dass sie ihm vertraute. Es peinigte sie, dass er sie durchschaute, sie durchstrahlte, besser als jedes Röntgengerät. „Ich gebe auf dich acht, Kim. Unter meinen Händen geschieht dir nichts, was dir schadet."

Wieder einmal stellte sie fest, dass die Worte aus einem anderen Mund arrogant geklungen hätten, dass Dean sie aber ohne jegliche Arroganz sagte. Er wusste, dass er richtig lag. Seine Sicherheit beruhigte und beunruhigte sie gleichermaßen.

Als sie vor ihrem Haus ankamen, wartete Geena auf sie. Dean öffnete Kim galant die Tür und half ihr aus dem Wagen. Geena sah ihn mit einem Blick unverhohlener Bewunderung an, wackelte mit den Hüften und umarmte ihn einen Tick zu lang. Dean betrachtete die hübsche, junge Blondine amüsiert.

Er zog Kim in seine Arme und hielt sie etwas zu fest an den Schultern. „Mach keine Dummheiten, Kim, nur um mich zu ärgern."

Die Sanftheit in der Stimme täuschte sie nicht, denn Dominanz lauerte in jeder Silbe. Widerborstig sah sie ihn an. „Bislang bestimme ich selbst über mein Leben."

Sein Ausdruck sagte ihr deutlich, dass sie das nicht tat, und sie sollte es sich besser eingestehen, sonst würde er dafür sorgen. Ungewollt stieg Hitze in ihr auf. Sie hasste es, dass ihre Wangen so leicht erröteten. Die jahrelangen Bemühungen, das verräterische Rot unter Kontrolle zu bekommen, hatte Dean zerstört. Ihr Gesicht brannte lichterloh, und die Fieberglut setzte sich auf ihrem Körper fort, bis hinunter zu ihren Fußspitzen. Er lächelte, natürlich dominant, und Kim verspürte tiefe Aufsässigkeit in sich aufsteigen. Sie musste noch einen Versuch durchziehen, ausprobieren, ob sie ihre eigenen Grenzen rechtzeitig erkannte. Dazu brauchte sie jemanden, der nicht auf sie achtgab.

„Ich verbiete dir, etwas Dämliches zu tun, was immer das sein mag." Er besaß die Frechheit, ihren Nacken zu umfassen und sich zu ihr herunterzubeugen. Aus den Augenwinkeln sah sie Geena, die die Szene amüsiert betrachtete. Seine Nasenspitze berührte fast Kims, die Augen loderten wie die eines teuflischen Jägers, der die Beute in die Ecke drängte. Wäre Geena nicht anwesend, hätte sie ihn getreten.

„Das werden wir herausfinden, Dean Sullivan! Du magst ja andere Frauen mit deinen silbrigen Augen einschüchtern, doch ich lasse mich nicht davon beeindrucken. Das habe ich noch nie und fange jetzt bestimmt nicht damit an."

Waren die Pupillen gerade silbrig gewesen, verdunkelten sie sich jetzt zu einer Gewitterwand, und sie fürchtete, er würde sie vor Geena über den nächsten Heuballen werfen, um ihr den Po zu versohlen, bis sie schrie.

„Ja, das werden wir, Kim Reynolds." Das bedrohliche Flüstern entlockte ihr ein hartes Schlucken.

Er nickte Geena zu und ging. In stiller Faszination sahen beide Frauen ihm nach. Schließlich atmete Kim aus und ignorierte ihre zitternden Knie.

„Was war das?" Geena sah dem PT-Cruiser mit unverfälschter Bewunderung hinterher.

„Das nennt man einen arroganten Arsch."

Geenas Augenbrauen erreichten fast die Haarlinie, und sie brach in Lachen aus. „Du bist verliebt! In einen Kerl, der dir das Wasser reichen kann." Sie lachte laut. „Das trifft es nicht ganz, er ist dir mehr als gewachsen. Dass ich das noch mal erleben darf."

Sie lachte lauter, denn Kim sah sie wütend an. „Hat er die Gerte eingesetzt, um dich zu zähmen? Das würde ich ihm glatt zutrauen." Sie sagte es neckend, doch auf Kims Reaktion hin riss Geena die Augen auf und erinnerte Kim an Bart Simpson.

„Das hat er nicht …" Geena schluckte sichtlich, es war aber offensichtlich, dass ihr die Vorstellung gefiel.

Kim sparte sich eine Antwort und ging verdrießlich zur Haustür, doch Geena blieb unbeeindruckt, folgte ihr auf den Fersen.

„Ist ja auch ein verdammt heißer Kerl. Wenn ich etwas älter wäre oder er jünger … hat er einen kleinen Bruder?" Es klang dermaßen viel Hoffnung in der Stimme, dass Kims Wut verrauchte, und jetzt war sie es, die schmunzelte.

„Sollen wir ausreiten, Kim?"

Kim dachte an ihren schmerzenden Po, nickte aber. Das würde sie aushalten. Ein Ausritt würde ihr gut tun und Dean aus ihrem Kopf verbannen.

Ihr Plan ging nicht auf, denn jede Bewegung erinnerte sie nachdrücklich an ihn. Sie spürte jede Strieme auf ihrem Hintern. Und es machte sie so an, dass sie ihr nasses Höschen überdeutlich fühlte.

Kapitel 12

*P*oppy wischte sich erschöpft über die Stirn. Zwei ihrer Helferinnen lagen mit Grippe im Bett, doch die Arbeit im *Golden Melody* nahm darauf keine Rücksicht. Die Pferde mussten versorgt werden. Die meisten der anwesenden Tiere hatte ein grauenvolles Dasein hinter sich, und erst im Pferdeasyl konnten sie artgerecht leben.

„Schaffst du die Ladung?"

Kim nickte, obwohl sie sich am liebsten entkräftet auf den nächstbesten Strohballen gelegt hätte. Ihre Arme zitterten, als sie die mit Mist gefüllte Schubkarre auf das Brett schob, um den Inhalt auf Mount Dung auszukippen. Beinahe rutschte sie auf der glatten Oberfläche aus. Starke Hände legten sich um ihre Hüften, stützten sie, bis sie sicheren Halt unter den Füßen erlangte.

„Soll ich dir helfen?" Deans amüsierte Stimme summte in ihrem Ohr. Entnervt ließ sie die Schubkarre los und drehte sich zu ihm um.

„Was machst du hier?"

Entgeistert betrachtete sie sein Outfit und das von Miles, der neben ihm stand. Im Hintergrund lauerten John, Tom und Roger und ein unbekannter Dunkelhaariger, dessen Haare mit silbernen Strähnen durchsetzt waren. Sie alle trugen blaue Latzhosen kombiniert mit engen T-Shirts, die deutlich die kräftigen Körper zur Schau stellten. Kim erinnerte sich an ihre Worte bezüglich des Blaumanns, spürte die Hitze, die in ihr aufstieg. Unsicher beäugte sie die Dämonen, hoffte, dass sie nicht planten, ihr in Poppys Stall eine Unterweisung in Gehorsam zu verabreichen. Sie sahen äußerst zufrieden aus, denn Kims Reaktion blieb ihnen nicht verborgen.

Aus den Augenwinkeln sah sie Poppy auf sich zueilen. Das hübsche ovale Gesicht glich dem eines Kindes, das Besuch vom Weihnachtsmann bekam.

Die Brünette war Ende vierzig, ansprechend gerundet und fit wie ein Turnschuh.

„Euch hat der Himmel geschickt!" Poppy strahlte die Männer an, besonders den Unbekannten.

Kim stutzte, weil Tränen in Poppys Augen schimmerten. Was war los mit ihr?

Poppy zögerte einen Moment, dann umarmte sie zuerst Dean und Miles und anschließend die anderen. Sie schluchzte lauthals, als sie um Johns Hals hing. Hatte sie nicht erst vor einer halben Stunde getönt, dass sie alle Männer hasste?

„Stell dir vor, sie haben uns eine ganze Ladung Heu und Stroh gespendet und sich angeboten, die Zäune zu reparieren", sagte Poppy, und das erklärte ihren Gefühlsausbruch.

Dean zuckte mit den Schultern. „Wir haben in der Zeitung gelesen, dass du Hilfe brauchst."

Der unbekannte Dunkelhaarige kam lächelnd auf sie zu und bedachte Poppy mit einem Blick, der sie schlucken ließ. Kim schwor, sie hörte es.

„Ich bin Aiden." Er umarmte Kim kurz, und dann besaß Poppy seine ungeteilte Aufmerksamkeit. Er legte den Arm um sie und führte sie in den Stall. Dort drückte er sie auf einen Heuballen und trocknete die Freudentränen, die ihr noch immer über das Gesicht liefen. Dean tat das Gleiche mit Kim, der es immer noch nicht gelang, den Mund zu schließen.

„Ihr ruht euch aus, wir misten die Boxen zu Ende aus."

Poppy kicherte neben ihr wie ein junges Mädchen, denn Aiden zwinkerte ihr zu und betrachtete interessiert den üppigen Ausschnitt.

Kim schaffte es endlich, den Mund zu schließen, doch ein vernünftiges Wort kam nicht raus. War es Zufall, dass Dean sie an diesem Ort aufgespürt hatte?

Er lächelte sie auf diese sinnliche Weise an, und Kim befürchtete, dass Poppy in Ohnmacht fallen würde, sabbernd und kichernd. „Viola hat mir erzählt, dass du oft im *Golden Melody* hilfst."

Er drehte sich um, beugte sich vor und mistete den gegenüberliegenden Stall aus. War diese Hose nicht zwei Nummern zu klein? Und Aiden? Er hatte nichts Besseres zu tun, als sein T-Shirt auszuziehen und den Kopf in den eiskalten Wassertrog zu stecken, nachdem er schwitzend die Arbeit absolviert hatte.

Poppy sprangen fast die Augen aus den Höhlen. „Die dürften mir jederzeit den Arsch versohlen."

Kim ließ beinahe den Striegel fallen und hielt sich an dem Hals des dicken Exmoor-Ponys fest, das sie gerade striegelte.

„Woher kennst du die Kerle?" Poppy leckte sich über die Lippen. „Du hast mir gar nicht erzählt, dass du einen neuen Lover hast. Und dann noch so einen!"

„Dean ist nicht mein Lover."

Poppy prustete und schlug Kim freundschaftlich auf den Po. Mühsam unterdrückte sie den Schmerzenslaut. „Meine Güte, Kim, du bist eine grauenvolle Lügnerin."

Unbemerkt war Dean hinter Kim aufgetaucht, legte seine große Hand auf ihre, zog sie zärtlich in seine Umarmung und küsste sie zum Abschied liebevoll. Und wie fürsorglich er mit den Tieren umgegangen war.

Besonders angetan war er von den Ponys gewesen, hatte sie angehimmelt und mit Möhren gefüttert.

Die Männer hatten ihnen alle Arbeit abgenommen. Sie hatten alle Zäune repariert, zwei Boxentüren in Ordnung gebracht und es sogar geschafft, der unwilligen Birgit eine Wurmkur zu verabreichen. Poppy hatte sie allesamt für nächste Woche zu einem Grillfest eingeladen.

Verwirrt und verunsichert blieb Kim zurück. Dean drang ihr unter die Haut und in ihr Herz.

„Ich zweifle an meinem Verstand." Violas Stimme hörte sich verzagt an. „Wenn John das herausfindet, wird er mich ..."

„... übers Knie legen", beendete Kim den Satz.

Viola warf ihr einen zweideutigen Blick zu. „Du weißt nicht, was es bedeuten kann, von John Strafschläge zu erhalten."

Violas grüne Augen funkelten. Sie liebte Johns dunkle Seite, verspürte erregende Angst bei dem Gedanken, was er ihr anzutun vermochte. Kim sah es ihr deutlich an. Sie konnte es ihr nicht verdenken. Sie hatte keine Ahnung, wie Dean auf ihr Vorhaben reagieren würde, wenn er es herausfand. Sie plante, die Erfahrung in *Verruchte Nächte* in allen Details zu beschreiben. Er sollte lernen, dass er nicht auf diese Weise mit ihr umgehen konnte, als ob sie ihm verfallen wäre.

Bist du nicht genau das, meldete sich diese penetrante Stimme, die sie in letzter Zeit fortwährend belästigte. Und ist es nicht ganz anders als in deinen kühnsten Träumen? Ist er nicht der beste Kerl, den du jemals hattest?

Halt die Klappe!

„Jetzt hab dich nicht so, du begleitest mich nur als mein Cover. John wird es nie herausfinden."

Kim versuchte, ruhig zu klingen, obwohl ihr Inneres in Aufruhr war, und sie am liebsten vor Nervosität auf dem Lenkrad herumgetrommelt hätte. Bis vor ein paar Tagen hatte sie nicht einmal gewusst, was Covern bedeutete. Es war die Absicherung einer SM-Session durch eine dritte Partei. Eigentlich hatte sie Viola nur über den Ort informieren wollen, doch ihre Freundin hatte ihr gedroht, Dean alles brühwarm zu erzählen, falls sie Viola nicht mitnahm.

Kim warf einen Blick auf Viola, die in Jeanshose und ein altes, ehemals blaues Sweatshirt von John gehüllt war, in das sie mindestens zweimal hineingepasst hätte.

„Nettes Outfit."

Viola schnaubte. „Es soll keiner auf die Idee kommen, dass ich mich an der Session beteiligen will. Ich bin ausschließlich dazu da, um auf dich aufzupassen."

Sie legte Kim eine Hand auf den Oberschenkel. Die Kälte ihrer Handfläche drang durch das dünne schwarze Kleid, das Kim trug. Viola war nervös.

Sie hatten stundenlang diskutiert, und als Viola bemerkt hatte, dass sie Kim nicht von ihrem Vorhaben abbringen konnte, bestand sie darauf, dass Kim dem *Sadasia* klipp und klar mitteilte, dass sie in Begleitung kam und die Begleitung nicht angerührt werden durfte.

„Ich verstehe nicht, wieso du es unbedingt durchziehen willst."

Kim seufzte. „Ich muss einfach wissen, ob ausschließlich Dean diese Wirkung auf mich ausübt. Es macht mich rasend, dass er mich nur anzusehen braucht und ich mit einem beschleunigten Herzschlag reagiere. Ich glaube, es ist nicht er, sondern die Dominanz, die er ausstrahlt."

Kim lachte trocken. „Und im *Sadasia* trifft man wenigstens auf richtige Meister und keine Waschlappen wie der letzte Möchtegerndom, den ich ausprobiert habe."

Aus dem Radio ertönte *Tainted Love* von *Soft Cell*.

„Außerdem, was soll passieren? Diese ganze SM-Szene hat Verhaltensregeln, und gerade du hast mir versichert, dass in diesen Studios ein Kodex herrscht."

Viola sang eine Strophe: *Once I ran to you, now I`ll run from you. This tainted love you've given, I give you all a boy could give you. Take my tears and that's not nearly all. Tainted love ...*

Verdorbene Liebe, das war eindeutig das, was Kim fühlte. Es war nicht richtig, es konnte nicht richtig sein.

Den restlichen Weg legten sie in Schweigen zurück. Als sie vor dem großen Haus anhielten, starrten beide in stummem Horror auf das Szenario.

„Du bist dir absolut sicher, dass du es durchziehen willst?" Die Stimme der Freundin spiegelte die eigene Emotion, war sie doch hoch und quietschend.

Kim nickte und unterdrückte den Reiz, den Rückwärtsgang einzulegen und der Höhle der Dämonen zu entkommen. Unmissverständlich erinnerte sie das dunkle Gebäude an eine Pforte zur Hölle, die unter Fackeln erstrahlte. Im Vorgarten standen steinerne Gargoyles und Orks.

„Exzellente Handwerkskunst!" Viola schaffte es nie, die Künstlerin in sich zu unterdrücken, doch Kim hatte jetzt keinen Sinn dafür.

Die Entscheidung zu flüchten wurde ihnen abgenommen, denn zwei Männer traten an den Micra heran und rissen die Türen auf. Galant halfen sie Kim und Viola aus dem Wagen. Der Typ, der Viola hielt, war eher klein, aber breit. Sehr breit.

Kims Helfer sah sie musternd an. Er war groß, so groß wie Dean, und trug die braunen Haare raspelkurz. Sein Griff war fest. Ohne ein Wort zu sagen, führte er sie ins Haus.

Die Männer schoben sie in die Empfangshalle, und die Tür fiel hinter ihnen ins Schloss. Es hatte etwas Endgültiges. Viola keuchte neben ihr auf, und erst jetzt bemerkte Kim die Frau, die an ein Andreaskreuz gebunden an der Wand stand. Striemen, die in allen Rottönen leuchteten, verunstalteten den Körper. Der Dom trug chirurgische Handschuhe. Der Kopf der Blondine hing nach vorn, und sie sah nicht hoch.

Das Ratschen einer Verpackung dröhnte in Kims Ohren, und sie rang nach Luft, als sie sah, was der Dom in den Händen hielt – sterile Nadeln. Sein Gehilfe löste die Nippelsticks, und die Brustwarzen blieben erregt stehen – die perfekte Vorlage für den Dom.

Viola wollte schreien, doch ihre Stimme verlor sich in der Hand, die sich auf ihren Mund presste.

„Kein Wort!", zischte der schrankbreite Typ.

So sehr Kim wünschte, sie könnte die Augen schließen, es misslang. Sie starrte auf die Szene in fasziniertem Horror. Der Dom packte den rosigen Nippel und stach die Nadel in das empfindliche Fleisch. Die Sklavin schrie, und der Schrei ging in ein lustvolles Keuchen über. Der Assistent führte einen Vibrator an die Klitoris.

„Du kommst auf der Stelle, ich verlange es!", sagte der dunkelhaarige Dom mit so viel Nachdruck, dass Kim schluckte.

Die Frau gehorchte sich aufbäumend, genoss offensichtlich die grauenvolle Tortur. Kim horchte in sich hinein. Lauerte in ihr diese furchtbare Saat, die darauf wartete, zu erblühen?

Die Männer schoben Kim und Viola nachdrücklich in den Nebenraum. Der Schrank drängte Viola auf einen schwarzen Sessel. Jetzt besaß Kim die Aufmerksamkeit beider Meister, denn das war es, was sie waren. Sie sah es in jeder Bewegung.

„Ich bin Kim."

Der Typ mit den raspelkurzen Haaren packte ihr Kinn. „Habe ich dir erlaubt, zu sprechen oder gar, mich anzusehen?"

Sie blickte ihn erneut an, bemerkte die blauen Augen, die wie die gefrorene Oberfläche eines Sees glänzten. Die Angst brach über sie herein. Viola hatte recht gehabt, es war eine ganz blöde Idee gewesen, hierher zu kommen – Kim hatte ihren Mund zu voll genommen.

„Viola, wir gehen!"

Doch der Schrank hinderte Viola daran aufzustehen, sie fiel auf den Sessel zurück.

„Du gehst nirgendwohin, Indigo Blue."

Verdammt, er wusste, wer sie war! Kim trat dicht an ihn heran und blickte ihm direkt in die Augen. So hatten sie nicht gewettet.

Ein Lächeln umspielte seine Mundwinkel, und es steigerte die harte Ausstrahlung. Er packte ihr Kinn mit einer Hand, mit der anderen umschloss er ihren Nacken und entlockte ihr ein Wimmern.

„Du wirst jede Verfehlung unzählige Male auf deinem Körper spüren."

Noch war nicht alles verloren. „Ich verlange ein Safeword."

„Du verlangst …" Sein Lächeln glich einem eisigen Abgrund. „Wozu willst du es? Hast du nicht in deinen Sendungen behauptet, wir würden es sowieso missachten? Oh nein, Indigo, für dich gibt es keinen Rettungsanker. Den hast du mit deinen Verunglimpfungen verwirkt."

„Viola ist tabu." Sie hasste es, dass ihre Stimme mittlerweile dem Aufguss eines Teebeutels entsprach, der zum vierten Mal in der Tasse hing.

Er antwortete nicht und schob sie auf die angrenzende Tür zu. „Du wäschst dich gründlich und kommst nackt aus dem Badezimmer, ansonsten wird deine Freundin deine Verfehlungen zu spüren bekommen!"

Ihre Beine drohten, unter ihr nachzugeben. Es entlockte ihm einen Laut, der über ihre Wirbelsäule raspelte.

„Wenn ich mit dir fertig bin, wirst du unfähig sein, zu stehen."

Hätte Dean die Worte zu ihr gesagt, hätte sie mit Erregung darauf reagiert. Bei diesem Dom reagierte sie mit reinem heißen Entsetzen. Sie warf einen Blick auf Viola, die kreidebleich in dem Sessel kauerte und aussah, als ob sie plante, eine Allianz mit dem Polster einzugehen.

Er schloss die Tür, ließ sie allein mit den tosenden Gedanken und der Angst, die sie zu verschlingen versuchte.

Das Fenster war vergittert, also blieb Kim nur übrig, ihm Folge zu leisten. Das waren keine Möchtegerndoms – Skrupellosigkeit strömte aus jeder ihrer Körperporen.

Sie war eine Dummsub, die auf dem Pfad ihres Selbstfindungstrips die Freundin egoistisch mit hineinzog, nur weil sie nicht zugeben wollte, dass sie Dean liebte und alles anbetete, was er ihr antat. Er überschritt unter keinen Umständen eine Grenze, im Gegensatz zu Kim, die auf besorgniserregendes Terrain eingedrungen war.

Die Seife fiel mehrmals aus ihren zitternden Händen. Sie war kaum fähig, sich abzutrocknen. Kim holte tief Luft, atmete bewusst, bis sie nicht mehr Gefahr lief, auf den Boden zu sinken. Sie musste es durchstehen. Das Wichtigste war, dass Viola unbeschadet blieb. Denn wenn ihr etwas geschah, würde Kim sich das niemals verzeihen. Was John, Dean und Miles mit ihr tun würden, daran dachte sie am besten gar nicht erst.

Als Kim die Tür öffnete, packten die Doms sie an den Armen, und sie registrierte entsetzt, dass Viola fehlte. Ihr war vorher schon übel gewesen, und jetzt drohte die Übelkeit, sie zu überwältigen.

„Hey, so war das nicht abgemacht!"

„Keith, stell sie ruhig!"

Der Schrank zog ein Tuch aus der Tasche.

„Mich darfst du Master Sean nennen", teilte ihr der Kurzgeschorene mit. Sie wehrte sich vergeblich. Keiths Miene zeigte ihr deutlich, dass sie es gleich sehr bereuen würde, dass sie versuchte, ihn zu beißen. Wenigstens war der Knebel sauber.

Sie schoben sie in einen gekachelten Raum, und ihr blieb fast das Herz stehen. Viola stand an den Armen gefesselt mitten im Zimmer. Die Manschetten waren mit einem Seil befestigt, das durch einen Ring in der Decke führte. Noch lag kein Zug auf dem Seil.

Sie hatten Viola ausgezogen, und sie trug nur ein weißes enges Hemdchen, das an ihren Brüsten klebte. Ihre Augen funkelten vor Wut, Entsetzen und Angst.

„Die Kleidung deiner Freundin sagte uns nicht zu. Es wäre ein Jammer, die großartigen Titten zu verstecken."

Viola kreischte etwas in den Knebel, was niemand verstand.

„Widersetzt du dich der Fesselung, lasse ich es die Kleine spüren", sagte Keith. Dann lachte er sie offen an. „Gifte mich ruhig an mit deinen blauen Augen. Ich mag es, wenn eine Sub Kampfbereitschaft zeigt, ist doch der Spaß, sie zu brechen und zu zerstören, sie derart zu demütigen, dass sie sich nicht davon erholt, doppelt so groß."

Genau das tat Séamus mit Sally. Kims Magen drehte sich herum. Sie hatte sich in diese Lage gebracht, weil sie zu feige war, sich einzugestehen, was sie war. Eine devote Frau, die Lust an ihrer Neigung empfand, die ihren Maestro liebte, gerne unter seinen Händen litt und dennoch Kim blieb. Sie hatte die Sklavin aus der Empfangshalle deutlich vor Augen, die Striemen, die den Körper von Kopf bis Fuß bedeckten.

Zu Kims Erstaunen benutzte das *Sadasia* keine Handschellen aus Stahl, sondern die gepolsterten Softmanschetten, die auch der Federzirkel verwendete. Gott, die Brüder würden das, was von ihr übrig blieb, in Streifen schneiden für das, was Viola angetan wurde.

Sie fesselten sie gegenüber, sodass sie Viola ansehen musste. Aus Violas Augenwinkel löste sich eine Träne, und es schnitt Kim direkt ins Herz.

~ 152 ~

Keith befestigte die Manschetten, und es kostete Kim viel, nicht in Tränen auszubrechen und still zu verharren.

Sie zogen die Seile stramm. Kims Befürchtung, dass sie sie soweit anziehen würden, dass sie nicht mehr auf den Fußflächen stehen könnten, erfüllte sich nicht.

Sean stand vor ihr, lachte gefährlich, da sie ihm wutentbrannt in die Augen sah. „Ich glaube, du schreist nach einer Abkühlung, und alles was wir dir antun, wird auch Viola spüren."

Er umkreiste sie, verharrte hinter ihr und folgte mit den Fingerspitzen ihrer Wirbelsäule. „Du hast eine sehr empfindliche Haut. Sie wird unsere Male wochenlang tragen."

Dieses verdammte Arschloch. Er spielte mit ihr, weidete sich an ihrer Angst. Und sie hatte Angst, zitterte am ganzen Leib und suchte den Blick von Viola.

Ehe sie wusste, wie ihr geschah, traf eiskaltes Wasser auf ihre ungeschützte Haut. Sie brüllte in den Knebel, strampelte und schrie. Es war sinnlos, sie konnte der Dusche nicht entkommen. Es tat weh, seelisch und körperlich. Umso mehr, da sie ihre Freundin ansah, die ihre Augen zusammenpresste, das Gesicht vor Entsetzen verzerrt.

Nach wenigen Sekunden hörte es auf, und Sean löste mit einem sadistischen Gesichtsausdruck den Knebel. Keith tat das Gleiche bei Viola.

„Bitte mich darum, dich zu züchtigen, und ich stelle die Temperatur auf warm. Auf kalter Haut sind die Schläge schmerzhafter."

Alles in ihr sträubte sich innerlich dagegen, ihm Folge zu leisten, doch es wäre töricht gewesen. Sie sah ihm fest in die Augen und bemerkte, dass in ihnen ein Hauch Belustigung lag.

„Bitte, Master Sean, bestrafe mich!"

„Wie folgsam du sein kannst." Ein ironisches Lächeln traf sie. Er trat zurück, und angenehm temperiertes Wasser floss ihren Körper entlang. Doch im nächsten Moment blieb ihr fast das Herz stehen, denn Keith trat mit einem Messer an Viola heran. Sie verstand nicht, wie Viola es schaffte, nicht zu schreien. Sie verharrte stumm, nur der Ausdruck in ihren Augen verriet ihre Furcht. John würde Kim umbringen, falls Dean etwas von ihr übrig ließ.

Mit präzisen Schnitten durchtrennte der Dom die schmalen Träger und zog das Hemdchen nach unten. Er seifte Viola ein, spülte den Schaum gründlich ab und gab ihr einen Klaps auf den Po. Danach trockneten sie Viola und Kim ab, rubbelten über die Haut, bis sie durchblutet war. Erst jetzt bemerkte Kim, dass der Boden nicht kalt war. Eine Fußbodenheizung wärmte ihn.

„Wir wollen euch nicht sofort auf eine Weise verletzen, dass ihr nicht lange durchhaltet." Sean küsste sie auf die Stirn. Sie versuchte auszuweichen, und Viola schrie unter einem scharfen Schlag von Keith auf.

„Entschuldige dich bei mir oder …" Sean sah zu Viola.

„Es tut mir leid, Master Sean."

Sean tätschelte ihren Po und folgte mit den Händen ihrem Rippenbogen, bis er ihre Brüste berührte.

„Mit deiner Freundin kannst du diesbezüglich nicht mithalten, aber für das, was ich mit dir vorhabe, reichen sie."

Wenn er glaubte, dass Beleidigungen aus seinem ekelhaften Mund sie erneut in die Verzweiflung treiben würden, dann irrte er sich gewaltig. Dieses miese Schwein. Ihr Gedanke hing noch in der Luft, als zwei weitere Typen den Raum betraten. Kim hatte gedacht, ihre Furcht und ihr Zorn hätten bereits den Höhepunkt erreicht, doch sie hatte sich enorm verrechnet. Die beiden waren groß, breitschultrig, in Schwarz gekleidet und trugen Sturmmasken, die nur den Mund und die Augen freiließen. Sie blieben mit verschränkten Armen stehen und lehnten sich lässig an die Wand. Stand ihnen jetzt womöglich eine mehrfache Vergewaltigung bevor?

„Ich verwarne dich zum letzten Mal. Kommt ein Wort über deine Lippen, wird Keith Viola ohne Vorbereitung mit einer Dressurgerte versohlen."

Keith reichte Sean ein schmales Lederpaddel, und Viola schloss ihre Augen. Kim hätte es ihr gerne gleich getan, doch sie konnte nicht. Keith ging in Violas Rücken in Stellung, und Kim rechnete damit, dass Sean sofort mitleidslos auf sie eindreschen würde, doch er tat es nicht. Viola riss überrascht die Lider auf – das Paddel traf sie genauso leicht.

Was sollte das? Dieses ständige Auf und Ab zerrte zusätzlich an Kims Nerven. Sie hatte sich auf grauenvollen Schmerz eingestellt und wollte es hinter sich bringen. Stattdessen genoss der Master, was er ihr antat.

Er hauchte in ihren Nacken. „Gehorsam wird belohnt. Wir bereiten euch gründlich auf die weitergehende Bestrafung vor. Nur so könnt ihr es aushalten." Er kniff in ihre Pobacke. „Ich will dich zum Orgasmus zwingen, bevor ich mich an dir austobe."

Kim schluckte hart. Sie wusste, er würde bekommen, was er verlangte. Er war ihr in jeder Hinsicht überlegen. Die beiden Maskenmänner verblieben stumm und rührten sich nicht. Die arme Viola kämpfte bestimmt mit dem Gefühl, dass sie in ihrem Rücken lauerten.

Die Meister setzten ihr Werk fort, bearbeiteten systematisch die Hinterteile. Kim spürte, wie ihre Haut allmählich entflammte, die Behandlung den gesamten Po erfasste. Unvermittelt griff Sean zwischen ihre Schenkel, und sie versuchte, der verführerischen Berührung zu entkommen.

Viola schrie auf. Einer der Maskierten bestrafte Kims Ungehorsam mit einer schwarzen Dressurgerte, die er über den prallen Po der Freundin zog. Kim schluckte die harschen Worte hinunter, blieb regungslos stehen. Die kundigen Finger erlangten Zugriff, denn trotz allem war sie feucht.

„Du wirst mir einen Orgasmus schenken, und umso mehr du dagegen ankämpfst, desto größer ist die Freude, die du mir gewährst. Das Gleiche gilt für deine kleine kurvige Freundin, doch vorher steht ihr Mistress Gina zur Verfügung."

Die Tür ging auf, und eine Domina in Ledermontur betrat den Raum. Kim verspürte eine intensive Abscheu, heftiger als vor den Maskierten. Violas Miene versteinerte, als die hochgewachsene Dunkelhaarige auf sie zutrat und dabei ungeduldig mit der langen Gerte, die eine Lederlippe besaß, auf ihren glänzenden Lederstiefel wippte. Der hochgepresste Busen quoll aus dem Ausschnitt.

Sie umrundete Viola, und die Freundin biss auf ihre Unterlippe, um nicht zu schreien. Etwas war in Violas Gesicht, das Kim beunruhigte. Ihre Nerven schienen nur noch an einem seidenen Faden zu hängen, und wenn die Domina sie berührte, würde sie zerbrechen.

„Fass sie nicht an, du Miststück!"

Die Domina drehte sich zu ihr. Das kalte Antlitz ließ alles in Kim erstarren, denn offener Hass lag in den Zügen. Jetzt verstand sie Viola.

Sean packte Kims Haare. „Mistress Gina ist eine Spezialistin auf ihrem Gebiet. Ihr seid kaum in der Position aufzubegehren. Wir können mit euch anstellen, wonach es uns gelüstet. Mistress Gina steht auf Demütigungen. Nachdem sie sich mit der Gerte ausgetobt hat, werdet ihr ehrerbietig sein." Er lachte hart. „Da bin ich mir sicher."

„Dann soll sie mir die doppelte Anzahl verabreichen. Aber bitte, sie darf Viola nicht anrühren."

Sean umrundete Kim und blieb anzüglich grinsend vor ihr stehen. „Das würdest du für deine Freundin tun? Wieso?"

„Ich habe sie durch puren Egoismus in diese Lage gebracht. Es ist meine Schuld, ich will sie allein tragen. Schaut sie an, selbst ihr könnt nicht dermaßen grausam sein. Bitte!"

Kim war bereit alles zu tun, um Viola zu retten, und wenn sie dafür betteln musste, tat sie es. Die Schlampe durfte Viola nicht berühren.

Sean sah Kim ernst an. Zu ihrer Erleichterung wies er mit dem Kopf zur Tür. Die Frau verließ den Raum so schweigsam, wie sie aufgetaucht war.

Viola keuchte auf, denn einer der Maskierten sank vor ihr auf die Knie und fing an, sie zu lecken.

„Oh Gott, nein", stammelte Viola, während Keith ihre Nippel reizte.

Der zweite Maskierte ging vor Kim auf die Knie. Sean stand hinter ihr und hielt sie in einem eisernen Griff. Der Maskierte umfasste ihre Hüften, dann streichelte er ihren brennenden Po. Federleicht berührte seine Zunge die Spitze ihrer Klitoris, und Kim ahnte, dass sie verloren war. Sie konnte die Anspannung in den Gliedern nicht mehr aufrechterhalten und sackte gegen Sean. Er quittierte es mit einem rauen Lachen, das über ihre Wirbelsäule rann.

Sie sah, dass Viola ebenso dagegen ankämpfte wie sie und genauso aufgeschmissen war. Denn der Master, der vor ihr kniete, wusste, was er tat, und reizte sie gekonnt. Ein erstes Stöhnen entschlüpfte Viola.

In diesem Moment spreizte der Master, der vor Kim kniete, die äußeren Schamlippen, und lutschte an ihrer ungeschützten Klitoris, leckte hart darüber. Sean umfasste sie, stimulierte die Knospen gleichzeitig mit köstlicher Heftigkeit und stahl Kim ein Wimmern.

Keith lachte maskulin, als Viola gegen ihn sackte. „Du hast geile Nippel, und ich werde sie nachher mit Klemmen in die richtige Position bringen. Ich glaube, du magst das."

Vielleicht sollte sie sich einfach vorstellen, es wäre Dean, der sie so gekonnt saugte. Kim schloss die Lider, und ein scharfer Hieb der Dressurgerte landete quer auf ihrem Po, entlockte ihre einen Schrei. Viola schrie ebenfalls auf.

„Wenn ihr beiden glaubt, ihr dürft die Augen schließen und euch in Fantasien flüchten, dass es eure Liebhaber sind, die euch bis zum Orgasmus lecken, dann unterliegt ihr einem gewaltigen Irrtum." Seans Stimme floss lavagleich über Kims Haut.

Beißende Schläge trafen Kim und Viola. Sean blieb vor Viola stehen und berührte das Federtattoo, während sie weitergeleckt wurde.

„Du gehörst dem Federzirkel an. Was wird dein Maestro wohl dazu sagen, was du hier treibst, kleine Schiava."

Er löste Keith ab und zwirbelte Violas pralle Nippel. „Sag mir, wie dein Geliebter heißt und wessen Zunge du dir zwischen deinen gierigen Schenkeln wünschst."

Viola atmete heftig, unfähig zu sprechen. Ein Hieb der Dressurgerte ließ sie aufschreien.

„John!" Sie brüllte es in den Raum. „Ich wünschte, es wäre John."

„Und was machst du an diesem Ort? Ich kann mir nicht vorstellen, dass er dir hierzu die Erlaubnis gegeben hat. Wirst du ihm davon berichten? Denn meine Spuren wird er ohnehin an deinem Körper sehen und fühlen. Doch zuerst bringt die geschickte Zunge des Doms dich in Ekstase."

Sean knetete Violas Brüste, ließ es sich nicht nehmen, die Nippel hart zu zwirbeln. Kim sah gebannt auf die Szenerie, erkannte den Moment in den

Augen der Freundin, als sie kurz vor dem Orgasmus stand, unfähig, sich den gekonnten Reizungen zu widersetzen. Sie schrie den Höhepunkt in den Raum, fiel schluchzend in die Fesselung. Keith fing sie mit starken Händen ab und stützte sie.

Sean kam gefährlich grinsend mit einem Glasdildo in der Hand auf Kim zu. Die Spitze war verdickt, verziert mit roten Schlieren, die durch das Glas liefen.

„Den führe ich in deine unersättliche Pussy ein, während mein Freund dich leckt. Und währenddessen berichtest du mir, von wem du träumst."

Das durfte nicht sein Ernst sein!

Der Master vor ihr brachte ihre Hüften in Position, und sie wehrte sich nicht aus Angst, sie könnten Viola schlagen, die leise weinend im Griff des maskierten Kerls hing. Er biss in Kims Perle und saugte sie, verwandelte die leichte Qual in pure Lust. Sean schob den Dildo von hinten ein. Er war kalt, doch die Kälte wandelte sich schnell in Hitze.

„Kein Widerstand, genauso wie ich es mir dachte, du gieriges Luder."

Sean wusste genau, wo ihr G-Punkt lag. Er führte die Spitze direkt daran entlang. Was sollte das? Wieso nur gaben sie sich dermaßen viel Mühe? Der Master vor ihr stimulierte ihren Kitzler abwechselnd durch Schmerz und Verführung. Kurz bevor sie kam, hielten die Männer inne und tauschten ein stummes Signal aus.

„An wen denkst du, Kim?" Die Stimme des Dominus duldete kein Verweigern.

Sie stammelte Deans Namen.

„Ich habe dich nicht verstanden."

„Dean! Er heißt Dean, und ich liebe ihn."

Das hatte sie nicht sagen wollen, es rutschte raus.

„Und weshalb bist du hier, wenn er dein Maestro ist? Ich erwarte eine ehrliche Antwort."

„Weil ich es …" Die Zunge züngelte an ihrer Klitoris entlang, und Sean stimulierte ihren G-Punkt, verstärkte den Reiz durch einen Biss in ihren Hals.

Sie unternahm den erneuten Versuch zu reden. „Weil ich eine feige, dumme Kuh bin."

Wieder zwangen sie Kim bis kurz vor den Höhepunkt und stoppten. Diesmal keuchte sie vor Frustration. Die Bemühungen, gegen die Erfüllung anzukämpfen, hatte sie längst aufgegeben. Sie wollte es. Sie brauchte es.

„Ist das so, Schiava?" Die Stimme floss in ihr Bewusstsein, brachte sie dazu, dass ihr die Beine wegknickten. Denn es war Dean, der vor ihr kniete. Und sein Tonfall war bedrohlich wie die Sünde selbst.

Dean zog die Haube von seinem Kopf und richtete sich langsam auf. Er umfasste Kims Nacken und sah in ihre blauen Augen, die vor Lust getrübt waren. Doch Zorn dämmerte im Hintergrund, erst leicht, um dann in funkelnde Wut überzugehen. Sollte sie nur, er wüsste es zu nutzen. Sie konnte froh sein, dass er nicht das mit ihr anstellte, was ihm in den Fingern juckte.

„Du bist gleich dran, Kim."

Sean knebelte sie, bevor sie es schaffte, ein Wort zu sagen. Einzig und allein die Hände von Sean hielten sie auf den Beinen. Dean drehte sich zu John um, der vor Viola stand. Seine Schwägerin keuchte und brach vollends in Tränen aus. Die würden ihr nicht helfen. Beinahe hätte sie ihm leidgetan, wenn sie in diesem Moment nicht geschrien hätte, dass sie die hinterhältigsten Arschlöcher auf der Erde seien. Sie versuchte, John zu beißen, als er nach ihrem Kinn griff. Dean musste zugeben, dass die Bestrafung ihn reizte und er es kaum abwarten konnte, mit ihr anzufangen. Die Ärsche von beiden Frauen würden gezeichnet werden, so lange, bis sie ihre dumme Tat bereuten. Wenn er sich ausmalte, was ihnen hätte passieren können! Viola hätte es nach ihrem Erlebnis mit Parker Cormit wirklich besser wissen sollen. Und Kim hatte die Unversehrtheit ihrer Freundin gefährdet mit ihrem albernen Selbstfindungstrip.

Zum Glück hatte Sean sie vor ein paar Tagen kontaktiert, nachdem Kim ihn per E-Mail angeschrieben und Viola als ihr Cover angemeldet hatte. Die Domina, die angeblich die Schrecken im *Sadasia* gesehen hatte, hatte sich als eine ganz üble Reporterin erwiesen. Sie war jetzt im *Salt* untergebracht, bis sie entschieden hatten, was sie mit ihr anstellen wollten.

Es stimmte schon, im *Sadasia* ging es anders zu als im Federzirkel. Härter und vielleicht schonungsloser, doch auch dort befolgten sie einen Kodex, der die psychische und physische Gesundheit ihrer Subs über alles andere stellte.

Dean umfasste den strampelnden Körper von Viola, indem er sie von hinten packte, in ihren Nacken atmete. Sollte sie nur quietschen. John löste die Handgelenksfesseln, und seine Mimik jagte selbst Dean einen leichten Schauder den Rücken entlang. Viola setzte zu einer weiteren Beleidigung an, da schob ihr Keith einen Knebel zwischen die Lippen. Wie verabredet knotete er ihn nicht fest zu. John und Keith ergriffen Viola, die ihnen einen vergeblichen Kampf lieferte. Sie landete nebenan auf dem großen Bett.

Dean sah noch, dass John sie auf dem Bett fesselte, über einem Kissen, das ihren Prachtarsch für die Bestrafung in die richtige Position rückte.

Dann wandte er sich Kim zu und lächelte bedrohlich, bevor er an sie herantrat.

„Du liebst mich also?"

Sie schrie in den Knebel, und es hörte sich an wie „Du verdammte widerliche schleimige Kröte", doch er war sich nicht sicher. Sean packte sie, als Dean die Softmanschette löste. Sie trat nach Dean, und er schlug mit der flachen Hand hart auf ihren Oberschenkel, entriss ihr ein erschrecktes Keuchen. Er wusste genau, was in ihrem hübschen Köpfchen vor sich ging. Sie hatte eine Grenze überschritten, konnte nicht einschätzen, ob er über genügend Beherrschung verfügte, um auf der unbedenklichen Seite zu bleiben.

„Ist dir bewusst, in was für eine Gefahr du euch gebracht hast?"

Er sah direkt in ihre Augen und hielt den Augenkontakt. „Ich erwarte, dass du mich ins Nebenzimmer begleitest, freiwillig und still. Dort wirst du mich um die Bestrafung bitten."

Ihre Pupillen weiteten sich, zeigten ihre rebellische Ader.

„Wenn du es nicht tust, war das unsere letzte Begegnung." Er meinte es ernst.

Mit sanften Händen löste er den Knebel, und sie fixierte den Boden. Es dauerte einen Augenblick, und dann sah sie ihn an, die Augen mit Tränen gefüllt.

„Bitte bestrafe mich, Maestro, denn ich verdiene es."

Dean musste sich beherrschen, um seine freudige Reaktion zu kontrollieren. „Das tust du."

Er umfasste ihre Taille, um sie zu stützen, bemerkte, wie sie versuchte, das Zittern zu unterdrücken, den Rücken durchstreckte und stolz den Kopf hob. Doch es war reine Fassade. Sie war aufgewühlt, erleichtert, zornig und verletzlich. Es machte ihr eine Höllenangst, er sah es ihr an, fühlte es unter den Fingerspitzen.

Als sie ins *Sadasia* gefahren waren, hatte er fast Angst verspürt, dass er zu weit gehen könnte. Dass er aus Sorge um sie alles vergessen könnte, den Kodex über Bord warf und vor Enttäuschung, Eifersucht und Zorn auf sie eindrosch. John hatte das Gleiche gefühlt, wenn auch aus anderen Gründen. Es war Miles gewesen, der sie beruhigt hatte.

„Nie im Leben fügt ihr den Frauen, die ihr liebt, zu großen Schmerz zu. Sie bekommen das, was sie verdienen." Er hatte gelacht. „Nicht mehr, aber auch nicht weniger."

Dean setzte sich auf einen breiten schwarzen Ledersessel, der keine Lehnen hatte, und sah Kim an. Er wusste, wie seine Mimik auf sie wirkte, dass sie sie ängstigte und erregte.

Ein letzter Funke von Trotz glitzerte in ihren Augen, ehe sie sich über seinen Schoß legte. Ihre Körperhaltung drückte klar den Widerwillen aus. Er ließ sie schmoren, bis sie bereitwillig die Muskeln entspannte. Sean und er tauschten einen Blick aus, der in ein Grinsen überging, war es doch außerordentlich erregend, eine Sklavin zu betrachten, die sich freiwillig der Bestrafung unterzog. Zudem war Kims Körper ein Spiegel ihrer Gefühle, und das intensivierte den Genuss einer Züchtigung um einiges. Es gab nichts Schlimmeres für ihn als eine trainierte Sub, die keine eigenen Gefühlsregungen zeigte, die es nicht wagte, ihn anzusehen und seine sadistische Ader mit Widerborstigkeit zu locken.

Sean stand vor ihrem Kopf, sah grausam lächelnd auf sie herunter, bereit, sie zu packen, falls sie Anstalten machen sollte, von Deans Schoß zu springen. Und sie würde es versuchen, denn Dean plante, ihr sehr lange und sehr gründlich den knackigen Arsch zu versohlen. Ihre Haut wies noch eine deutliche Rötung von dem Paddel auf. Dean berührte leicht die seidige heiße Rundung.

„Du zählst mit Kim, Sean, und zwar abwechselnd auf Deutsch und Englisch. Mit Eins beginnst du, mit *Two* geht es weiter. Ich schlage dich hart und langsam, bis ihr die Dreißig erreicht habt. Verhaspelst du dich, fange ich abermals an."

Er holte aus, und seine Handfläche traf das erste Mal den wohlgeformten kleinen Po. Sie vergaß vor Schreck, zu zählen.

Er seufzte theatralisch.

„Und wieder von vorn." Dean wusste, sie würde es nicht schaffen, denn wenn der Lustschmerz sie ganz im Griff hatte, würde sie alles vergessen, dafür würde er sorgen. Er schlug erneut zu, genau auf die gleiche Stelle, und sie schrie die Eins in den Raum. Sie schaffte es bis Neun, dann folgte die Zehn auf Deutsch. Er fasste zwischen ihre Schenkel, und seine Fingerspitzen tauchten in Nässe ein.

„Jetzt muss ich erneut anfangen. Diesmal zählst du rückwärts von Dreißig und fängst mit *Thirty* an."

Er spürte den frustrierten Zorn, weil sie wusste, dass sie es nicht meistern konnte. Ihren wütenden Protest erstickte er im Keim mit seinem Daumen, der die Klitoris umkreiste. Er streichelte gleichzeitig über den heißen Po, entlockte ihr ein gieriges Keuchen. Dean brachte sie bis kurz vor den Orgasmus, nur um ihr dann die Stimulation zu entziehen. Schließlich verdiente sie eine Bestrafung, seine Wut war noch nicht verraucht.

„Sean, ich glaube, sie braucht eine Anregung, um sich besser zu konzentrieren. Holst du mir die Nadeln, Desinfektionsmittel und ein paar Handschuhe? Ich steche so viele Nadeln in ihre Pobacken, wie Zahlen übrig bleiben."

Kim glaubte nicht, was sie da hörte, doch schon stellte Sean einen Edelstahlbehälter mit eingepackten Nadeln auf den Boden. Der Anblick wirkte wie eine heiße und kalte Dusche, die nacheinander ihren Körper traf.

Wollte Dean es wirklich durchziehen und Nadeln in ihr Fleisch stechen? Würde der Schmerz in Lust übergehen? Sie wusste es nicht, und alles in ihr wehrte sich dagegen, es herauszufinden.

Deans sinnliches Lachen vibrierte über sie hinweg. „Gefällt dir die Idee nicht, Schiava? Wie die Spitzen durch deine Haut brechen, dich mit Pein erfüllen?"

Er hatte kaum ausgeredet, da landete der erste Schlag auf ihrem Po. Kim war unfähig nachzudenken, unfähig zu zählen, und sie schrie frustriert auf, nahe daran, in Tränen auszubrechen. Sie hatte gedacht, sie könnte ihn durchschauen und wüsste, was er plante. Doch nun musste sie widerwillig zugeben, dass sie überhaupt keine Ahnung hatte.

„Mit der kleinsten Aufgabe schon überfordert! Sean, fixiere sie, sonst zappelt sie mir zu viel. Es warten dreißig Nadeln auf sie."

Sean reichte Dean den Behälter, umfasste ihren Nacken und drehte ihr einen Arm auf den Rücken. Kim wünschte sich ein Safeword, denn sie hätte es in den Raum gebrüllt, hatte Angst, dass sie zu weit gingen, dass Dean es gewissenlos ausnutzte. Sie wollte brüllen, jedoch versagte ihre Stimme, und es kroch nur ein Wimmern aus ihrer Kehle.

Das Geräusch, als Dean sich die Handschuhe überzog, schmerzte in ihren Ohren. Aber es war nichts im Vergleich zu dem ratschenden Laut der Verpackung. Sie schrie, als Kälte auf ihrem Po landete. Im ersten Moment dachte sie an Desinfektionsmittel, allerdings lief das Zeug zwischen ihre Pobacken. Ihr blieb fast das Herz stehen bei der Vorstellung, die sich in ihrem Kopf ausbreitete. Dean spreizte mit einer Hand ihre Pobacken, bis ihr Anus ungeschützt vor ihm lag. Ihr Zappeln unterband Sean mühelos. Sie bereitete sich auf den entsetzlichen Schmerz vor, doch es war keine Pein, die sie erfasste, sondern pure Lust, waren es doch keine Nadeln, die Dean in ihren Anus stach. Er führte etwas Flexibles ein. Es war kein Plug oder Dildo.

Deans warmes Lachen füllte ihre Ohren und ihr Bewusstsein. „Ganz ruhig, meine Kleine. Es wird dir gefallen."

Er fasste zwischen ihre Schenkel und umkreiste die Perle. Die Wucht der gewaltigen Angst, abgelöst von Erleichterung, traf sie.

„Lass sie kommen, Dean!"

Sean ließ ihren Nacken los, um in ihre Haare zu greifen, zog ihren Kopf so weit hoch, dass sie ihn ansehen musste.

Der Orgasmus setzte ein. Dean zog die Kette langsam aus ihrem Anus. Kim schrie, als sie kam, denn es intensivierte das Gefühl auf eine fast unerträgliche Weise.

„Sie kommt so ungezügelt, wie du es gesagt hast, mein Freund."

Dean schenkte ihr keinen Moment der Ruhe. Er stand auf und nahm sie bei der Bewegung mit. Er sah ihr direkt in die Augen, verunsicherte sie mit der Intensität seines Blickes. Dann grinste er sie an, mit funkelnden Augen, die die Angst verjagten, sodass ein nervöses Flattern in ihrem Magen entstand. Und sie wollte ihn so sehr, hasste und liebte ihn zugleich für das, was er ihr antat.

„Fick mich", zischte sie.

„Das werden wir, und zwar gleichzeitig."

Er zog sie in eine Umarmung, übte sich in Geduld, bis sie ruhiger atmete. Sean legte seine Jeans und das T-Shirt ab, setzte sich aufs Bett und lehnte den Rücken an die Wand. Seine Erektion wartete auf Kim, bereit, sie zu vögeln.

Er lächelte sie warm an. „Du möchtest es, kleine Sub?"

Sie erwiderte das Lächeln, verfluchte innerlich jedes gemeine Wort, das sie als Indigo Blue geäußert hatte. Sie trank dankbar mehrere Schlucke aus der Wasserflasche, die Dean an ihre Lippen hielt.

„Darf ich eine Bitte äußern … Maestro?"

Kim funkelte ihn an, und er quittierte den frechen Ausdruck auf ihrem Gesicht mit einem Klaps auf den Po, erweckte den flammenden Schmerz zu neuem Leben.

„Ich möchte euch zuerst in meinem Mund spüren und eure Schwänze lecken, bis ihr euch windet."

Sie liebte es, wie die Augenfarbe von Dean sich veränderte und zu purem Silber wurde.

„Eine Schiava mit Ansprüchen." Er presste ihr Becken gegen seine Härte, die strenge Miene verschluckt von dem amüsierten Leuchten, das sich auf seinem Gesicht widerspiegelte. „Vielleicht können deine Bemühungen uns gnädig stimmen, denn wir sind nicht fertig mit dir. Du hast noch ein paar Qualen vor dir, bis die Nacht vorbei ist."

Er streifte die albernen Handschuhe ab. „Zieh mich aus, Sklavin!"

Früher hätte sie jedem Mann, der auf diese Weise mit ihr umgesprungen wäre, eine Ohrfeige verpasst. Aus Deans Mund liebte sie jede Silbe, sehnte jede Überraschung herbei, die er für sie bereithielt. Sie löste die Gürtelschnalle, wissend, dass sie der weiche Gürtel jederzeit treffen könnte, wenn er es wollte. Das kribbelnde Gefühl in ihrem Körper zeigte ihr deutlich, wie sehr ihr der Gedanke gefiel.

Kim war nicht gewillt, den Augenkontakt abzubrechen, und ehe sie Zeit hatte, die Worte zurückzuhalten, sprudelten sie über ihre Lippen. „Ich möchte euch an den Handgelenken fesseln."

Deans Augenbrauen schossen nach oben, die Antwort ging in ein Keuchen über, da sie vor ihm auf die Knie sank und den prachtvollen Phallus mit den Lippen umschloss. Sein Aroma traf auf ihre Zunge, und sie sah zu ihm hoch, als sie die Eichel leckte.

„Vertraust du mir, Dean?" Sie küsste ihn auf das Muttermal auf seiner Leiste.

Die Hitze in seinem Blick ließ sie seufzen.

„Für deine frechen Forderungen wirst du nachher die Peitsche spüren. Wie sieht es aus, Sean?"

„Ich stelle mich der Herausforderung."

Dean lehnte neben Sean an dem Kopfteil. Sie betrachteten amüsiert Kims zitternde Finger, die sich abmühten, die Softmanschetten zu schließen, die vom Bettrahmen baumelten.

Sie gönnte sich einen Augenblick, um ihre *Opfer* zu begutachten, begriff, wie Dean sich fühlte, wenn sie sich ihm willig hingab. Verstand, dass er sie nicht aus Grausamkeit schlug, sondern weil es ihnen beiden Lust bereitete und es anregend war, wenn der Partner es freiwillig tat.

Die Doms ließen sie nicht aus den Augen. Gott, obwohl sie die Gefesselten waren, hielten sie die Zügel in der Hand. Ihre Dominanz strahlte aus jeder Körperpore, und es machte Kim an, beschleunigte ihren Herzschlag, bewirkte, dass Röte ihre Wangen ergriff.

„Angst vor der eigenen Courage, Sklavin?" Dean sagte es sinnlich, mit einer unterschwelligen Herausforderung.

Sie sank auf alle Viere und nahm den Schwanz von Sean in den Mund. Er schmeckte anders als Deans, herber. Kim lutschte an der Eichel, umspielte sie mit der Zunge, dann leckte sie an der Hitze entlang, und er belohnte sie mit einem Keuchen. Sie lehnte sich über Dean, saugte so hart an der Spitze, dass er sich aufbäumte. Gleichzeitig massierte sie Seans Schwanz.

Sie könnte jetzt alles mit ihnen anstellen, sie peinigen, sie immer wieder an den Rand eines Orgasmus bringen und die Nadeln benutzen. Sie sah demonstrativ zu dem Behältnis. Die Maestros ließen sich nicht darauf ein, denn sie wussten, dass es eine Finte war. Kim wäre niemals in der Lage, sie zu verletzen, aber sie lustvoll quälen, das schaffte sie.

Kim beugte sich tiefer zu Dean herunter, nahm einen der rasierten Hoden in den Mund, genoss sein Stöhnen, war er doch hin- und hergerissen zwischen Schmerz und Lust. Sie leckte und lutschte ihn, bis er vor einem Höhepunkt stand, nur um von ihm abzulassen.

„Möchtest du kommen, Sklave?" Seinen Protest erstickte sie mit ihren Lippen, küsste ihn, schmeckte ihn und widmete sich anschließend Sean. Sie tat ihm das Gleiche an, erhitzt durch die glühenden Blicke und die Versprechungen, die darin lauerten. Denn alles, was sie ihnen antat, würde sie am eigenen Körper zu spüren bekommen.

Kim war überrascht, wie sehr es sie anmachte, Dean und Sean zu reizen, ihre Schwänze an ihrer Zunge zu spüren, wie die Muskeln sich anspannten, wenn die Orgasmen nah waren, und dann die Reizung zu verlangsamen. Sie spürte die Feuchtigkeit, die an den Innenseiten ihrer Schenkel hinablief, und Kim konnte es nicht mehr aushalten. Ein kleiner Ritt würde ihr gefallen. Sie platzierte sich über Deans Erektion, führte ihn ein, bewegte sich bedächtig auf und ab, umfasste die Hitze von Sean mit ihrer Hand, rieb langsam rauf und runter im Rhythmus ihrer Hüften.

Dann löste sie sich von Dean und nahm ihn erneut in den Mund, schmeckte sich auf seiner heißen Haut. Sie öffnete Deans Fesseln, und er packte sie. Seine kräftigen Hände hielten sie an der Taille, als er hart an ihren Nippeln saugte.

„Du wirst Sean reiten, und ich nehme mir dein Hinterteil vor." Dean knurrte die Worte mehr, als dass er sie sagte. Ihre Finger zitterten zu sehr, um Seans Softmanschetten zu lösen, also tat Dean es.

„Wir zahlen dir deine Neckereien heim, kleine Sub. Du wirst von beiden Seiten penetriert, und wir stellen sicher, dass du alles um dich herum vergisst. Ich will dich schreien hören vor Lust."

Sean sah ihr direkt in die Augen, als er sie um die Hüften fasste und den heißen schlüpfrigen Schwanz in sie einführte. Dean massierte ihre Nippel, zog ihren Kopf in den Nacken, ließ die Handfläche über ihrer Kehle liegen.

„Du brauchst keine Angst zu haben, Kim."

Sean bewegte sich unter ihr, und sie sah zu Dean auf. „Ich habe keine Angst, ich vertraue euch."

Wenn Dean ihre Hingabe ausnutzen wollte, plante, sie zu zerstören, könnte sie es nicht verhindern. Jetzt war es zu spät, um den Rückzug anzutreten.

„Beug dich nach vorn, Schiava!" Dean sagte die Worte unendlich liebevoll. Aus Seans Miene strahlte ihr Zuneigung entgegen. War diese seltsame Domina nur eine Finte gewesen? Bei ihr war Kim sich nicht sicher?

Dean spreizte ihre Pobacken, tropfte das Gel auf ihren Anus, führte behutsam einen Finger ein und bewegte ihn auf und ab.

„Gib mir ein bisschen Gel", verlangte Sean.

Er verteilte die Kühle auf ihrer Klitoris und stimulierte sie mit zärtlichen Fingerspitzen.

„Atme gleichmäßig ein und aus. Ich gebe dir Zeit, dich an die Fülle zu gewöhnen." Dean küsste sanft ihren Nacken. „So ist es gut."

Er zog seine Hand zurück. Sie spürte seinen heißen Phallus an ihrer Hinterpforte. Sean blieb ruhig, nur die Fingerspitzen lockten sie auf kaum zu ertragende Weise. Langsam eroberte Dean sie und lachte, da er merkte, wie sehr es ihr gefiel.

„Du hältst still, den Rest übernehmen wir", flüsterte Dean. Viel zu vorsichtig bewegte er sich. Sean nahm den Rhythmus auf.

Es war unerträglich. „Härter! Bitte!"

Maskulines Lachen füllte das Zimmer, und sie gaben ihr, was sie verlangte. Kim schrie, als sie kam, überrascht von dem starken Orgasmus. Die Wellen liefen noch durch ihren Körper, als Dean sich in ihr entlud.

„Halt still, Baby!" Sean versuchte, den Höhepunkt aufzuhalten, doch Kim dachte nicht daran stillzuhalten, und kurz darauf kam er heftig, sodass sich seine Finger in ihre Hüften krallten.

Mit zarten Händen wischte Dean die Spuren von den Innenseiten ihrer Oberschenkel, während Sean sie umarmte. Verunsichert schloss sie ihre Augen.

„Jetzt ist es ein wenig zu spät für Scham."

Sie sah in Seans Gesicht, und die Miene brachte sie zum Lachen. Ihr rannen Freudentränen über die Wangen, und sie war nicht in der Lage, sie zu stoppen. Sie sackte auf ihn, spürte seine bebenden Bauchmuskeln und hörte Deans Prusten hinter sich, das in ein dröhnendes Gelächter überging. Dean zog sie von Sean, umhüllte sie mit Wärme, bis sie ermattet gegen ihn sank.

„Ich danke dir, kleine Hexe." Sean küsste sie zärtlich auf den Nacken. „Du warst großartig, doch dir steht noch die Peitsche bevor."

Das hatte sie vergessen.

„Und ich werde die Bestrafung ausführen", ertönte unvermittelt Johns Stimme. Der Klang der Worte jagte ihr einen Schauder den Körper entlang.

Kim drehte sich um und unterdrückte den Fluchtreflex. John hielt die völlig erschöpft aussehende Viola liebevoll umfangen. Ihre langen honigblonden Haare bildeten eine zerzauste Masse. Tränenspuren glänzten auf ihrem hübschen Gesicht, dennoch sah sie glücklich aus. Kim schluckte hart, denn Violas Po leuchtete tiefrot. John hatte sich nicht zurückgehalten. Viola hatte ihr erzählt, dass er es liebte, vor allem ihren Po zu bearbeiten, vorzugsweise mit der Handfläche. Naiv, wie sie zu dem Zeitpunkt gewesen war, hatte Kim milde gelächelt, sich nicht vorstellen können, wie reizend eine Hand sein konnte.

~ 165 ~

Kim musste sich an Dean festhalten, um nicht zu Boden zu sinken. Würde John sie verletzen, um Rache dafür zu üben, dass sie Viola in Gefahr gebracht hatte?

Dean schob sie auf John zu, ahnend, dass sie entkommen wollte. Die schrecklich dunkle Versuchung umfasste Kims Schultern und erinnerte sie an das eigene Unvermögen, ihm die Stirn zu bieten. Viola landete beschützt in Deans Armen. Er küsste sie auf die Wangen, presste sie liebevoll an seinen Körper. Es war albern, doch Kim verspürte einen Stich Eifersucht. Mit diesem ekelhaften Gefühl würde sie sich nachher auseinandersetzen. Jetzt beanspruchte John ihre ganze Aufmerksamkeit.

„Du wirst dich willig und gehorsam der Strafe ergeben." Er legte seine Handfläche unter ihr Kinn, zwang sie, in seine Augen zu sehen. Die Sullivans liebten es, ihre Laseraugen in ihre Opfer zu bohren, um sie zu verunsichern und zu erregen nur durch ihren Blick. „Ich verlange es." Pures Silber blickte auf sie herunter.

„Sind wir dann quitt?"

„Das hängt von dir ab, in welcher Weise du die Maßregelung annimmst und mit ihr umgehst."

Er umfasste ihren Nacken, und sie spürte seinen Schwanz, der gegen sie presste. Die Aussicht, sie auf diese Art zu züchtigen, erregte ihn offenbar. Sie nickte, da sie ihrer Stimme nicht traute.

Viola stand mit dem Rücken zu Dean, der sie umschlungen hielt. Kim wusste nicht, ob er es tat, um ihr Halt zu geben oder um sie davon abzuhalten, einzugreifen.

„Sean, bitte halte sie, bis ich sie sicher gefesselt habe. Sie droht, zu Boden zu sinken." Johns Tonfall rieselte wie Schnee auf ihre Haut.

Kim wollte es nicht tun, dennoch klammerte sie sich einer Ertrinkenden gleich an Sean, der ihren rasenden Herzschlag spüren musste. John wartete, bis sie ihm freiwillig die Arme hinhielt, und er sicherte ihre Handgelenke. Er tat es mit einer Ruhe, die auf sie übergriff.

„Spreiz deine Beine, ich fixiere dich, damit du nicht ausweichen kannst und damit dich die Peitsche nicht womöglich an einer unbeabsichtigten Stelle trifft."

Sie quittierte die Äußerung mit einem Zittern, das über ihre Glieder rann. Wenn Sean sie nicht an der Taille gefasst hätte, wäre sie in die Fesselung gefallen. Das kurze Schmunzeln auf Johns Gesicht zeigte ihr, dass er jedes Wort, jede Handlung bewusst wählte, und sie reagierte, wie er es verlangte. Es war ihr egal. Sie war zu aufgewühlt, um Zorn zu verspüren. Sie konnte John nicht einschätzen, und er wusste es. Seine warmen Hände lösten sich von ihren Waden, und er blieb vor ihr stehen.

„Warum bestrafe ich dich, Kim?"

Sie seufzte, hatte ihr Viola doch erzählt, dass John es liebte, Interviews durchzuführen, und dass es nicht zu empfehlen war, zu lügen oder ausweichend zu antworten. Er würde so lange bohren, bis sie die Wahrheit sagte.

„Weil ich mich dumm verhalten habe."

Natürlich reichte ihm die Erwiderung nicht. Es schrie ihr aus seinem Gesichtsausdruck entgegen. Die gesamte Körperhaltung schüchterte sie ein.

„Ich habe Viola in Gefahr gebracht, nur weil ich nicht zugeben wollte, dass ich Dean aus ganzem Herzen liebe und mir alles gefällt, was er mir antut. Dass ich mich danach verzehre und dass ich jede Sekunde, die ich nicht bei ihm bin, verabscheue." Sie traf wütend Johns Blick. „Und falls dir mein Geständnis jetzt nicht genügt, kann ich dir nicht helfen."

Zu ihrer Überraschung küsste er sie lachend auf die Nasenspitze. Kim wünschte, er würde es endlich hinter sich bringen. Er glich einem verführerischen Dämon in seiner Jeans und dem nackten Oberkörper. Sie schluckte, denn die Muskeln spielten bei seinen Bewegungen. Wenn er es darauf anlegte, könnte er sie zu Tode peitschen.

„Vertrau mir, Kleines!" Drei Worte, und er schaffte es, dass sie tief durchatmend den ersten Schlag fast herbeisehnte.

Sean reichte John die Peitsche. John entrollte sie, und das Geräusch ging ihr durch und durch. Ihr Bewusstsein saugte sich an dem dunkelbraunen Instrument mit der armlangen Schnur fest. Die Beine knickten unter ihr weg, und obwohl es Softmanschetten waren, spürte sie ihr eigenes Gewicht, kämpfte erfolglos gegen die Panik an, die sich in einem gequälten Schluchzer entlud.

„Sieh mich an, Kim." Sie sah in Deans Augen. „Du wirst nicht wegsehen."

Alles in ihr verlangte danach, sich zu drehen, um zu sehen, was John tat. Doch sie traute sich nicht, den Augenkontakt mit ihrem Geliebten zu lösen, war er doch alles, was sie hatte.

Sie hörte, dass John sich in Position stellte, die Entfernung abschätzte, und als nächstes hörte sie das Surren des Leders. Sie konnte nicht anders, sie schrie, noch bevor die Pein sie erfasste. Glühend hell erreichte die Schnur ihre rechte Pobacke, loderte ihre Haut entlang. Dean nickte, und der zweite Schlag traf sie, diesmal auf der linken Seite. Ihr liefen die Tränen über das Gesicht. Der dritte Treffer umwickelte ihre Hüfte, und dieser Schmerz war schlimmer als der vorherige. Kim war unfähig, die Augen offen zu halten, und ihre Lider flatterten.

„Kim." Johns Stimme, unendlich weich. Er stand vor ihr, lehnte ruhig atmend seine Stirn an ihre. „Sieh mich an!"

~ 167 ~

Es war schwer, dennoch schaffte sie es. Sie rechnete mit Genugtuung, Zorn oder gar Hass, aber nur Wärme schlug ihr entgegen. Prüfend musterte er sie.

Dean entfernte die Fußmanschetten, und John hielt sie mit sicheren Händen, als Sean das Seil lockerte.

„Damit ist deine Schuld beglichen, doch solltest du so was erneut durchziehen, wird Dean die Peitsche führen. Er hört nicht nach drei Strafschlägen auf."

Das saß. Ihren Versuch, einen Schritt zurückzutreten, verhinderte Dean, sie prallte direkt gegen ihn. Er legte eine starke Handfläche auf ihre Kehle, zog ihren Kopf in den Nacken. All ihre Einwände blieben ungesagt. Der innige Ausdruck löste die Bedenken auf. Er ließ sie los, und sie starrte auf den Boden. Gott, das wurde langsam zur Gewohnheit.

Keith und Sean verabschiedeten sich liebevoll von ihnen. Ohne ersichtlichen Grund fing ihr Herz wie verrückt an zu schlagen. Unsicher schaute sie zu den Brüdern. Zu ihrem Entsetzen drückte Dean ihr eine Dressurgerte in die Hand. Verständnislos sah sie in seine Augen, schluckte wegen der stählernen Entschlossenheit, die ihr entgegenstrahlte. Das Entsetzen wuchs, denn John packte Viola und drapierte sie über dem Strafbock, legte ihr eine große Handfläche auf den Lendenwirbel, befahl ihr, zu gehorchen.

„Was soll das?" Hätte Dean ihre Finger nicht fest umschlossen, wäre die Gerte zu Boden gefallen.

„Wir erwarten, dass du Viola züchtigst."

„Nein!" Besorgt begutachtete sie den tiefroten Po der Freundin, doch selbst wenn er schneeweiß gewesen wäre, hätte sie es nicht gekonnt.

„Nein?" In Deans Stimme klang Endgültigkeit.

„Das tue ich nicht, das ist zu viel Verantwortung. Aber dir könnte ich den Arsch versohlen." Sie funkelte ihn an. Belustigt brachen die Brüder in lautes Lachen aus, hielten sich die Seiten und krümmten sich zusammen.

Viola richtete sich wütend auf und spiegelte Kims Zorn, sah aus, als ob sie plante, John auszupeitschen. Er umarmte seine Frau und küsste sie zärtlich.

„Solltet ihr beiden jemals wieder so eine Nummer abziehen ..." Kim unterbrach Dean, indem sie ihm die Lippen auf den Mund legte.

Kapitel 13

Kim stand in Deans Schlafzimmer und musterte ihren Po im Spiegel. Die Striemen der Peitsche waren deutlich zu sehen. Unsinnigerweise gefiel ihr der Anblick. Die warnende Stimme, die sie an Sally erinnerte, erstickte sie im Keim. Sie würde sich Sally und Séamus stellen, noch ein letztes Mal versuchen, ihre Cousine aus seinen Fängen zu befreien. Wenn es ihr nicht gelänge, musste sie Sally aufgeben. Für immer. Der Gedanke an sie vergiftete Kims Beziehung zu Dean.

Dean kam geduscht aus dem Badezimmer und rubbelte sich die Haare trocken.

„Was belastet dich, Kim?" Ernst sah er sie an, schien direkt in ihren Kopf hineinzublicken.

„Nichts, was nicht Zeit hätte. Gib mir ein paar Tage, um mich besser zurechtzufinden, zu sehen, wo wir stehen."

Er beließ es dabei. In den Händen hielt er eine Tube. „Beug dich nach vorn. Das Aloe-Vera-Gel lindert das Brennen der Striemen."

Unendlich behutsam verteilte er das Gel. Sie atmete erleichtert auf, als die Kühle das Feuer ein wenig beruhigte. Kim wusste, John hatte sich zurückgehalten, er hätte weitaus schärfer zuschlagen können. Dennoch schmerzten die Male.

„Hegst du noch die Befürchtung, zu einer Sklavin zu werden, die nach größerer Qual verlangt? Die ihre Grenzen übersteigt und auf diese Weise den dominanten Part ins Verderben stürzt?"

Woher wusste der Kerl, was in ihr vorging? Sie sah auf den Boden, nicht gewillt, seinen Blick zu treffen.

„Sieh mich an, Kleines." Die Zuneigung in seinen Augen ließ sie aufseufzen. „Mich plagten lange die gleichen Zweifel."

„Ich verstehe nicht."

„Eine Session stellt eine Gratwanderung dar. Bei jedem härteren Schlag kämpfe ich mit meinem inneren Dämon, denn die Unversehrtheit der Schiava ist das oberste Gebot. Auch ich hatte Angst, dass ich mit der Zeit nur Befriedigung in immer stärker ausgeführtem Schmerz finden könnte." Er fuhr sich mit den Fingerspitzen durch die kinnlangen Haare und zog sie auf die Bettkante. „Es gibt sie, die Doms, die zusammen mit ihren Devoten untergehen, die keine Grenzen mehr kennen, die darauf aus sind, die größtmögliche Pein zu verursachen, sich in einer Sucht verlieren."

Von dieser Seite hatte sie es nie betrachtet. Ständig hatte sie ausschließlich sich gesehen. Gedacht, dass sie den schwierigen Part in der Session trug, war sie es doch, die den Schmerz empfing. Dabei war seine Verantwortung viel größer. Dean und die Maestros des Federzirkels bewahrten ihre Partnerinnen davor, sich zu verlieren. Selbst im *Sadasia* herrschten strenge Regeln.

„Du verspürst bei jedem Schlag, den du ausführst, Angst?"

Er lächelte sie auf diese sinnliche Weise an.

„Nein, nicht bei jedem Schlag. Wenn das Spiel allerdings an Härte zunimmt und ich merke, dass die Sub bereit für stärkere Qual ist, sie sogar einfordert, dann drückt die Sorge auf mein Bewusstsein. Bei diesen Sessions ist es besser, einen zweiten Dom als Absicherung zu haben. Gerade bei Peitschungen auf die Rückseite verlangt unser Kodex den Augenkontakt bei unerfahrenen Partnern."

Dean umfasste ihre Schultern, hielt sie sanft und beschützend. „Besonders bei solchen Herausforderungen wie du sie darstellst, ist es wichtig, das Gesamtpaket im Auge zu behalten. In den falschen Händen, Kim, könntest du zerstört werden, allein durch deinen Trotz." Der Maestro in ihm schimmerte in der Betonung der Silben. „Es war außerordentlich dumm, was du heute angestellt hast."

Kim wälzte sich rastlos von einer Seite auf die andere. Ihre Gedanken drehten sich im Kreis, hielten sie davon ab, zur Ruhe zu kommen. Sie beschloss, Sally noch diese Woche aufzusuchen. Kim seufzte, denn die Versuchung, Dean von ihr zu erzählen, war übermächtig. Doch sie wusste, wenn sie ihn einweihte, würde der Federzirkel bei Séamus einfallen, und Sally wäre endgültig verloren. Mit Gewalt bekämen sie ihre Cousine nicht von ihrem Peiniger weg.

Dean würde ihn wahrscheinlich windelweich prügeln, John den Rest aus ihm rauspeitschen, und was übrig blieb, würde Miles in den Staub treten. Sally würde sie hassen, zu Séamus zurückkehren und jeden Tag an seinem Krankenbett sitzen. Das Arschloch würde Dean und den Federzirkel anzeigen, und die Brüder könnten im Gefängnis landen. Nein, es war besser, es allein zu versuchen. Sie schwor sich, dass es ihr letzter Besuch bei Sally sein würde. Der finale Rettungsversuch in einer Reihe von zahlreichen.

Sobald sie die Angelegenheit hinter sich gebracht hatte, wäre sie in der Lage, ihre devote Seite vollständig zu akzeptieren. Kim atmete erleichtert auf, denn in diesem Moment wurde ihr bewusst, dass ihre Angst, sich in eine Sally zu verwandeln, unbegründet war. Wenn sie drohte abzustürzen, würde sie in Deans Armen aufkommen. Sie schmunzelte. Dean stellte nicht den einzigen Rettungsanker dar. John und Miles hätten auch keine Bedenken einzugreifen. Bei Dean und John wusste man auf den ersten Blick, womit man es zu tun hatte. Miles war ein anderes Kaliber. Er wirkte viel sanfter, und dennoch lauerte ein unnachgiebiger Maestro in ihm. Es war eine verdammt verführerische Kombination. Die Schiava, die es mit ihm aufnehmen wollte, konnte einem beinahe leidtun. Aber nur fast, lockte doch eine Belohnung in Form von unendlicher Lust. Von ihren Empfindungen geleitet, plante sie die nächste Sendung für *Verruchte Nächte*, die nichts mit den vorherigen zu tun haben würde.

Sie drehte sich auf die Seite und betrachtete Deans Gesicht. Selbst im Schlaf strahlte er beruhigende Dominanz aus. Mit diesem Gedanken schlief sie ein.

Verschlafen öffnete sie die Augen, zuckte zusammen, weil etwas ihren nackten Po berührte. Er brannte überempfindlich, loderte durch Deans raue Handfläche auf, die prickelnd über ihre Haut streichelte. In seiner Mimik stand ein Ausdruck purer sadistischer Lust, denn sie hielt den Schmerzlaut nicht zurück. Sein maskulines Lachen vibrierte ihren Hintern entlang.

„Dein Po wird dich noch einige Tage an deine Verfehlungen erinnern." Wie sehr ihm das gefiel, könnte auch ein Crashtest-Dummy erkennen. Was für ein wundervoller Quälgeist.

Seufzend rieb er die Rundungen gnadenloser, packte ihre Hüften, verhinderte mit Leichtigkeit, dass sie nach vorn schlängelte.

„Liegenbleiben, sonst sehe ich mich gezwungen, andere Maßnahmen zu ergreifen, Schiava." Das Grinsen, das auf seinem Gesicht stand, klang bei jeder Silbe durch. Sie versuchte, sich zu drehen. Er ergriff ihren Nacken und fasste zwischen ihre Schenkel. Triumphierend lachte er erneut, denn sie war nass, willig und schon am frühen Morgen geil.

Ein Klaps traf den Po, erweckte Gier in ihr, sodass sie ihm aufreizend das Hinterteil entgegenreckte. Mit seinen Knien spreizte er ihre Beine und drang mit einem Stoß in sie ein. Er fickte sie zärtlich, genauso wie sie es brauchte, berührte die flammenden Striemen, umfasste mit einer Hand ihre Kehle, hielt sie so in Schach.

Diesmal schrie er ihren Namen, als er kam, und sie sank unter ihm aufs Bett.

„Ich liebe dich, Dean."

Ein starker Griff drehte sie um. „Wer könnte das nicht?" Dann wurde sein Ausdruck ernst. „Kim, ich möchte mit dir zusammenbleiben. Zieh in unser Haus, während wir dein Landhaus renovieren. So können wir austesten, ob wir es auf Dauer miteinander aushalten." Er strich ihr liebevoll die verschwitzten Haare aus der Stirn.

„Und meine Pferde?"

„Wir grenzen einen Teil des Parks mit einem Elektrozaun ab. Zudem steht eine große Hütte auf dem Grundstück, die wir problemlos in einen Stall umwandeln können. Viola ist begeistert von der Idee."

Er hatte schon alles durchgeplant.

„Muss ich mich sofort entscheiden?"

Dean blickte sie für einen Sekundenbruchteil verletzt an, ehe der Maestro auf sie heruntersah. „Nein, lass es dir in Ruhe durch den Kopf gehen."

Sie wollte erst die Angelegenheit mit Sally erledigen, bevor sie zusagte. Wenn sie im Federzirkel wohnte, würde er wissen wollen, wo sie hinginge. Oder Viola würde es aus ihr herauskitzeln. Nochmals würde sie ihre Freundin nicht in Gefahr bringen.

Etwas scharrte an der Tür, und mit einem Ruck flog sie auf. Giotto kam in das Zimmer getrabt, sprang mit fliegenden Ohren auf das Bett. Er war tropfnass, dreckig, stank furchtbar, und John tauchte mit einem wütenden Gesichtsausdruck hinter ihm auf. „Ich bring ihn um!"

Kim brach in Lachen aus, denn Schlammtropfen klebten an Johns Wangen, die stinkende Masse tropfte aus seinen Haaren, und überhaupt bedeckte Schlamm den Körper.

„Dieses Monster hat sich an mich herangeschlichen, ist gegen meine Kniekehlen gerannt und hat mich in einen Tümpel befördert! Und als ob das nicht gereicht hätte, ist er auf mir gelandet, um mich vollends in die Brühe zu drücken."

Er packte Giotto am Halsband und zog ihn mit Deans Hilfe vom Bett. Viola tauchte im Türrahmen auf und fiel in Kims Lachen ein, dabei krümmte sie sich nach vorn, und die Tränen liefen ihr übers Gesicht. Da konnten die Maestros noch so zornig gucken, sie ließ sich nicht davon beeindrucken, stattdessen stachelte es sie an.

„Was willst du jetzt tun, John?", wieherte Viola, „ihm die Augen verbinden und ihn knebeln? Vielleicht ins *Salt* verschleppen?" Die Idee brachte sie fast auf die Knie, sodass sie sich an Dean festklammerte, der sie an der Taille stützte, einen Blick auf seinen Bruder warf, bevor beide lachend zu Boden sanken, begleitet von Giottos Gebell. Dass Dean nackt war, schien weder ihn noch sie zu stören. Kim bemerkte, dass es sie auch nicht störte, zudem hatte sie genug damit zu tun, nicht vor Lachen vom Bett zu fallen.

Kim und Viola erhielten eine strenge Strafe für ihre Verfehlungen, und sie benötigten den ganzen Morgen, um das Haus von den Schlammspuren zu befreien. Aber zuerst wuschen sie Giotto, der sich mit stoischer Ruhe in sein Schicksal ergab und jetzt fluffig nach Rosen duftete.

„Fast wie in *Verruchte Nächte*." Viola lächelte sie an. „Zwei Putzsklavinnen …"

„Hör auf, Viola! Ich weiß, dass meinen Äußerungen vor Blödheit strotzten." Kim grinste breit und beugte sich weiter nach vorn, schließlich sollten die Maestros den Anblick ihres blanken Arsches genießen, hatte es doch durchaus Vorteile, eine Putzsklavin zu sein. Sie wusste nicht, ob sie so verführerisch wie Viola aussah, denn ihre Freundin beherrschte es meisterlich, ihren Po ins rechte Licht zu rücken. Das Räuspern von Dean verriet ihr jedoch, dass ihre Bemühungen nicht umsonst waren.

Viola errötete kichernd. Die Brüder saßen in dunkelroten Sesseln, in den Händen Gläser mit Scotch.

„Vielleicht sollten wir uns diese Stühle anschaffen", sagte John.

„Du meinst die roten mit den goldenen Verzierungen, die wie ein Thron aussehen?"

„Genau die."

„Einen von diesen Dingern, die Kate weggeworfen hat?"

Dean lachte bei dem Gedanken.

Viola schnaubte neben ihr, murmelte etwas von „Nur über meine tote Leiche" und hielt den albernen, leuchtend grünen Staubwedel wie eine Waffe.

„Hier drüben ist noch ein wenig Staub, Schiava." John nutzte den drohenden Tonfall, doch im nächsten Moment verschluckte er sich an seinem Scotch, da Viola mit dem Wedel über ihre Nippel fuhr und besonders sinnlich mit den Hüften wackelte.

„Diese Stelle?" Die Worte sprach sie in einem Tonfall äußerster Provokation. John sprang aus dem Sessel und quietschend rannte sie davon.

Jetzt besaß Kim Deans ungeteilte Aufmerksamkeit.

„Und wie sieht es mit dir aus, Maestro, befindet sich Staub auf deinem Wedel?"

Dean spuckte den Scotch aus. Sie trat an ihn heran, vergaß den Satz, den sie hatte sagen wollen, erstickt von der Glut in seinen Augen.

„Ich glaube, mein Wedel muss in die letzten Ecken vorstoßen, um sämtlichen Staub zu entfernen. Am besten setzt du dich dazu auf meinen Schoß."

Kapitel 14

K im umklammerte fluchend das Lenkrad. Ihre Hände zitterten, und das machte sie wütend. Sie versuchte, die Empfindungen zu verbannen, musste ruhig bleiben. Es war wichtig, Séamus mit Überlegenheit entgegenzutreten. Er durfte ihr nicht anmerken, wie sehr sie ihn verachtete, dass sie Angst vor ihm verspürte.

Mit Mühe gelang es ihr, die Kühlschrankfassade an die Oberfläche zu ziehen. Es war ein ungewohntes Gefühl, denn in letzter Zeit war Kühle eine fremde Emotion geworden. Hatte sie früher einem Kühlschrank entsprochen, glich sie mittlerweile einem Induktionsherd, der auf die leiseste Berührung mit Hitze reagierte.

Erst jetzt fiel ihr ein, dass sie sich keine Gedanken darüber gemacht hatte, was sie mit Sally tun sollte, falls sie einwilligte, Kim zu begleiten. Im nächsten Moment schalt sie sich, denn die Bedenken waren grundlos. Wenn sie mit Sally bei den Sullivans auftauchte, würden sie ihre Cousine mit offenen Armen aufnehmen und ihr bereitwillig helfen, ein neues Leben anzufangen. Der Federzirkel verfügte über ausreichend Zimmer, um eine weitere Person unterzubringen. Kim lächelte traurig, denn Sally nähme kaum Platz ein, so dünn, wie sie war. Séamus verlangte eine Frau mit einer Kinderfigur, und so hatte sich die ehemals lebendige Sally mit normalen Maßen nach und nach in einen Zombie mit einer Figur verwandelt, die früher nur in der Kinderabteilung Kleidung gefunden hätte. Heutzutage führten Geschäfte ja mit Vorliebe Kleinstgrößen.

Kim seufzte. Der Gedanke, dass Sally mit ihr kommen würde, war zu optimistisch. Eigentlich war es sinnlos, bei Sally aufzutauchen, doch ihr Gewissen forderte es ein. Kim blieb eine Weile sitzen, bis ihre körperliche Verfassung der entsprach, die sie wollte.

Sie zog die dunkelblaue Strickjacke enger um sich, weil es sie fröstelte, und zwar nicht allein wegen des Nieselregens, der mit einem kalten Wind daherkam. Entschlossen ging Kim auf das Haus zu, das umgeben war von einem tristen Garten, der zur Trostlosigkeit beitrug. In besseren Zeiten hatte Sally alles mit Kürbissen und Krimskrams verziert, liebte Lichterketten aus kleinen Elfenfiguren, die so schön waren, dass sie nicht kitschig wirkten. Jetzt war nichts mehr davon zu sehen. Das einsame Gebäude strahlte Hoffnungslosigkeit aus.

Kim klingelte mehrmals, bis Sally endlich die Tür öffnete. Sie schluckte hart und unterdrückte die Tränen, die drohten, Überhandzugewinnen. Ihre Cousine glich einem Knochengerippe auf zwei Beinen. Ihre hohlen Wangen ähnelten in der Farbe einem Bett aus schmutzigem Schnee. Die

Haare, die früher eine rotgoldene Masse gewesen waren, hingen leblos bis zu ihrem Kinn. Sie hatte sich offensichtlich schnell Make-up ins Gesicht geschmiert, doch es verdeckte den Bluterguss auf ihrem Wangenknochen nicht.

„Kim." Sally sagte es, als ob sie zu Tode erschrocken sei, sie zu sehen.

„Lass die Hexe rein!" Séamus tauchte hinter Sally auf, und ihre Cousine zuckte zusammen.

Séamus war Filialleiter bei einer Bank – ausgerechnet! Er nahm jeden Morgen und Abend eine neunzigminütige Autofahrt auf sich. Kim wusste wieso. So riskierte er nicht, dass einer seiner Arbeitskollegen Sally zu Gesicht bekam. Er hatte schließlich einen Ruf zu verlieren, denn wenn er wollte, konnte er charmant sein. Jeder kannte ihn als den netten Kerl von nebenan. In der Brieftasche trug er ein Bild von Sally, wie sie früher ausgesehen hatte. Hübsch, jung und voller Leben. Er hatte es ihr ausgesaugt wie eine Krankheit, sich in ihr ausgebreitet wie ein Virus.

„Überrascht, mich zu sehen? Ich habe Urlaub." Sein breites Gesicht verzog sich zu einem freundlichen Lächeln. Wüsste sie es nicht besser, hätte sie ihm die Fassade abgekauft, wirkte er doch durchaus fürsorglich und beruhigend mit der stattlichen Figur. Er verstand es meisterlich, einen Hauch von Verwegenheit in die Gesichtszüge zu legen, gerade genug, um das Interesse bei Frauen zu wecken, indes nicht die Eifersucht der Männer. Ihr wurde erst jetzt bewusst, wie gefährlich er war. Vielleicht hätte sie doch lieber die Sullivans einweihen sollen.

Durch die Erfahrungen im Federzirkel achtete sie viel mehr auf Körpersprache. Sie hatte Séamus immer für einen Idioten gehalten, doch er war alles andere als ein Idiot. Und er war ihr körperlich und psychisch überlegen. Hoffentlich beging sie nicht gerade eine weitere Dummheit. Sie sollte schnellstmöglich den Rückzug antreten, mit Verstärkung zurückkommen. Aber wollte Sally das?

„Ich komme auf einen Kaffee vorbei, schließlich habe ich Sally lange nicht gesehen. Auf meine Nachrichten auf dem Anrufbeantworter hat sie nicht reagiert."

Sie zog Sally vorsichtig in die Arme, verspürte Angst, sie zu zerbrechen. Dann reichte Kim Séamus die Hand. Er drückte sie fester, als es erforderlich war.

Ihr war nie aufgefallen, wie kräftig er war. Wieso hatte sie ihn dermaßen unterschätzt? Mühelos hielt er sie und küsste sie auf die Stirn. Kim konnte das Zusammenzucken kaum unterdrücken. Seine braunen Augen waren nicht warm, sondern glichen Kieselsteinen, die in einem gefrorenen Bachbett lagen.

„Sally, mach Kaffee für unseren Gast!"

Die Haustür klickte mit einem endgültigen Geräusch ins Schloss.

Deans Mobiltelefon vibrierte. Er schaltete die Schleifmaschine aus und ging in den Nebenraum. Es war Timothy. John warf Dean einen fragenden Blick zu, legte die Bohrmaschine auf die Leiter und stieg hinunter.

„Kim ist nach Tamworth gefahren. Sie besucht eine Sally und einen Séamus Finn", sagte Timothy.

„Die Namen sagen mir nichts."

„Meine Mitarbeiter jagen sie durchs System. Ich melde mich."

Timothy unterbrach die Verbindung.

„Ist alles in Ordnung, Dean?"

Miles schob sich die Schutzbrille von den Augen, und die Mimik drückte klar seine Besorgnis aus.

„Das war Timothy. Kim besucht jemanden in Tamworth." Dean trommelte mit den Fingerspitzen gegen den Oberschenkel, ein Zeichen seiner Anspannung.

John legte ihm eine Hand auf die Schulter.

„Du kannst sie nicht einsperren."

„Mir wäre es lieber, sie wäre sofort zu uns gezogen. Timothy konnte nicht herausfinden, wer Steven Kinsley ist. Sie könnte noch immer in Gefahr schweben." Seine Brüder unternahmen keinen Versuch, ihn zu beschwichtigen, sie wussten, dass er recht hatte.

„Ich glaube nicht, dass der Besuch mit den E-Mails zu tun hat. In diesem Fall würden wir die Namen und die Adresse kennen. Timothy überwacht alles."

In diesem Punkt hatte Miles recht, doch es war sicher trotzdem kein harmloser Besuch, denn sie hatte nichts davon erwähnt. Dean hatte gespürt, dass sie erst etwas erledigen wollte, bevor sie in den Federzirkel zog. Eine dunkle Ahnung sagte ihm, dass es dieser Besuch sein könnte.

Sein Mobiltelefon plärrte los.

„Timothy, ich stelle auf Lautsprecher. Dean und Miles sind bei mir."

„Sally ist ihre Cousine."

Dean wäre vor Erleichterung fast das Telefon aus der Hand gefallen. Doch das Gefühl hielt nur kurz an, denn dann fuhr Timothy fort: „Séamus Finn ist in der Szene für verdammt harte Spielchen bekannt. Man munkelt, eine seiner ehemaligen Sklavinnen ist bei einer Session zu Tode gekommen, man konnte ihm aber nichts nachweisen. Zudem existiert ein Verdacht wegen Mädchenhandels."

„Wo bist du? Wir kommen und holen sie."

„Warte, Kim kommt gerade aus der Haustür. Sie ist leichenblass, aber offenbar unverletzt. Ich folge ihr!"

Miles' Augen glühten, ihm ging die Sache wegen seiner eigenen Vergangenheit zutiefst nah.

„Wenigstens wissen wir jetzt, woher Kim die Vorurteile gegen SM hat und wieso es ihr besonders schwer fällt, zu akzeptieren, dass wir keine Horde skrupelloser Perverser sind, sie selbst eingeschlossen."

„Ich möchte nicht wissen, in welchem Zustand Sally ist." John zog sein Mobiltelefon aus der Arbeitshose. „Wenn Viola etwas davon gewusst hat … dann lernt sie mich von einer anderen Seite kennen."

„Nicht nur dich", knurrte Dean.

John bestellte Viola ins Haus. Nach einer halben Stunde kam sie die Einfahrt heraufgeschossen, dass die Kieselsteine nur so spritzten. Ihre Wut über Johns scharfen Tonfall verschwand nach einem Blick in ihre Gesichter auf der Stelle. Sie erbleichte, als Dean sie einweihte, und den Brüdern war sofort klar, dass sie von nichts gewusst hatte. Sie zu fragen war überflüssig. Viola war die schlechteste Lügnerin, die er in seinem Leben je kennengelernt hatte.

Aber um ganz sicher zu sein, drängte sein Bruder sie in die Ecke, stützte beide Hände neben ihrem Kopf ab und drohte ihr mit harten Konsequenzen, falls sie es wagte, auch nur den Anflug einer Dummheit auszuhecken.

„Und sei dir sicher, Cara, ich merke es augenblicklich, wenn du nur daran denkst. Wir erledigen die Angelegenheit und nicht du."

„Verdammt, John. Hältst du mich für den Blödbommel der Woche?" Sie schubste John. Nicht, dass es ihr etwas genutzt hätte.

„Viola", grollte er und küsste seine Frau fest auf den Mund.

„Ich gehorche", zischte sie.

Dean sah ihr deutlich an, dass sie den Reiz unterdrückte, John zu treten.

„Heute Abend wirst du deinen Tonfall bereuen, Schiava."

„Das werden wir ja sehen, du Oger."

„Viola, falls Kim dich um Hilfe bittet …"

„… dann benachrichtige ich euch sofort." Sie beendete den Satz weich. „Ich vertraue euch." Ihr Augenausdruck wurde störrischer. „Außerdem verspüre ich keinen Bedarf, über euren Knien zu landen."

Dean sah, wie der Zorn aus ihrem Körper wich. Er verstand sie – es war nicht einfach, mit drei Dominanten unter einem Dach zu leben. Auch wenn Viola sie alle um den Finger wickelte, leicht hatte sie es nicht.

John legte die Arme um seine Frau, und sie lehnte die Wange gegen seine Brust.

„Manchmal hasse ich euch."

Ein Ausdruck puren Verlangens trat auf Johns Gesicht, denn er plante ihre Bestrafung. Dean sah es ihm an.

~ 177 ~

Kim benötigte mehrere Anläufe, bis sie es schaffte, den Schlüssel in das Zündschloss zu stecken. Dieser Besuch war anders gewesen als die vorherigen. Sie hatte den Eindruck, dass Séamus sie getestet und ihre Unversehrtheit auf dem Spiel gestanden hatte.

Kim blickte in den Rückspiegel, bemerkte, wie verstört sie aussah. Séamus hatte sie nicht angefasst, ungeachtet dessen, war die Bedrohung spürbar gewesen, als ob er kurz davor gestanden hatte, sie zu packen. Kim schluckte den Kloß in der Kehle hinunter. Auch ihr letzter Versuch, Sally aus Séamus Fängen zu befreien, stellte einen Reinfall dar. Die Erkenntnis, dass Sally ihre Hilfe ablehnte, wog schwer. Sie wollte bei diesem Dreckskerl bleiben, und nur eine Entführung könnte sie retten.

Und wenn sie wirklich mit ihm glücklich war und Kim nur zu verbohrt und engstirnig, um es zu akzeptieren?

In jedem Fall verblieb ein fader Nachgeschmack. Sally hatte kaum gesprochen, war einem Augenkontakt ausgewichen. Sie war in die Küche geflüchtet, als Séamus zur Toilette ging, hatte unter allen Umständen vermieden, allein mit ihrer Cousine zu sein.

Kim startete den Motor und griff in die Jackentasche, um ein Taschentuch herauszuholen. Ihre Finger berührten ein Stück Papier. Sie sah zum Haus hinüber. Vielleicht beobachtete Séamus sie? Kim unterdrückte das Bedürfnis, den Zettel sofort zu lesen. Noch nie war ihr etwas schwerer gefallen. Stattdessen putzte sie die Nase, schluckte die Tränen hinunter und fuhr los. Sie fühlte sich, als ob sie die schlimmste Niederlage ihres Lebens erlitten hätte, und mit Niederlagen hatte sie noch nie umgehen können.

Oder war sie nur wütend, weil sie ihren Willen nicht durchgesetzt hatte? Ihr rauchte der Kopf. Sie kam kaum mit der Situation klar, dass sie den Schmerz mochte, ihn herbeisehnte. Nachdenklich betrachtete sie sich im Rückspiegel. Ihre Augen wirkten nicht leblos wie Sallys. Dean hatte keinerlei Ähnlichkeit mit Séamus. Vor was verspürte sie Angst?

Komm nie wieder her, sonst bringt er mich um! Kim starrte auf die Worte, bis eine Träne auf den Zettel tropfte, sich mit der Tinte vermischte und eine Spur auf dem Papier hinterließ. Was sollte sie tun? Allein konnte sie das Problem nicht lösen. Kim beschloss, nachher in den Federzirkel zu fahren und die Sullivans einzuweihen, jeden der Brüder. Vielleicht fanden sie gemeinsam eine Lösung. Das hätte sie längst tun sollen, und jetzt verstand sie nicht mehr, warum sie Dean, John und Miles nicht genug vertraut hatte, um ihnen von Sally zu erzählen.

Eventuell, weil ihre Cousine auf eine aberwitzige Weise den Platz des Rettungsankers einnahm. Sie daran erinnerte, wie gefährlich SM sein konnte. Ihr wurde bewusst, wie dumm und egoistisch sie sich aufführte bei dem Versuch, ihre Neigung zu verleugnen. Nur aus diesem Grund hielt sie an dem Bild von Sally fest. Dabei hatte ihr der Federzirkel hinreichend bewiesen, wie erfüllend es sein konnte, die eigenen Bedürfnisse zu akzeptieren. Nicht ein Mal hatten sie ihr eine Veranlassung für ihr Misstrauen gegeben. Geduldig und mit viel Liebe hatte Dean sie erobert. Ihre Angst, dass er sich in ein Monster verwandeln könnte, war unbegründet.

Kate, Iris und Viola waren keine gebrochenen Frauen. Sie waren großartig, frei in ihrer Meinung und standen mit beiden Beinen im Leben. Kate war Zahnärztin und Iris Steuerprüferin, sie zwangen so manchen Mann in die Knie. Und Viola? Mit einem Lächeln wickelte sie die drei Brüder um den Finger. Sie liebten Viola und behandelten sie respektvoll. Kim sollte ihnen den gleichen Respekt entgegenbringen. Sie hatte nicht nur die Sullivans belogen, sondern auch sich selbst.

Vielleicht gab es noch Rettung für Sally. Gemeinsam mit den Brüdern bestand die Möglichkeit einer Lösung. Kim sah zum Himmel, weil starker Regen für den Abend vorhergesagt war, und sie beschloss, die Pferde in die Boxen zu sperren.

Morgen könnte sie mit Viola die Stuten in den Federzirkel bringen. Auf dem langen Ritt hätten sie ausreichend Zeit, sich in Ruhe zu unterhalten. Das war die Lösung! Sie würde erst Viola in alles einweihen und dann zusammen mit ihr die Brüder. Viola als Unterstützung an ihrer Seite war der richtige Weg.

Nachdem sie diesen Entschluss gefasst hatte, fühlte sie sich erleichtert. Sie atmete befreit die klare Luft ein, als sie zum Weidezaun hinüberging. Die Stuten trabten wiehernd auf sie zu. Sie spürten den nahenden Regen, verlangten die Geborgenheit des Stalls. Kim verstand sie, sie selbst war bis in ihr Innerstes durch Séamus geschockt. An ihm klebte eine gefährliche Bösartigkeit, die er die meiste Zeit geschickt verbarg. Sie hatte ihn unterschätzt, ihn für einen Dummdom gehalten. Aber falscher könnte sie nicht liegen. Er war weit entfernt von dumm. Fröstelnd strich sie über ihre Arme und schmiegte die Wange an Velvets glänzenden Hals.

Sie war froh, in den Federzirkel zu ziehen, das war das Ende der Einsamkeit. Noch vom Stall aus rief sie Dean an und teilte ihm ihre Entscheidung mit, sprach anschließend kurz mit Viola. Sie wollte morgen früh gegen neun Uhr eintreffen und freute sich wahnsinnig auf den Ritt.

Das Telefonat hatte sie beruhigt, und dennoch kontrollierte sie, ob alle Türen und Fenster verschlossen waren. Vielleicht war es für eine lange Zeit die letzte Nacht, die sie in Isolation verbrachte. Ihr gefiel der Gedanke, jeden Tag neben Dean aufzuwachen. Aber ob er ebenso fühlte?

Seufzend trank sie eine Tasse Tee. Sie sollte ein Problem nach dem anderen bewältigen und nicht versuchen, den ganzen Berg auf einmal zu überwinden, Schwierigkeiten hinzuzufügen, wo möglicherweise keine aufragten.

Die ersten Tropfen fielen, und Kim nahm ihr Notebook mit ins Schlafzimmer, machte es sich auf ihrem Bett bequem und betrachtete eine Weile das schimmernde Nass, das die Scheiben hinunterfloss.

Es war Zeit, die finale Sendung der *Verruchten Nächte* aufzuzeichnen, die sich von den vorherigen deutlich abheben würde. Lächelnd tippte sie auf der Tastatur, konzentrierte sich ganz auf Dean, auf die Erinnerung des köstlichen Lustschmerzes, den er in ihr weckte. An das Vertrauen, das sie in ihn hatte und den Respekt, den er ihr entgegenbrachte. Es war die ehrlichste Sendung, die sie jemals aufgezeichnet hatte.

Kim schreckte hoch, als etwas Weiches ihre Nase berührte und Rosenduft ihre Sinne erfasste.

„Guten Morgen, Kleines." Dean sah auf sie herab und roch an der langstieligen roten Rose, die er in der Hand hielt.

Langsam kroch Verstand in Kims Kopf, und sie setzte sich auf. „Wie bist du reingekommen?"

„Die alten Schlösser sind leicht zu knacken. Der Haken eines Kleiderbügels war alles, was ich brauchte. Wenn wir mit der Renovierung fertig sind, wirst du die neuesten Sicherheitsvorrichtungen an deinen Türen besitzen."

Sie blinzelte, bis sie besser sehen konnte, schielte zum Wecker. Es war sieben Uhr, sie hatte nicht verschlafen.

„Viola und John sind in der Küche und bereiten Frühstück zu." Seine Mundwinkel zuckten. „Viola ist ganz aufgeregt und freut sich auf den Ritt."

„Dean."

Seine Körperhaltung änderte sich so geringfügig, dass jemand, der ihn nicht kannte, es wohl nicht bemerkt hätte.

„Was ist, Cara?" Er sprach die Worte weich, ein Kontrast zu seiner Haltung.

„Ich möchte nachher etwas mit dir, John und Miles besprechen. Erst jetzt verfüge ich über genügend Mut, es euch anzuvertrauen."

Er nickte und hakte nicht nach. Sie verliebte sie noch ein Stück weiter in ihn.

„Ich bin in der Küche, Schiava. Lass uns nicht zu lange warten, sonst sehe ich mich gezwungen, deine Verspätung zu bestrafen."

Seine Augen funkelten, und sie hatte nicht die geringste Ahnung, ob er es ernst meinte. So viel dazu, dass sie seine Körpersprache lesen konnte. Kim duschte in Rekordzeit, denn sie verspürte nicht den Wunsch, es herausfinden. Einen brennenden Hintern wollte sie nicht riskieren, nicht vor dem ausgedehnten Ritt, der ihr bevorstand.

Ihre Worte erfreuten und beunruhigten Dean zugleich. Am liebsten hätte er sie genötigt, ihr Geheimnis auf der Stelle zu verraten. Mit dieser Vorgehensweise hätte er allerdings ihr Vertrauen zerstört. Er sollte nicht zu viel von ihr verlangen. Gott, er hatte sich wie ein Schneekönig gefreut, als sie ihn gestern angerufen hatte.

Die Vorstellung, jeden Morgen neben ihr aufzuwachen, gefiel ihm, sah sie doch hinreißend aus, die Wangen vom Schlaf gerötet, ihre Haare zerzaust, mit diesen blauen Augen, die einem tiefen See in der Morgensonne glichen. John würde ihn auslachen, wenn er seine Gedanken hören könnte. Aber vielleicht auch nicht, letztens hatte er Viola einen Kuchen gebacken und die Oberfläche mit Herzen verziert. Dean hatte ihm schwören müssen, es niemandem zu verraten. Hatte er auch nicht. Er erzählte es nur Miles, Roger, Ricardo und Tom, und die waren schließlich nicht niemand.

„Ich meine es ernst, John."

Viola stand vor seinem Bruder, die Schüssel mit dem Pfannkuchenteig in der Hand, als ob sie kurz davor wäre, sie ihm über den Kopf zu gießen. Unbemerkt von ihr stellte Dean sich hinter sie und umfasste ihre Schultern, legte eine Hand auf ihren Brustkorb.

„Gibt es ein Problem? Brauchst du Hilfe, um deine freche Schiava zu zähmen, Bruder?"

John funkelte Viola auf eine Weise an, die ihren Herzschlag beschleunigte; Dean spürte es unter der Handfläche. Sie keuchte. „Wenn einer von euch es wagen sollte, meinem Po nach dem langen Ritt nahezukommen, dann wird meine Rache fürchterlich sein."

„Forderst du uns auf, deinen Po vorher mit Schlägen zu verwöhnen?", fragte John mit einem herausfordernden Unterton.

Dean fühlte, dass sie sich anspannte. Es entlockte ihm ein Schmunzeln. Jedes einzelne Wort würde sie zu spüren bekommen, langanhaltend und lustvoll.

„Was meinst du, Dean? Sind wir gnädig und halten uns die Option offen?"

„Das werden wir, Bruder. Wir müssen die neue Bondagevorrichtung noch einweihen, sollten sie keinesfalls den renitenten Schiavas vorenthalten."

Dean zog Violas Kopf in den Nacken, legte ihr eine Hand leicht auf die Kehle, und sie zuckte zurück. Lächelnd küsste er sie auf die Stirn, wartete, bis sie sich entspannte. Vertrauensvoll lehnte sie sich an ihn. Sie wusste nicht, wie glücklich ihn ihr Vertrauen machte. Ihm wurde bewusst, wie sehr es schmerzte, dass Kim ihm bis jetzt ihr Vertrauen vorenthielt.

Er hörte, wie Kim die Treppe hinunterkam und lächelte über ihre Hast. Anscheinend verspürte sie auch keine Lust auf einen schmerzenden Po. Eigentlich schade. Die Bratpfannenwender hätten sich gut als Instrument geeignet. Viola warf ihm einen Blick ungetrübter Empörung zu, als sie bemerkte, wohin er sah. Sie trat zurück und baute sich mit Kim auf der anderen Seite des Tisches auf. John und er brachen in Lachen aus. Keine Tischplatte bot Sicherheit, wenn sie sie strafen wollten – Kim und Viola wussten das. Die köstlich ängstliche Erregung auf den Gesichtern war unbezahlbar.

„Ihr habt eure Mobiltelefone? Schaltet sie nicht aus!" Dean half Kim auf Velvet und stützte den Po länger als nötig. Sie sah umwerfend auf der Fuchsstute aus. Das Fell des Tieres glänzte mit ihrem Haar um die Wette.

„Ihr braucht euch keine Sorgen zu machen. Velvet und Silk sind brav."

Er reichte ihr den Reithelm. Viola saß auf Silk, und ihr war nicht anzusehen, dass sie jahrelang nicht auf einem Pferd gesessen hatte. Ihre Nervosität war in dem Moment vergangen, als sie in den Sattel stieg. Jede ihrer Gefühlsregungen spiegelte sich in ihrer Mimik und in ihrer Haltung wieder. Jetzt strahlte sie.

„Es ist so, als ob ich erst gestern geritten wäre."

„Bist du doch." John grinste breit. Viola errötete bis zu den Haarspitzen. Ihr honigblonder Zopf lugte unter dem Helm hervor, und die grünen Augen blitzten.

„Wenn irgendetwas ist, ruft ihr an." John sah besorgt aus, und Dean verstand ihn. Der Zwischenfall mit Parker Cormit steckte ihnen allen noch in den Knochen, und sie hatten auch noch immer nichts über diesen ominösen Steven Kinsley herausgefunden. Der Wagen, der Kim nach ihrem Dominatorzwischenfall gefolgt war, hatte sich als harmlos erwiesen. Er gehörte einer älteren Dame, die ihre Tochter besucht hatte.

„Was soll uns passieren? Im schlimmsten Fall könnte Silk mich abwerfen, und das wird sie nicht. Ich rufe dich jede Stunde an. In Ordnung?" Dean war dankbar, dass Viola das anbot. Denn auch er verspürte Unruhe.

John verstaute den letzten Koffer von Kim und rollte mit den Augen. In Anbetracht der Anzahl der Gepäckstücke plante sie offenbar, für eine verdammt lange Zeit bei ihnen zu bleiben. Dean war das nur recht. Wenn es nach ihm ginge, bräuchte sie keine Privaträume in ihrem Romantikhotel. Sie sollte im Federzirkel wohnen. Er tastete nach der kleinen Schatulle, die er in der Tasche seiner Jacke trug.

Kim beugte sich herunter und küsste ihn auf den Mund.

Dann schnalzte sie mit der Zunge, und die Pferde setzten sich in Bewegung. Sie sahen ihnen nach, bis sie auf dem Waldweg zwischen den Bäumen verschwanden.

Timothy kam kopfschüttelnd auf sie zu. „Es tut mir leid, Jungs. Steven Kinsley bleibt ein Mysterium. Doch ich bin mir sicher, früher oder später finde ich etwas heraus."

In der Hand hielt er einen Tracker.

„Solange die Mobiltelefone eingeschaltet sind, können wir sie orten." Er schlug ihnen auf den Rücken. „Bei euch ist Kim in Sicherheit."

Seine Mimik wirkte beruhigend. „Macht euch keine Sorgen, ich habe sie doppelt abgesichert, selbst ohne Mobiltelefone können wir sie aufspüren."

Dean sah John an, dass er die gleiche Unruhe verspürte. Dean wünschte, die vier Stunden wären vorbei und die beiden Frauen in der Obhut des Federzirkels.

Nach fünf Minuten fühlte sich Viola auf Silk zu Hause. Sie hatte nichts verlernt, war die ruhige Reiterin aus ihrer Jugend, Kim merkte es ihr deutlich an. Violas Stimmung griff auf Silk über, und die Stute trabte entspannt neben Velvet, die Ohren aufmerksam gespitzt.

Kim wollte das Thema nicht sofort anschneiden, doch Viola sah sie neugierig an. „Kim, ist alles in Ordnung? Du siehst besorgt aus."

„Das bin ich auch. Gib mir noch etwas Zeit, ich erzähle es dir nachher, wenn die Pferde sich ausgetobt haben."

Viola klopfte nickend Silks Hals.

„Sie haben gestern den Geräteschuppen ausgeräumt und ihn vorbereitet." Sie rollte mit den Augen. „Sie haben so viele Möhren gekauft, dass man eine ganze Herde damit versorgen könnte." Viola lächelte breit. „Habt ihr euch eure Liebe gestanden?"

Kim starrte sie an. „Liebe?", stotterte sie. Viola meinte nicht ihre gestammelten Äußerungen bei der Session im *Sadasia*, sondern ob sie es sich bewusst gesagt hatten, ein intimes Liebesgeständnis, von beiden Seiten. Sie hatte, Dean nicht.

„Anscheinend noch nicht. Ich gebe euch bis zum Ende der Woche." Viola schnalzte mit der Zunge, sodass die Stuten in einen weichen Galopp wechselten.

Die Freundin hielt Wort und rief John jede Stunde an. Nach dem zweiten Anruf erzählte ihr Kim von Sally, von ihren Ängsten und ihrer Verzweiflung. Die Freundin reagierte nicht mit Vorwürfen, sah sie stattdessen verständnisvoll an. Die Hufe der Pferde wirbelten Tannennadeln auf, die Sonne schien durch das Dach der Blätter, und Kim fühlte sich dermaßen erleichtert, dass ihr nicht nur ein Stein vom Herzen fiel, sondern ein Steinbruch. Sie hätte viel eher mit Viola reden sollen.

„Ich weiß nicht alles, was sie Parker Cormit an dem Abend, als sie ihn entführten, angetan haben, doch Parker stellt für niemanden mehr eine Bedrohung dar. Sie werden sich Séamus und Sally annehmen." Dann runzelte die Freundin die Stirn. „Kim, da hinten liegt jemand!"

Erst jetzt sah Kim das umgestürzte Mountainbike und den dunkelhaarigen Radfahrer, der zusammengekrümmt auf dem Boden lag. Sein Helm befand sich ein paar Meter von ihm entfernt.

Sie erreichten ihn im Trab. Er rührte sich nicht, und Blut klebte an seiner Wange. Kim erfasste kalte Übelkeit. Anscheinend waren die Steine in der Pfütze ihm zum Verhängnis geworden. Kim sprang von Velvet, warf Viola die Zügel zu. Sie beugte sich zu dem Mann hinunter und kreischte erschreckt, als er sie packte und ihr ein Messer an die Kehle presste. Viola reagierte nicht sofort, sondern verschenkte wertvolle Sekunden, bis es zu spät war, um zu entkommen. Zwei weitere Typen sprangen aus dem Gebüsch, und einer schnappte sich die Zügel der scheuenden Stuten.

„Steig ab oder deine Freundin wird es büßen!", zischte der Radfahrer.

Der Dritte legte einen Arm um Violas Hals, zwang sie zur Bewegungslosigkeit. Viola sah aus, als müsse sie sich gleich übergeben, umfasste mit aufgerissenen Augen den Arm. Sie hatte Kim von dem Würgen erzählt, dass John ihr ganz langsam die Angst genommen hatte. Der Kerl, der sie umklammerte, zerstörte alles.

Falls dies eines von Deans Spielchen war, dann war Kim bereit, ihm den Hals umzudrehen. Das ging eindeutig zu weit. Und John könnte ebenfalls was erleben. Doch in diesem Moment kam Séamus zwischen den Bäumen hervor, und Kims Beine gaben fast nach. Das hier war kein Spiel, es war tödlicher Ernst.

„Hast du wirklich geglaubt, du könntest mir mithilfe des Federzirkels die Sklavin nehmen, deren Abrichtung mir so viel Mühe abverlangt hat? Du hast nicht die geringste Ahnung, wer ich bin."

Er trat an sie heran, der Blick kalt wie Eis. Doch das war es nicht, was sie am meisten beunruhigte, sondern die wahnsinnige Grausamkeit, die dahinter schimmerte. Séamus würde ihr wehtun, und nicht nur ihr. Die eisigen Augen legten sich auf Viola, und die Freundin erkannte, was er war. Die restliche Farbe wich aus ihrem Gesicht.

„Du hättest Geena gestern nicht deine Pläne mitteilen sollen."

Kim erstarrte. Sie hatte Geena gestern Abend angerufen und sie über das Vorhaben informiert, mit Viola die Pferde in den Federzirkel zu bringen. Geena war in der Stadt gewesen, als sie den Anruf angenommen hatte.

~ 184 ~

„Jetzt guck nicht so erstaunt. Dein Galan hat dich zu gut bewacht, deshalb weitete ich mein Netz aus. Geena hat ihrem neuen Verehrer nur zu gern von dir berichtet."

Bewacht?

Er zog eine Lederschnur aus der Tasche, und ihr stockte der Atem: Es war ihre verschwundene Kette. „Ich konnte es nicht fassen! Eigentlich wollte ich Indigo Blue schnappen, und ich habe meinen Augen nicht getraut, als ich erkannt habe, dass du es bist."

In diesem Moment scheute Silk und stellte sich auf die Hinterbeine. Die Stuten verspürten große Angst vor aggressiven Männern, denn sie hatten viele Schläge von ihnen während ihrer Rennbahnzeit eingesteckt. Fluchend musste das Arschloch die Zügel loslassen, und die Pferde rannten davon. Sie würden geradewegs nach Hause laufen.

Séamus umfasste Kims Kinn so fest, dass es schmerzte. „Darf ich mich vorstellen? Du kennst mich auch als Steven Kinsley."

Der blonde Kerl knebelte Viola, und sie zurrten einen Kabelbinder um ihre Handgelenke. Viola atmete unruhig. Kim befürchtete, sie würde vor Panik bewusstlos werden.

„Wir freuen uns außerordentlich, unsere Gastfreundschaft auf ein Mitglied des Federzirkels auszuweiten."

Séamus ging zu Viola.

„Fass sie nicht an, du Schwein!"

Séamus drehte sich in einer Bewegung zu Kim und schlug ihr hart ins Gesicht. Der Griff des Radfahrers bewahrte sie davor, zu Boden zu gehen. Sie hasste sich, doch den Schrei konnte sie nicht zurückhalten, auch nicht die heißen Tränen. Ihre gesamte rechte Gesichtshälfte brannte. Sie sah ihm an, dass er sich zurückgehalten hatte. Falls er gewollt hätte, wäre ihr Kiefer gebrochen.

„Du redest von jetzt an nur, wenn ich es dir erlaube." Ein Glitzern trat in seine Augen. „Das nächste Mal schlage ich die Federzirkelschlampe."

Er fasste in Violas Jackentasche und nahm ihr Mobiltelefon in die Hand. „Gib mir dein Telefon, Kim!"

„Ich habe keins dabei."

„Finde ich eines, bereut ihr beide deine Lüge."

Kim pokerte hoch. Sie hatte das schlanke Telefon in ihren Reitstiefel geschoben, als das vermeintliche Unfallopfer sie gepackt hatte. Sie dankte Gott, dass sie kein iPhone besaß, sondern ein älteres Modell. Séamus würde sie sowieso halbtot schlagen, sie musste es einfach riskieren. Sie hoffte nur, dass niemand sie anrief, denn dann wären sie geliefert.

Séamus tastete sie gründlich ab. Kim biss auf ihre Unterlippe, um es zu ertragen. Sie sah nach vorn und fixierte einen Punkt über seiner Schulter. Er erreichte ihre Beine, fasste ihr anzüglich grinsend in den Schritt.

„Vielleicht sollte ich nachsehen, ob du es hier versteckst."

Sie schaffte es, bewegungslos stehen zu bleiben, schenkte ihm keine Reaktion. Er fuhr mit den Handflächen ihre Beine entlang. Ihr Herzschlag beschleunigte, drohte sie zu verraten. Kim konzentrierte sich darauf, ruhig zu atmen, nicht ein Anzeichen der Erleichterung zu zeigen, als er sich aufrichtete.

„Dreh sie um, Bill!"

Bill packte sie grob an den Schultern, und Séamus zurrte einen Kabelbinder um ihre Handgelenke. Sie war wie erstarrt und spürte die schmerzende Wange.

Mit einem kalten Lächeln drehte er Kim wieder zu sich und schlug ihr hart ins Gesicht. „Hast du wirklich geglaubt, ich hätte nicht gesehen, wie du das Telefon in deinen Stiefel geschoben hast?"

Kim hing schlaff in dem Griff von dem blonden Kerl.

Der grausame Ausdruck in den Augen war das Letzte, was sie sah, ehe er ein übelriechendes Tuch auf ihre Nasse presste.

Kapitel 15

*M*iles, John und Dean fixierten die Uhr in der Bibliothek. Es war fünf Minuten über der Zeit, zu der Viola sich hätte melden sollen.

Dean brauchte nur seine Brüder anzuschauen, um die eigene Unruhe zu sehen. Keiner von ihnen glaubte daran, dass Viola den Anruf vergessen hatte. Sie wusste um ihre Besorgnis und nahm sie nicht auf die leichte Schulter.

„Endlich!", brüllte Timothy, der auf sein Notebook sah, als hätte er gerade entdeckt, wer Kennedy wirklich umgebracht hatte. „Steven Kinsley ist Séamus! Dieselbe IP-Adresse, umgeleitet über mehrere Stationen. Meine Kontaktperson hat ein Essay zusammengestellt." Timothys Stimme wurde leise. „Verdammt!"

Sie starrten auf das Notebook, lasen die Sätze, und Dean wurde übel. „Er verkauft Sklavinnen?" Die Befürchtung war wahr geworden.

John hämmerte erneut auf die Kurzwahltaste seines Mobiltelefons, schüttelte resigniert den Kopf. „Sie meldet sich nicht."

Dean wusste, es war vergebens, dennoch versuchte er es ebenfalls bei Kim. Nicht einmal die Mailbox sprang an.

„Was sagt der Tracker?", fragte Miles.

„Die Telefone sind tot, doch der Sender in Violas Stiefelabsatz funktioniert."

Sie rannten aus der Tür. John schickte eine Rund-SMS los und prallte mit Sean zusammen.

Nur langsam drangen die Geräusche überlaut an ihre Ohren, abgelöst durch den hämmernden Schmerz auf ihrer Wange. Verdammt, ihre Handgelenke brannten unglaublich. Es dauerte einen weiteren Moment, bis die Erkenntnis messerscharf in ihren Verstand einschlug und sie realisierte, was geschehen war.

Gott, die Übelkeit drohte sie zu überwältigen. Sie hatte einen schrecklichen Geschmack in der Kehle. Sie konnte sich gerade noch zur Seite drehen, und jemand hielt ihr eine Schüssel vor das Gesicht.

„Es tut mir so leid, Kim. Ich wollte das alles nicht." Es war Sally, in der Stimme eine Trostlosigkeit, die Kim bis ins Mark erschreckte. Sally reichte ihr ein Glas Wasser, und sie spülte ihren Mund aus.

„Wo ist Viola?"

Sie wäre vor Erleichterung fast in Tränen ausgebrochen, als sie die Freundin entdeckte, die auf dem zweiten Bett lag. Ein Bluterguss ver-

~ 187 ~

unstaltete die rechte Gesichtshälfte, und Kim erhob sich auf wackligen Beinen, umklammerte Sally, die beinahe unter ihrem Gewicht in die Knie gegangen wäre.

Viola atmete flach, und Kims Tränen tropften auf ihr Gesicht. „Was ist hier los, Sally?"

„Er hat gedroht, dich umzubringen, wenn ich dich jemals um Hilfe bitte. Und er hätte es getan."

Sally weinte nicht, wahrscheinlich waren ihre Tränen vor langer Zeit versiegt. „Ich fand nach und nach alles heraus. Er bildet Frauen gegen ihren Willen zu Sklavinnen aus und verkauft sie. Meistens sind es junge Mädchen aus Osteuropa."

Kim umfasste die knochigen Schultern der Cousine. „Warum bist du nicht zur Polizei gegangen? Du warst doch allein, wenn er zur Arbeit ging."

„War ich nicht. Wenn Séamus nicht da war, stand ich unter Überwachung durch einen seiner Lakaien, selbst als du mich besucht hast. Und außerdem …"

„Das habe ich nie bemerkt!"

„Du weißt nichts über mich, Kim." Jetzt lief eine einzelne Träne die Wange von Sally hinunter.

„Schon gut." Kim wollte sie berühren, doch Sally zuckte zurück. „Jetzt ist nicht die Zeit für Vorwürfe. Wie kommen wir hier raus?"

Kim sah kein Fenster, die einzige Fluchtmöglichkeit war die Tür, und sie war aus Stahl.

„Gar nicht, Kim. Er wird uns noch heute Nacht unter Drogen setzen, auf ein Schiff verfrachten, und wir werden uns wünschen, tot zu sein."

Kim rüttelte Viola an der Schulter.

„Hol mir ein bisschen Wasser, Sally, wir müssen sie wach bekommen."

„Vielleicht ist es besser, wenn sie es nicht mitbekommt. Sie werden erst ihren Spaß mit euch haben wollen."

Kim wurde die Entscheidung abgenommen, denn Viola stöhnte leise und schlug die Augen auf. Erst jetzt sah Kim, dass Violas Handgelenke aufgeschürft waren. Die Freundin versuchte sich aufzusetzen und fasste sich an die Wange.

„Nicht, Viola."

Die restliche Farbe wich aus Violas Gesicht, und sie sank auf das Bett zurück. „Sie finden uns." Viola sagte die Worte mit unerschütterlicher Bestimmtheit.

Kim wünschte, sie könnte ebenfalls daran glauben.

„Sie haben dich beobachtet, Kim."

„Was?"

„Der Federzirkel hat geahnt, dass deine Abneigung vor SM einen triftigen Grund haben muss."

Kim fasste sich an den Kopf. Schwindel überrollte sie, und sie fiel neben Viola auf die Matratze.

Sally starrte stumm nach vorn, als ob sie alle Worte verbraucht hätte, den Blick in sich gekehrt.

„Sally, Schatz, lass mich sehen!" Kim bedeutete ihr, sich auf die Bettkante zu setzen. Sie gehorchte, und Kim schob das Top nach oben. Fast wünschte sie, sie hätte es nicht getan.

Viola gab einen Laut puren Horrors von sich. Kim konnte es ihr nicht verdenken. Sally war gepeitscht worden, die Striemen überzogen dunkelrot ihren Oberkörper, zum Teil aufgeplatzt.

„Ich weiß, was du jetzt sagen willst, Kim. Aber so hat er sich noch nie benommen." Sally umfasste Kims Hände. „Er hat mich oft gedemütigt und geschlagen, diesmal hat er allerdings völlig die Beherrschung verloren. Ich wollte ihn verlassen." Ein Geräusch tiefster Verzweiflung kam aus ihrer Kehle. „Auf eine aberwitzige Weise liebt er mich." Erneut dieses Geräusch, das wie Sandpapier über Kims Wirbelsäule raspelte.

Kim verbiss sich einen Kommentar. Sie war kaum in der Position, Sally mit Vorwürfen zu überhäufen. Wenn sie ihr mehr Verständnis entgegengebracht hätte, vielleicht hätte sie Sally viel eher von Séamus befreien können. Auch sie trug Striemen auf dem Po, zwar nicht zu vergleichen mit den Verletzungen, die Sally hatte. Doch in der Umkleidekabine eines Sportstudios würde sie sich jetzt nicht zeigen. Die meisten Frauen würden sie für die Zeichnungen, die Kim mit Stolz erfüllten, verachten, ihr Unverständnis entgegenbringen. Kim hatte nicht einmal versucht, Sally zu verstehen, stattdessen hatte sie genau das Falsche getan: Sie hatte sie mit Bezichtigungen und Kopfschütteln überhäuft und Sally dadurch noch weiter in seine Arme getrieben. Durch ihre verbohrten Ansichten hatte sie alle in Gefahr gebracht.

Kim schluckte hart. Sie war es nicht wert, Deans Schiava zu sein. Hätte sie ihm vertraut, in dem Maße, wie er es verdiente, wäre ihm, John und Miles eine passende Lösung eingefallen. Und Viola würde Kim verabscheuen, was Kim ihr nicht verdenken konnte. Dann kam das gleiche Geräusch aus ihrer Kehle wie aus Sallys. Wahrscheinlich lebten sie nicht lange genug, als dass Viola den Hass vertiefen konnte. Und bevor sie starben, würden sie unendlich leiden.

Viola schien zu spüren, was in ihr vorging. „Nicht, Kim. Lass das! Alles wird wieder gut."

Sie kauerten auf dem Bett, und irgendwann übermannte Kim der Schlaf.

Eine leise Stimme zerrte an ihrem Bewusstsein. Widerwillig öffnete Kim die Augen, denn sie wusste, dass es kein Albtraum war, sondern grauenvolle Realität. Wenigstens war ihr nicht mehr übel, und sie bemerkte, dass sie Hunger hatte.

„Hier Kim, iss das!", sagte Viola sanft.

Kim nutzte zuerst die Toilette, die in der Ecke stand, dankbar, dass Viola demonstrativ zur Seite sah. Die leichte Suppe schmeckte erstaunlich gut, doch die Bedenken, dass sie eine Droge enthalten könnte, erstickte das nagende Hungergefühl.

„Habe ich lange geschlafen?"

Viola schüttelte den Kopf. „Ich schätze zwei Stunden."

„Wo ist Sally?"

„Sie haben sie mitgenommen, bevor sie mir noch etwas Wichtiges sagen konnte."

Kim hörte die Schritte, die sich der Tür näherten, unterdrückte das Verlangen, Viola zu umklammern. Der Freundin ging es ähnlich, denn sie ballte die Hände zu Fäusten. Sie starrten zur Tür.

Séamus, Bill und zwei weitere Typen kamen in den Raum und schnitten ihnen den Weg nach draußen ab.

„Ausziehen!", sagte Séamus. Lüstern musterte er Viola. „Ich mag den Zorn in deinen Augen. Doch ihr werdet gehorchen. Tut ihr es nicht freiwillig, ziehen wir euch aus und euer Ungehorsam kommt euch teuer zu stehen."

In den Händen hielt er eine Dressurgerte. Kim griff nach der Hand der Freundin. „Es tut mir leid, Viola."

„Ich weiß."

Viola zog sich das T-Shirt über den Kopf, ihre Finger zitterten dermaßen, dass sie den Verschluss des BHs nicht lösen konnte. Kim tat es für sie.

Kim war überrascht, wie ruhig sie war. Des eigenen BHs konnte sie sich auf Anhieb entledigen. Bei den Reitstiefeln sah es anders aus. Sie traf Séamus' Blick.

„Ihr müsst uns mit den Stiefeln helfen."

„Tut, was die Lady sagt."

Bill trat an sie heran und drückte ihr sanft die Schulter. Kim hatte sich noch nie so verletzlich gefühlt, und sie riss sich mit Mühe zusammen. Sie musste Stärke beweisen, solange es ging, denn wenn sie jetzt zusammenbrach, würde Viola mit ihr untergehen.

Viola stand nackt neben ihr. Kim legte ihr einen Arm um die Taille und zog sie an sich. Violas Haut war eiskalt, und ihre Zähne schlugen aufeinander.

Séamus sah sie gefährlich lächelnd an. „Unzählige Frauen hatten schon die Ehre unserer Gastfreundschaft. Keiner ist es jemals gelungen, zu entkommen. Und du wirst bestimmt nicht die Erste sein, Kim." Séamus leckte sich über die Lippen. „Was deine Freundin zu viel hat, hast du zu wenig." Die Männer lachten einvernehmlich. „Doch sind die Geschmäcker verschieden, und bevor wir euch in euer weiteres Schicksal entlassen, werdet ihr uns zur Verfügung stehen."

Er roch an Kims Hals. „Zuerst duscht ihr." Er griff schmerzhaft in ihr Haar und bog ihren Kopf mit Gewalt zurück. „Einwände?" Seine Augen glitzerten heimtückisch.

Kim biss sich auf die Unterlippe. Sie durfte ihn nicht reizen, denn er würde nicht sie schlagen, sondern Viola.

„Ich tue alles, was du willst, aber bitte lass sie gehen."

„Alles? Du solltest mir nicht Dinge anbieten, die deine Vorstellungskraft sprengen."

Sie schoben sie aus dem Raum, beförderten sie eine Treppe hinauf und schubsten sie in ein Badezimmer.

„Ihr habt zehn Minuten, um euch zu waschen, die Pussys zu rasieren und die Zähne zu putzen."

Die Tür fiel hinter ihnen ins Schloss.

„Was sollen wir bloß tun?"

„Wir müssen Zeit schinden, Kim. Das ist unsere einzige Option."

Viola glaubte immer noch daran, dass John gleich durch die Tür gestürmt käme. Kim neidete der Freundin die Zuversicht.

Viola sah sie verzweifelt an. „Kim, ich schaffe es nicht, mich zu rasieren, kannst du das für mich erledigen?"

Viola konnte kaum die Seife halten. Sie umklammerten sich, und hysterisches Lachen drohte sie zu überwältigen.

„Nennt man das Galgenhumor?" Mit Vehemenz wurde Kim bewusst, dass der Ausdruck seine Daseinsberechtigung besaß.

„Und wenn wir es nicht tun?" Kim sah Viola fest an.

„Dann tun sie es."

Kim wollte sich lieber keine Rasierklinge in den Händen von Séamus vorstellen.

Aberwitzigerweise beruhigte es sie beide, die Scham verloren in der Angst. Viola atmete gleichmäßiger, und sie umarmten sich, suchten gegenseitigen Halt.

Es waren Bill und die beiden anderen Typen, die sie abholten, Humpty und Dumpty mit den ausdruckslosen Gesichtern. Kim und Viola stellten eine Ware dar, die sie aufnahmen und in den Einkaufswagen beförderten.

~ 191 ~

Sie brachten ihnen genauso viel Mitleid entgegen wie einem Toastbrot. Bill sah Kim seltsam an, doch sie war zu aufgeregt, um sich damit zu befassen. Séamus stand mit verschränkten Armen an die Wand gelehnt. Die Fliesen unter ihren Füßen drangen eiskalt in ihr Fleisch, dennoch fühlte sie sich fiebrig. Die Situation war so unwirklich. Es regnete in Strömen, und die Tropfen rannen tränengleich die Scheiben hinunter. Kim selbst untersagte sich zu weinen, schaffte es, indem sie den Kühlschrankpanzer an die Oberfläche zerrte. Es fiel ihr schwer nach der ganzen Wärme, die sie in den letzten Wochen gefühlt hatte.

Séamus klickte Handschellen um ihre Handgelenke, verband sie mit einem Ring in der Wand. Brutal schob er ihr einen Knebelball zwischen die Lippen, zurrte ihn strammer als nötig.

„Um mir deiner Kooperation weiter sicher zu sein, werde ich der kleinen Federzirkelschlampe das hier anlegen."

Kim erkannte zuerst nicht, was er in der Hand hielt, doch es wurde ihr nur zu schnell klar. Es waren ein Halsband und Fußgelenksmanschetten aus Leder. Humpty beförderte Viola auf das Bett, und sowohl er als auch Dumpty mussten sie festhalten, damit Séamus ihr das Halsband anlegen konnte. Bill sah dabei zur Seite, als ob er den Anblick nicht ertragen könnte. Was spielte er für ein widerliches Spiel?

Bei den Fußgelenksmanschetten wehrte sich Viola kaum noch. Zuletzt fesselte Séamus ihre Handgelenke mit Handschellen vor dem Körper. Sie verbanden die Ösen des Halsbandes und der Fußmanschetten mit einem Seil.

„Bist du nicht kooperativ, verkürze ich das Seil und deine Freundin bekommt Probleme beim Atmen." Er warf Viola einen Blick zu und tätschelte ihre Wange. „Hey, nicht bewusstlos werden."

Viola lag auf der Seite, die Augen geschlossen, bemüht, ruhig zu verharren. Ihr schlimmster Albtraum war wahr geworden. Kim erinnerte sich nur zu gut an Violas Worte.

Bill rüttelte Viola an der Schulter. „Kleine, wach bleiben!"

„Du wirst mir gleich richtig schön einen blasen, und ich rate dir, es gut zu machen. Doch vorher …"

Séamus griff in den Bund der Hose und hielt eine Pistole in der Hand. Er zielte auf Bill.

Was zum Teufel?

Die Tür flog auf, und Sally stolperte in den Raum, das Gesicht kaum erkennbar, denn überall klebte Blut. Ein großer, brutal aussehender Kerl trieb sie vor sich her. Sally fiel auf die Knie, schaffte es nicht, den Fall abzufangen und blieb regungslose liegen.

„Pünktlich auf die Sekunde, Walter."

Séamus drückte ihr die Mündung an die Schläfe.

„Fesselt ihn." Er nickte mit dem Kopf zu Bill.

Humpty und Walter fesselten Bill die Handgelenke auf den Rücken, und Walter trat ihm von hinten in die Kniekehlen, sodass er zu Boden ging. Bill blieb stumm, starrte Séamus mit einem Ausdruck puren Hasses an.

Die Ratte packte Sallys Haare, und sie rührte sich kaum, schrie noch nicht einmal auf. Séamus lachte auf eine grauenvolle Weise, die Kim den Schweiß aus sämtlichen Poren trieb.

„Bill, willst du sie nicht retten? Andererseits ist es dir bei deiner Schwester ja auch nicht gelungen."

Was?

„Habt ihr beide wirklich geglaubt, ich wüsste nicht, was in meinem eigenen Haus geschieht?" Er trat Sally in die Seite, sie rührte sich nicht.

„Du verdammtes …" Bills Stimme verstummte, denn Walter schlug ihm die Faust ins Gesicht.

„Er hat Sally vor Monaten kontaktiert, genau in dem Moment, als sie mich verlassen und zu ihrer ach so anständigen Cousine flüchten wollte."

Er umfasste Kims Kehle, bohrte ihr schmerzhaft die Finger in die Haut. Erfolglos kämpfte sie gegen die Panik an.

„Ich habe seine Schwester Kathy verkauft, und er hat gedacht, er könnte mit Sallys Hilfe erfahren, wohin."

Er löste die Handschelle von dem Ring, zog ihr grob die Arme auf den Rücken, und die Schelle klickte hart um ihr Gelenk. Er entfernte den Knebelball.

„Wenn du es nicht richtig machst, wird Walter das Seil verkürzen. Die Schlampe atmet kaum noch."

Kim ging vor ihm auf die Knie, und er öffnete den Reißverschluss der Anzughose. Sie betete, dass sie sich nicht übergeben musste.

Niemand kam, um sie zu retten, und wenn sie nur den geringsten Anschein von Gegenwehr zeigte, würden sie Viola sofort umbringen. Kim hielt die Luft an, als er seinen steifen Schwanz aus dem Slip befreite und ihn an ihre Lippen führte, sodass ihr wenigstens sein Geruch erspart blieb. Sie drehte sich der Freundin zu, die röchelnd atmete und kaum bei Bewusstsein war. Séamus packte Kims Haare so fest, dass sie aufschrie.

„Hier spielt die Musik."

Sie öffnete die Lippen und hätte ihm fast in den ekelhaften Schwanz gebissen, als die Tür zum zweiten Mal aufflog und ein Trupp vermummter, bewaffneter Männer in den Raum stürmte, auf ihren Fersen Dean, John und Miles. John stürzte sich auf Humpty, der Viola befingerte, und seine Faust prallte in die Visage.

Séamus riss Kim an den Haaren zu sich, ergriff sie an der Kehle, drückte zu, bis sie beinahe erstickte. Doch er kam nicht mehr dazu, die Waffe zu ziehen, denn Dean und Tom landeten auf ihm und schlugen ihn zu Boden.

„Kleines, beweg dich nicht, alles wird wieder gut." Die Stimme von John drang kaum an Kims Ohren, da sie Mühe hatte, bei Bewusstsein zu bleiben.

„Verdammt, Tom, die Handschellen!" Dean sah ihr prüfend in die Augen. „Wasser, sie braucht Wasser!"

Einer der Maskierten kniete neben ihr und hielt ihr eine Plastikflasche an die Lippen. „Kleine Schlucke!"

Dann schloss er die Handschellen auf. Dean hielt sie in seinen Armen, und sie spürte, wie er zitterte. Er sprach beruhigend auf sie ein, doch sie konnte keinen klaren Gedanken fassen.

Allmählich kehrte Ruhe in das Chaos. Séamus und seine Konsorten lagen gefesselt auf dem Boden, mit schwarzen Säcken über den Köpfen. Jemand legte eine Decke um Kims Schultern. Bill kniete sich zu ihr.

„Es tut mir leid, Kim. Ich bin nicht nur der Bruder von Kathy, sondern auch Undercovercop. Sally wusste das allerdings nicht."

Dean sah ihn mit einem Blick reiner Mordlust an.

„Du hast Sally benutzt?" Kims Stimme war rau, und Dean gab ihr einen weiteren Schluck zu trinken.

„Er hat Kathy verkauft. Sie ist achtzehn, und wir wissen immer noch nicht, wo sie ist. Wir beobachten ihn schon eine ganze Weile und hatten keine handfesten Beweise."

Sean und Keith, die beiden Doms aus dem *Sadasia*, traten an sie heran. „Gebt uns eine Stunde mit dem Bastard und ihr erfahrt alles, was ihr wissen wollt."

Kim sah noch, wie Miles Sally hochhob – mit einem Ausdruck puren Entsetzens auf dem Gesicht –, und dann wurde alles schwarz.

So sehr Dean und John es der Ratte, die aus dem tiefsten Abwasserkanal gekrochen war, gerne selbst heimgezahlt hätten, dies überstieg ihr Können. Sie hätten ihn umgebracht für das, was er getan hatte. Sean und Keith hingegen verfügten über militärischen Hintergrund und kannten Timothy. Es überraschte ihn nicht. Der Einsatzleiter, Trevor, war ein guter Freund von ihnen. Ehemalige Militärs kannten sich alle gegenseitig.

Trevor nickte, und sie verschwanden im Keller.

Kims Wange war geschwollen und stark gerötet, es war die einzige Farbe in ihrem Gesicht. Doch ihr Puls ging regelmäßig, der Herzschlag war stabil.

„Hältst du sie einen Moment?"

Tom hob sie mühelos hoch und murmelte Kim irgendeinen Unsinn zu.

John und der Sanitäter waren bei Viola, die gerade die Augen aufschlug. Er hätte es für unmöglich gehalten, aber sie war noch blasser als Kim.

„Ich wusste, dass ihr kommt", krächzte sie. Sie umklammerte John zitternd.

So schlimm Kim und Viola auch aussahen, es war nichts im Vergleich zu Sally. Sie wurde im Krankenwagen behandelt.

Viola weigerte sich, in ein Krankenhaus gebracht zu werden – manchmal konnte sie schlimmer als der sturste schottische Esel sein. Und ebenso niedlich.

Es stellte sich heraus, dass Kim genauso störrisch war. Sie umklammerte Dean und bat ihn unter Tränen, sie in den Federzirkel zu bringen. Es war ihm nur recht, er wollte keine Sekunde mehr von ihr getrennt sein.

Nachdem der Arzt sie untersucht hatte, bestand sie darauf, nach Viola zu sehen, stammelte irgendetwas davon, dass sie verstehen würde, wenn der Federzirkel sie hasste.

Dean musste seine gesamte Überredungskunst aufbringen, damit sie freiwillig das Schlafmittel zu sich nahm.

Er selbst begnügte sich mit einem Glas Scotch, als er neben ihrem Bett wachte. Seine Finger tasteten immer wieder nach der kleinen Schatulle, und er schreckte hoch, als John ihn an der Schulter berührte. Mit einer Kopfbewegung deutete er auf die Tür.

„Sean hat mich gerade angerufen. Séamus hat geredet und ihnen ein Buch überreicht, in dem er alle Verkäufe festgehalten hat."

Vielleicht gab es noch Hoffnung für Bills Schwester und die anderen Mädchen.

„Was ist mit Miles?"

„Er wacht über Sally und will sie in den Federzirkel bringen, sobald sie das Krankenhaus verlassen darf."

Dean wusste, dass John keinen unüberwindbaren Groll gegenüber Kim hegte, dennoch …

John schlug ihm auf die Schulter, bevor er etwas sagen konnte.

„Vorwürfe sind leicht dahergesagt. Ich gebe zu, ich hätte ihr für ihr Misstrauen vorhin am liebsten den Hals umgedreht. Hätte sie uns vertraut, wäre es wahrscheinlich nicht passiert. Doch wir wissen es nicht genau. Und als ich sie dann gesehen habe …" John schluckte hart. Der Horror in seinen Augen sagte mehr als jedes Wort. John blinzelte die Tränen weg. „Bring mit ihr alles ins Reine. Ich würde mich freuen, sie als meine Schwägerin begrüßen zu können."

Sie tauschten eine brüderliche Umarmung aus.

„Viola möchte dich sehen, ich bleibe so lange bei Kim. Keine Sorge, wenn ich gemein zu Kim wäre, würde Viola mich lebendig rösten, und sie würde sich Zeit lassen. Sie hat sich in den Kopf gesetzt, dass Kim die ideale Frau für dich ist. Geh zu ihr, sie weigert sich sonst einzuschlafen."

Viola war ebenso blass wie das weiße T-Shirt von John, das sie trug. Dean hielt sie in den Armen, bis sie aufhörte zu zittern.

„Versprich mir, dass du nicht böse auf Kim bist."

Sie wusste ganz genau, dass er ihr in diesem Zustand keinen Wunsch abschlagen konnte.

„Ich verspreche es." Er sah ihr tief in die Augen. „Wir bringen alles wieder in Ordnung. Und jetzt ruh dich aus." Er küsste sie auf die Nasenspitze, strich ihr noch ein paar Haare aus der Stirn.

Als Dean nicht viel später wieder neben Kim lag, spürte er die gesamte Wucht der Angst und Wut. Er hätte den Dreckskerl am liebsten umgebracht. Er bekam das Bild von Kim nicht mehr aus dem Kopf, ihren Blick, die Verwundungen und was sie fast hätte tun müssen. Dann der Anblick von Viola, bewusstlos in der Bondage. Tom hatte seine Wut gespürt, und ihn mit Seans Hilfe von der Ratte gezogen. Dean atmete aus, froh, dass seine Freunde ihn davon abgehalten hatten, etwas Unbesonnenes zu tun.

Kim drehte sich im Schlaf, und er kuschelte sich an ihre Rückseite, legte die Arme um sie und wischte sich die Tränen von der Wange. Beinahe hätte er sie verloren. Es tat weh, nur daran zu denken.

Ihr Herz hämmerte hart in ihrer Brust, als Kim aufwachte. Die Ereignisse schlugen auf sie ein wie Hagelkörner, mit kalter Unerbittlichkeit suchten sie sich den Weg, bis sie die letzte Ecke ihres Bewusstseins erreicht hatten.

Dean saß neben dem Bett und umfasste ihre Hand. Seine Haare waren zerzaust, und er sah aus, als ob er die ganze Nacht nicht geschlafen hätte. Er verachtete sie bestimmt, hasste sie vielleicht sogar, denn sie hatte ihm sein Vertrauen schlecht gedankt.

Unter ihrer Wange lag ein Kühlpad. Er musste es mehrmals ausgetauscht haben.

Sein Geruch umhüllte sie, weil sie eines seiner T-Shirts trug.

Bevor sie fragen konnte, hielt er ihr Wasser an die Lippen und stützte ihren Kopf. „Viola geht es gut, und Sally wird es schaffen. Miles ist bei ihr."

Er erzählte ihr alles, dass sich Sallys Einsatz schlussendlich ausgezahlt hatte. Die Behörden arbeiteten mit Hochdruck daran, die verschleppten Mädchen zu befreien.

„Sally hat das eigene Leben aufs Spiel gesetzt, um ein fremdes zu retten. Bill hat sie vor mehreren Wochen angesprochen, und sie konnte gar nicht anders, als ihm zu helfen. Sie ist eine sehr mutige Frau." Deans Augen blickten tief. Erfolglos versuchte sie, seine Mimik zu deuten.

Was, wenn er sie fortschickte? Wenn sie aufgrund ihres dämlichen Misstrauens die Liebe ihres Lebens verlor, noch bevor sie richtig begonnen hatte? Sie würde es verstehen, falls er ihren Anblick nicht ertragen konnte.

Kim betrachtete intensiv die Bettdecke. Dean legte sanft eine Hand unter ihr Kinn. „Kleines ..."

Sie war es nicht wert, mit ihm zusammen zu sein.

„Nicht, Kim. Weich mir nicht aus!"

Sie wusste, Dean würde nicht nachgeben, dazu war er zu sehr Dominus.

Gepolter an der Tür riss sie aus der Verzweiflung. Giotto kam in den Raum gerannt, raste schnurstracks auf sie zu und blieb vor dem Bett sitzen. Vorsichtig stupste er ihre Hand an und schenkte ihr ein Hundegrinsen. Dass er Mundgeruch hatte, störte ihn nicht im Geringsten. Im Schlepptau hatte er John und Viola. John stützte seine Frau, und sie ließ sich auf der anderen Seite des Bettes nieder.

„Gewährt ihr uns ein paar Minuten? Danach verlangen wir ein ausgiebiges Frühstück." Viola lächelte zaghaft. „Trotz allem könnte ich einen Bären verspeisen." Sie sah John an, mit einem Ausdruck, den Giotto nicht besser hinbekommen hätte. „Kann ich Pfannkuchen haben?"

Die Brüder lächelten sie liebevoll an und verließen den Raum.

„Jetzt sind sie beschäftigt." Viola blickte sie intensiv an. Kim spürte die Schuld, die sie zu ersticken drohte, als sie den Bluterguss auf dem Gesicht der Freundin sah, die Quetschungen, die auf ihrem Hals prangten.

„Entweder heulen wir beide oder wir nutzen es aus, dass unsere Maestros sich um uns kümmern und uns jeden Wunsch von den Augen ablesen."

„Du bist mir nicht böse?"

Viola schüttelte den Kopf. „Ich verstehe, was du für Schwierigkeiten hast, deine devote Seite zu akzeptieren. Kein Wunder nach Sally."

„Glaubst du, Dean will mich noch?" Es auszusprechen tat weh. Der Kloß in ihrer Kehle wurde größer.

„Fang jetzt nicht an zu weinen, dann lassen sie uns den ganzen Tag nicht aus den Augen." Viola umfasste ihre Hände. „Dean lässt dich nicht mehr gehen, und falls du versuchen solltest, dich vor ihm zu verstecken, wird er dich überall aufspüren. Er liebt dich, Kim."

Kim sah sie an und kämpfte mit den Tränen.

Starke Arme umfassten sie. Die Männer waren zurückgekehrt und Deans Präsenz hüllte sie ein. Aus den Augenwinkeln sah sie, wie John Viola hochhob, sie aus dem Zimmer trug, und ihr irgendeinen Blödsinn ins Ohr flüsterte.

„Heute wird im Bett gefrühstückt. Du darfst nicht aufstehen."

Kim stellte fest, dass Viola recht gehabt hatte mit ihrer Äußerung. Dean und John ließen sie beide nicht unbeaufsichtigt. Wenn sie nicht selbst anwesend waren, lungerten Tom, Roger oder Frank um sie herum. Selbst Keith und Sean kamen an einem Nachmittag vorbei, und sie verbrachten vergnügliche Stunden damit, Xbox zu spielen.

Viola entpuppte sich dabei als eiskalte Killerin und erledigte jeden, der vor ihre Flinte geriet.

Sean sah sie drohend an. „Du bist eine äußerst ungehorsame Devote, einfach einen Dominus zu erledigen!" Er riss die Augen auf. „Und dann noch auf so eine brutale Weise."

Viola grinste ihn zuckersüß an. „Dann pass doch besser auf deinen Arsch auf." Giotto saß neben ihr, und die beiden könnten nicht unschuldiger aussehen.

Sean brauchte nicht zu sagen, was er dachte, es stand ihm klar auf die Stirn geschrieben: Eigentlich sollte es Viola sein, die Angst um ihren Arsch hatte.

Kapitel 16

ach drei Wochen Dauerüberwachung waren die Freundinnen bereit, zu flüchten. Ihre Verletzungen waren seit Tagen verheilt, und Viola glich einem eingesperrten Tiger. Kim selbst fühlte sich nicht anders.

Sally weigerte sich, sie zu sehen. Dean versprach Kim, dass Miles sie bald in den Federzirkel bringen würde, wo sie in Ruhe genesen konnte. „Respektiere ihren Wunsch, Kleines. Du kannst noch früh genug klärende Gespräche mit ihr führen."

Dean schlenderte mit Kim durch den Garten, hielt ihre Hand und küsste sie zärtlich auf den Mund, so sanft, als bestünde sie aus kostbarem Porzellan. Seine Lippen waren warm, und er berührte mit der Zungenspitze ihre Unterlippe. Kim öffnete die Lippen, und heiß eroberte er ihren Mund, sodass sich ihre Knie in eine weiche Masse verwandelten. Sein Kuss weckte in ihr den Wunsch nach mehr, als ihn nur zu schmecken, doch Dean schob sie von sich. Wenigstens fiel es ihm schwer – das verrieten ihr das schnelle Atmen und seine Erektion, die gegen sie drückte.

„Es ist zu früh, Kim. Ich möchte dich nicht überfordern."

Sie sah ihn entgeistert an und hasste die Selbstbeherrschung, die er besaß. Kim wünschte sich nichts sehnlicher, als ihn in sich zu spüren und seine Handfläche auf sich, egal an welcher Stelle.

Er sah sie prüfend an.

„Heckst du irgendwas aus?" Misstrauen quoll aus jeder Körperpore.

Wie auf Kommando kamen Silk und Velvet zum Zaun. Die Rappstute stupste Dean undamenhaft an und zwang ihn, einen Schritt zurückzutreten, doch wenigstens bohrte er nicht nach, sondern war ganz damit beschäftigt, die Stuten mit Möhren und Äpfeln zu füttern.

Durfte sie um eine Strafe bitten? Konnte sie das überhaupt? Dann lächelte sie und dachte an den Plan, den sie mit Viola ausgebrütet hatte.

„Ich habe Hunger."

„Hast du das, meine Kleine?" Er lächelte sie fürsorglich an. „John ist heute mit Kochen dran, und das Abendessen müsste gleich fertig sein."

Perfekt!

John stellte ein herrlich duftendes Kartoffelgratin vor ihnen ab. Frischer Salat mit einem Honigdressing lockte. Viola durchbrach mit der Gabel die knusprige Schicht, probierte von dem Gratin und verzog das Gesicht. „Gott, John, das ist total versalzen."

Kim schluckte einen Bissen der vorzüglich schmeckenden Speise hinunter. „Das schmeckt grässlich!"

John und Dean runzelten einvernehmlich die Stirn und kosteten das Gratin.

„Ich kann nichts Versalzenes schmecken", brummelte John und sah sie beleidigt an.

Kim probierte den Salat. „John, hast du ihn nicht gewaschen?"

„Was?"

Die Männer richteten sich in ihren Stühlen auf. In Johns Augen lag das erste Funkeln.

Kim versuchte, nicht zu lächeln. Sie griff nach dem Weinglas und verzog angewidert das Gesicht.

„Was ist, Kim?" Dean sah sie drohend an.

„Er ist viel zu warm und schmeckt korkig." Kim trank noch einen Schluck des ausgezeichneten Weines, der genau die richtige Temperatur besaß. „Und irgendwie muffelig."

Dean packte das Weinglas, leerte es in einem Schluck. Auch seine Augen fingen an zu funkeln.

„Gibt es wenigstens zum Nachtisch etwas Leckeres?", wollte Viola wissen und kaute auf dem Salat herum, als ob sie Pappe im Mund hätte. „Orangeneis?", fragte sie hoffnungsvoll.

„Ich habe einen Nusskuchen gebacken." Dean sah Viola an, als ob er sie übers Knie legen wollte.

Na endlich!

„Oh", sagte Kim. „Ich kann mich gut an den grässlichen Nusskuchen meiner Großmutter erinnern. Er schmeckte wie Sägemehl." Deans Kuchen war alles andere als trocken, er war sogar der beste Nusskuchen, den Kim jemals gegessen hatte – sie hatte vorhin ein Stück stibitzt.

Die Brüder tauschten einen Blick aus, und die Schiavas besaßen ihre ungeteilte Aufmerksamkeit.

„Haben wir eine Tiefkühlpizza im Haus?" fragte Viola zuckersüß. Sie schaffte es meisterlich, unschuldig auszusehen.

„Tief-kühl-pizza!" Noch während John die letzte Silbe zischte, sprang Viola auf. Sie kam nicht weit, weil Dean ihr den Weg abschnitt. Ihre Augen waren schreckgeweitet, als John sie packte, sie über seinen Schoß zog, ihr das Kleid nach oben schob und den Po ausgiebig begutachtete.

„Dass du kein Höschen trägst, könnte ich strafmildernd auslegen."

Viola kicherte, und der erste Schlag traf die prallen Backen.

Kim wäre aufgesprungen, wenn sie gekonnt hätte, doch ihre Beine versagten den Dienst. Stattdessen suchte sie Halt an der Tischkante und umklammerte sie. Dean sah sie an, als ob er plante, ihren Po in knusprige Hitze zu verwandeln. Waren sie zu weit gegangen?

„Verlässt dich der Mut, Schiava? Angst vor den Konsequenzen?" Dean zog Kim hoch und beförderte sie nach nebenan in das Strafzimmer. Sein Ausdruck verbrannte sie mit der Intensität und den Versprechungen, die darin lagen.

Er trieb sie in die Mitte des Raumes, den neuerdings ein Marterpfahl zierte. Geübt umfasste Dean ihre Handgelenke und presste sie mit der Vorderseite an das polierte Holz.

„Du bleibst stehen, ohne dass ich dich fesseln muss!"

„Ich kann nicht." Sie brauchte den Halt.

„Sobald ich dich ausgezogen habe, darfst du dich an dem Ring festhalten."

Dean schob ihr das Kleid nach oben und lachte schallend, als der Omaschlüpfer zum Vorschein kam.

„Kim, ich liebe dich! Doch falls du es noch einmal wagst, so eine Monstrosität anzuziehen, um mich zu reizen, bearbeite ich deine Füße wieder mit dem Nervenrad."

Mit einem Ruck zog er ihr den Schlüpfer aus, und sie spannte die Muskeln an, in Erwartung des köstlichen Schmerzes. Jedoch waren es seine Lippen, die ihre Pobacke berührten, zärtlich und warm.

„Äußerst praktisch." Er zog den Schieber des Reißverschlusses nach unten und beförderte das Kleid auf den Boden.

„Spreiz die Beine für mich, ich will deine Zugänglichkeit überprüfen."

Mit einem Lächeln tat sie es, seufzte ergeben, als er ihren Venushügel streichelte, die Fingerkuppen vorsichtig in ihr Geschlecht einführte.

„So willig, so gierig und so ungezogen."

Er küsste sie auf den Nacken, strich sanft ihren Po entlang und biss federleicht in ihren Hals.

„Ich möchte, dass du mich bestrafst, Maestro, mit mir machst, was immer dir in den Sinn kommt."

„Mhm. Dreh dich um, Kleines!"

Der glühend heiße Ausdruck bahnte sich den Weg durch ihren Leib. Ihr Magen flatterte aufgeregt.

„Ich vertraue dir, Dean. Ich weiß, dass du über mich wachst und mich zurückholst, falls ich drohe, in den Abgrund zu stürzen."

Seine Lippen berührten ihre, warm, verlangend und dominant. Leidenschaftlich trafen sich ihre Zungen, und sie liebte das Gefühl seiner Stärke, die sie an den Pfahl presste.

Keuchend riss er sich von ihr los. Wenn er sich jetzt beherrschte, sie nicht endlich fickte und ihren Körper in seine persönliche Leinwand verwandelte, dann war sie bereit, ihn zu treten.

„Überleg dir das gut, Schiava." Er starrte sie in Grund und Boden.

„Streck deine Hände aus und schließe die Augen!"

War sie zu weit gegangen? Wollte er ihr auf die Fingerspitzen schlagen?

„Kein Vertrauen, Sklavin?"

Sie streckte die Arme aus, wusste, er sah das Zittern. Kim bereitete sich auf den Schmerz vor, doch stattdessen küsste er sie auf die Fingerkuppen, saugte ihren Ringfinger in den Mund. Die unterdrückte Lust wallte auf, und sie stöhnte auf. Gierig rieb er ihr pulsierendes Geschlecht.

„Zugänglich, wie ich es verlange. Feucht, wie ich es verlange. Vertrauensvoll, wie ich es verlange."

Sie hörte ein klackendes Geräusch. Er umfasste ihre Hand und schob etwas über ihren Ringfinger. Kim riss die Augen auf und starrte auf den silbernen Ring in Form einer Feder.

Dean sank vor ihr auf die Knie.

„Willst du mich, Kim, für den Rest deines Lebens?"

Sie warf sich auf ihn, schluchzte ein Ja, und er landete auf dem Rücken. Mit fliegenden Fingern öffnete sie den Reißverschluss seiner Jeans und lachte ihn keck an.

„Bereit für einen wilden Ritt, Gebieter?"

Sie küsste ihn erst auf den Mund, dann auf den Schwanz, erstickte seine Worte mit ihren saugenden Lippen.

Sehr viel später genoss sie die herrliche Pein, die seine Handfläche auf ihrem Po hinterließ, und sie schämte sich nicht dafür. Stattdessen streckte sie ihm schnurrend das Becken entgegen und hoffte, er würde den großen Analplug benutzen, den sie vorhin gesehen hatte.

Linda Mignani, geboren in Kirkcaldy (Schottland), lebt glücklich verheiratet mit ihrem Mann italienischer Herkunft im Ruhrgebiet. Den britischen Pass ziert ein grauenvolles biometrisches Passfoto. Inspiration holt sie sich beim Malen ihrer Acrylbilder. Sie liebt Regen und stürmisches Wetter, besitzt nur eine Handtasche aber unzählige Turnschuhe. Neben Büchern zählen Wandern, Joggen und Rad fahren zu ihren Leidenschaften. Ihr Motto: Das Leben ist zu kurz, um sich zu ernst zu nehmen.

Website: lmignani.blogspot.com

Weitere Romane von Linda Mignani

Verführung und Bestrafung
ISBN Taschenbuch: 978-3-938281-82-6
ISBN eBook: 978-3-938281-92-5

Mitternachtsspuren
ISBN Taschenbuch: 978-3-938281-85-7
ISBN eBook: 978-3-938281-90-1

Jacqueline Greven
PLANTAGE DER LUST
ISBN Taschenbuch: 978-3-938281-87-1
ISBN eBook: 978-3-938281-99-4

Die Karibik im 19. Jahrhundert: Madeleine Chevalier, Angestellte eines Gewürzhändlers, verliebt sich in den Charmeur Rodrique. Doch dieser verschwindet über Nacht von der Insel. Madeleine erfährt, dass Rodrique Verbindung zur Insel Grande-Terre hat und folgt ihm. Madeleine findet auf Grande-Terre eine Stellung als Gouvernante für den Sohn des ebenso attraktiven wie strengen Plantagenbesitzer Jean-Claude Dupont, dessen Frau unter mysteriösen Umständen ums Leben gekommen ist. Verwirrt stellt Madeleine fest, dass Jean-Claude eine starke Anziehungskraft auf sie ausübt, doch dieser verhält sich ihr gegenüber abweisend. Erst, als er sie vor den Avancen des Sklavenaufsehers Rocco rettet, bröckelt die strenge Fassade und Jean-Claude zeigt seine wahren leidenschaftlichen Gefühle für Madeleine.
Unverhofft trifft Besuch auf der Plantage ein, der Madeleine erschüttert: Jean-Claudes Cousin, der niemand anderes ist als Rodrique, mit seiner Frau. Rodrique flirtet ungehemmt mit Madeleine und stürzt sie in ein Gefühlschaos. Jean-Claude, der dies spürt, unterwirft Madeleine mitleidlos und zeigt ihr, wer der Herr auf der Plantage ist.
Doch dann geschieht ein Mord und Voodootrommeln ertönen in den schwülen Dschungelnächten ...